Kondo Misaka
近藤貞花
›こんどう みさか

Amano Soraha
天野天葉
›あまの そらは
Kondo Misaka
近藤貞花
›こんどう みさか

Altea Alessandrini
アルテア・
アレッサンドリーニ
あるてあ あれっさんどりーに
イラスト:ほたる

イラスト:ほたる

アサルトリリィ ヴンダー
Assault Lily Wunder

激闘！御台場迎撃戦

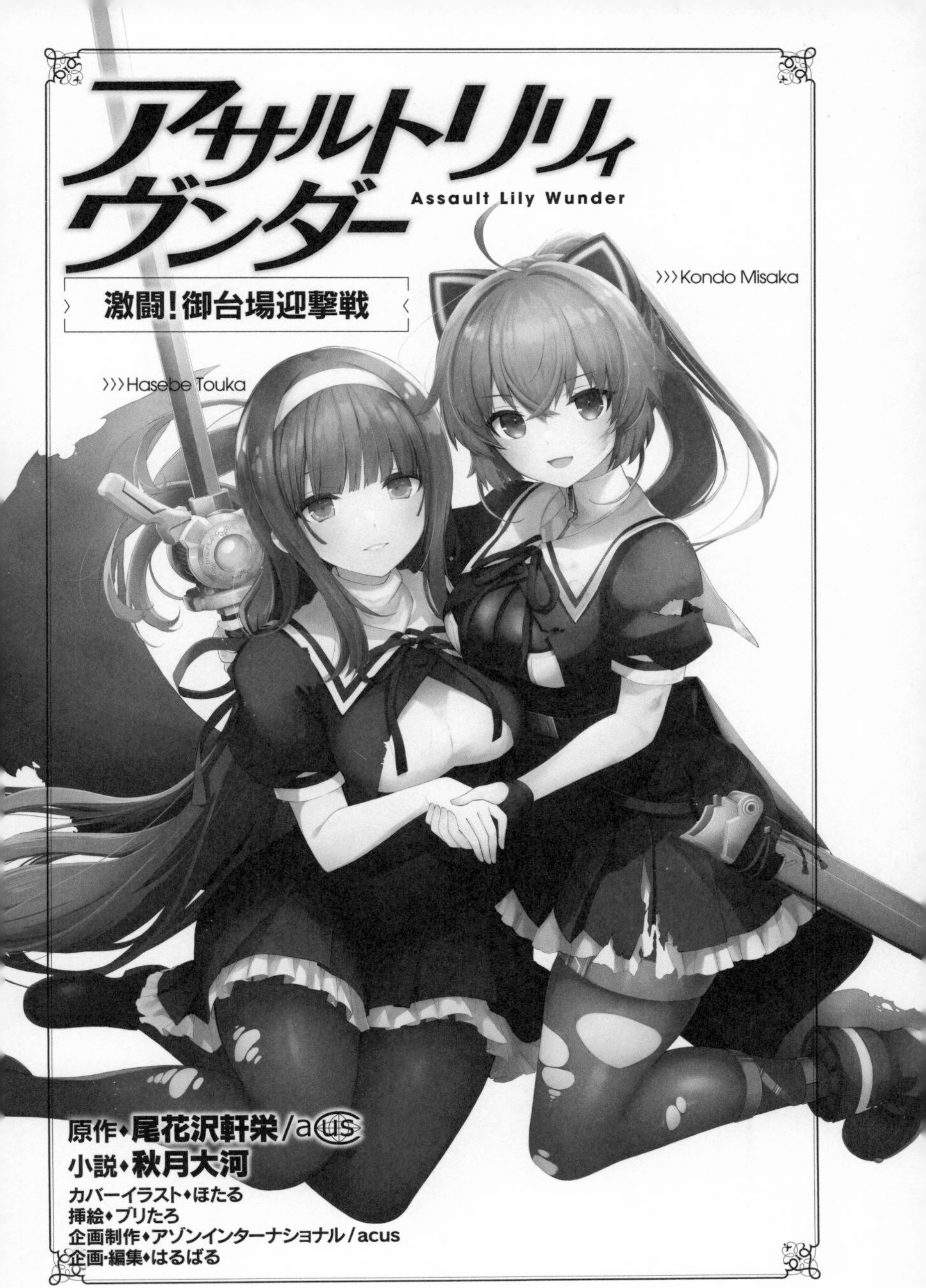

原作◆尾花沢軒栄／acus
小説◆秋月大河
カバーイラスト◆ほたる
挿絵◆ブリたろ
企画制作◆アゾンインターナショナル／acus
企画・編集◆はるばる

Assault Lily Wunder Intercept in Odaiba
光壁システム
つがいのギガント級ヒュージ
重力干渉型ギガント級ヒュージ
旧豊洲市場
5
4
新木場
第5部隊
3
6
東雲
グンタイアリの群れ
有明
北ルートケイブ
第3部隊
11
7
国際展示場
第2部隊
1
9
大ケイブ
2
13
8
アビス
サーペント
巣なしのアルトラ
12
若洲海浜公園
第4部隊
第1部隊
グンタイアリの群れ
東京ゲートブリッジ
10
南ルートケイブ
グンタイアリの群れ
地図作成:ブリたろ

御台場迎撃戦［戦闘地図］

小説の流れに合わせて「御台場迎撃戦」の流れを地図上で再現しています。

1「ノインヴェルト戦術の戦技交流会」会場
10ガーデン、50人以上のリリィ集結

2 大ケイブ発生
『巣なしのアルトラ』出現

3 第5部隊、封じ込め失敗
千田昊苺負傷

4 新辰巳橋の死闘
第5部隊、満身創痍で戦闘

5 速水桂、たったひとりの戦い
東雲公園で26匹のヒュージを倒す

6 菱田治、富士見橋破壊
橋を落として多くの避難者を守る

7 近藤貞花、のぞみ橋の死闘
20分以上にわたって一人で戦う

8 青海地区死守戦
西郷紅が囮になって戦う

9 第2・3・5部隊が再集結
新たな討滅作戦が決定する

10 第1部隊、海の森公園での死闘
南ルートのヒュージと対抗

11 第3、第5部隊の混成部隊、若洲公園へ
陽動作戦で第2部隊をアシスト

12 第2部隊、ガンシップで若洲公園へ
防衛軍のガンシップで一気に向かう

13 最終決戦
総勢20人以上のノインヴェルト戦術を成功させる

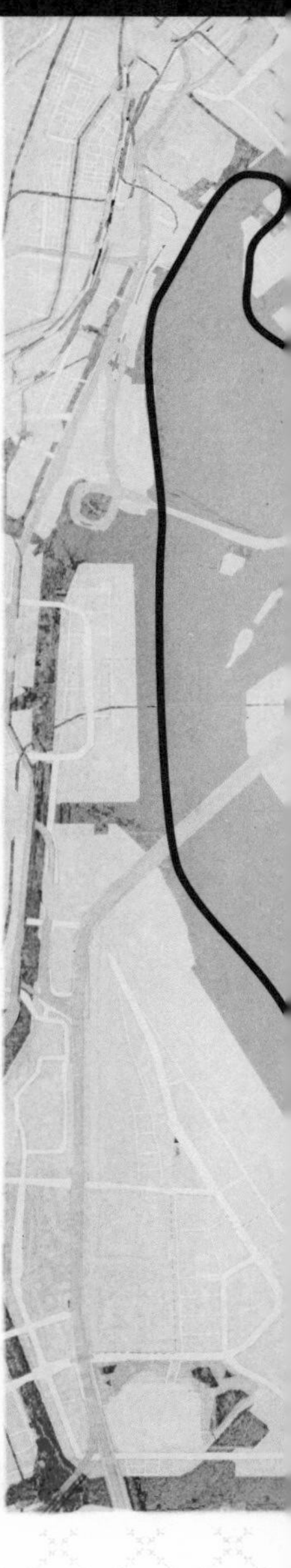

わずか一日の出来事だった「御台場迎撃戦」はどのように起きて、終結したのか。

ノインヴェルト戦術戦技交流会

御台場にある東京国際展示場では関東の名門ガーデンからリリィたちが集められ「ノインヴェルト戦術の戦技交流会」が開かれようとしていた。地元で東京御三家の御台場女学校をはじめ、名だたるガーデンとリリィが集まっていた。しかし、並行して進められていた幕張奪還戦に2年生以上の多くが遠征していたため、この交流会には1年生だけが集められていた。

参加する50人を超えるリリィたちの前で竹腰千華ら代表による開会宣言が行われ、組み分けについて話が始まりかけた時だった。御台場湾岸全体にけたたましい警報が鳴り響き、御台場の海側に稲光と共に黒雲が発生。瞬く間に若洲公園近くに大ケイブが形成されていった。

やがて、ドローンによる偵察で大ケイブにいるヒュージがアルトラ級であることが判明し、リリィたちは戦慄する。

巣なしのアルトラ

大ケイブに現れたアルトラ級ヒュージが『巣なしのアルトラ』だとわかる。巨大な人型の姿を目の当たりにして、リリィたちにさらなる恐怖がのしかかる。そして、この先に起こるであろう最悪の事態が想像できた。しかし、この場から撤退すれば、東京全体に危機が及ぶばかりか、御台場が陥落すれば幕張奪還戦にも影響が出てしまうため、竹腰千華は、巣なしのアルトラの討滅作戦を宣言する。千華は不慣れなリリィもいる状況から、最強LGアールヴヘイムのメンバーを分散して配置。それは、千華が甲州撤退戦の過ちを繰り返したくない強い思いからだった。

作戦は第1、第5部隊による挟撃を主軸に、第2、第3部隊が市民の避難誘導。第4部隊が第1部隊の後詰めを担うというものだった。

第5部隊、封じ込め失敗

第1部隊との挟撃で大ケイブと『巣なしのアルトラ』討滅を任された那賀大串の野口志奈乃が率いる第5部隊は北ルートを辿って新木場方面に向かい、千田昊苺がレアスキル「円環の御手《サークリットブレス》」で瞬く間に数匹のグンタイアリを倒し、他のメンバーも続き、数十匹ものグンタイアリを倒した。

しかし、この快進撃が「油断」を招く。北ルートに発生したケイブの先には巣なしのアルトラの姿が見えていた。それを見た昊苺はこのまま一気にケイブを討滅して第1部隊の負担を軽減させようと提案し、志奈乃も進軍を選ぶ。

ケイブまで残りあとわずかというところでグンタイアリのギガント級が現れ、すぐにノインヴェルト戦術で討滅するものの、直後にケイブの中から現れたラージ級に不意打ちされ、昊苺はダメージを追ってしまう……。

新辰巳橋の死闘

第5部隊がグンタイアリの群れの足止めに奮闘していた頃、近藤貞花たち第2部隊は青海から有明に移動して、海岸から侵攻してきたヒュージ討滅と市民の避難護衛をしていた。

その直後、若洲公園付近で大きな爆発音が響き黒煙が昇る。明らかにノインヴェルト戦術のフィニッシュショットで、第5部隊がギガント級を討った際のものだ。さらにラージ級やギガント級が発生しており、予断を許さない状況にあった。

隊長のアルテアは第3部隊の依奈に指示を与えるが、通信が困難な状況下で第1部隊と第4部隊が第5部隊の状況を把握していない可能性があった。そこで貞花が名乗り出て、単身で第4部隊に情報を伝えることになる。

その頃、第5部隊は新辰巳橋付近まで後退し、第3部隊が合流するまでひたすら戦い続けたのだった。

速水桂の戦い

この日、夢の島公園には近隣の私立女子中学校の生徒たちが課外授業として防衛軍施設や戦技交流会を見学に訪れていたが、『巣なしのアルトラ』の出現で急ぎ防衛軍の誘導で光壁の内側に向かった。しかし、最後のバス1台が間に合わず、しかも故障したため、生徒たちは降りて逃げなければならなかった。そんな生徒たちの中に速水桂はいた。

桂は元は百合ヶ丘女学院初等部に在籍してリリィを志していた。『とある事件』をきっかけに一般の学校に転校。かつて『不戦の誓い』を立てたが、級友が襲われているのを見て、とっさにCHARMを取り出して戦っていた。

目的の公園に無事にたどり着いたものの、防衛軍は移動した後だった。この窮地で桂は一人、多くのヒュージを相手に戦うのだった。

富士見橋破壊

第5部隊が死闘を繰り広げた新辰巳橋は、第3部隊が合流して静けさを取り戻していた。しかし、二度のノインヴェルト戦術を使ったことでマギの限界を迎えたため、四体のギガント級の東雲侵入を許す。そのため第3部隊を中心とした追撃部隊は、つがいの変種と重力干渉型ギガント級の二体を追う。

つがいの変種が発生する結界を『怪異斬り《フリークスレイヤー》』の菱田治が無力化させ、合流した御台場障壁防衛隊とダブルノインヴェルト戦術で討滅に成功する。その後、菱田治たち四人は、多くの避難民が集まっている旧豊洲市場へ向かう。

多くの橋がヒュージによって落とされ、富士見橋だけが残っていた。そこへグンタイアリの群れや、グンタイアリのギガント級まで出現し、四人では抑え込むのは困難だった。そこで治は富士見橋を落とすことを決断する。

のぞみ橋の死闘

近藤貞花は第4部隊に伝令を伝えた後、第2部隊の仲間が待つ東雲方面を目指していたが、富士見橋が落ちて有明にグンタイアリの群れが引き返していると報告が入り、急ぎ旧有明テニスの森公園を目指した。

その頃、同公園では御台場女学校中等科のリリィが一般人の避難支援をしていた。そこへ、行き場を失ったグンタイアリの群れが出現するが、中等科のリリィだけでは対抗できない。

そこに近藤貞花が現れ、第2部隊を待つまでにのぞみ橋を突破されれば、避難できなくなると判断し、一人でグンタイアリの群れに立ち向かう。

のぞみ橋の上での長い戦闘の中、マギが尽きかけようとしていたが、突然、全身からマギの光が放たれ力があふれ出した。それは、周囲のマギ全てが自分の味方になっているかのようで、その力はソハヤノツルギにも伝わりグンタイアリの群れを次々と倒していった。

青海地区死守戦

貞花から第1部隊への伝達を託された第4部隊の隊長、ティシア・パウムガルトナーは本間秋日を連れて暁ふ頭へ向かい竹腰千華に第5部隊が失敗したことを報告する。千華はティシアを信じ、改めて自分たちの役割を決め、暁ふ頭の海底トンネルへと突入していく。

その頃、第4部隊はギガント級ヒュージ「アビスサーペント」をノインヴェルト戦術で討滅し、休む間もなくティシアは仲間と共にグンタイアリのギガント級の迎撃に向かった。

御台場では、避難民を乗せた車が防衛軍の誘導で、海底トンネルを抜けて大井方面へ向かっていくところだった。残った西郷紅たち三人はヒュージと戦い続けてたが、スモール級の群れが潮風公園からも向かってきたため、強化リリィの西郷紅が囮になって殿を務めていた。同時にメルクリウスの飛空挺ラグエルが、紅がいる青海の南側のふ頭に主砲を発射するのだった。

再集結、反転攻勢へ

第2部隊の元へ、御台場女学校の竹久央と河鍋薺が竹腰千華からの伝令を伝えにきた。それは、第1部隊が南ルートから海の森公園に突入してヒュージの群れを引きつける間に、第2部隊が第3部隊と合流して、第2部隊主導で巣なしのアルトラを討滅してほしいというものだった。

その頃、第3部隊と第5部隊の混成部隊は他の部隊との合流に向かっていた。さらに御台場障壁防衛隊や豊洲市場警護組に加え、戦線離脱していた第5部隊の千田昊苺と佐々木靖奈以外のリリィたちも復帰しようとしていた。

やがて東京国際展示場前の広場には、総勢二十八人のリリィが再集結し、アルテアが討滅作戦開始を告げる。それは第2部隊がガンシップで強襲し、巣なしのアルトラの討滅を担い、第3部隊と第5部隊はバックアップするというものだった。

『巣なしのアルトラ』討滅

第3部隊と第5部隊の混成部隊は、先行して若洲公園へと向かい、それを見送った第2部隊は防衛軍のガンシップに搭乗し、海上から一気に若洲公園を目指した。

混成部隊は若洲橋のケイブに向かい、第1部隊と並び敵の陽動を引きつける役目を担い、若洲エリアから押し寄せた群れをノインヴェルト戦術で殲滅する。

一方、第2部隊を乗せたガンシップが若洲公園へと到着すると、ノインヴェルト戦術を仕掛けるが、巣なしのアルトラからマギの衝撃波が放たれマギが消滅してしまう。そこで二十三人でのノインヴェルト戦術を成功させるため、月岡椛が提案した「ゼロトップ戦術」を採用する。

ゼロトップ戦術により、最後は天野天葉がラストパスを受け取りフィニッシュショットを決めた。巣無しのアルトラは討滅され、大ケイブも消えていった。そして、リリィ、一般市民を含めて戦死者ゼロの結果を成し遂げ「御台場迎撃戦」は奇跡的な勝利によって幕を閉じた。

CONTENTS

Assault Lily Wunder

アサルトリリィヴンダー

〜激闘！　御台場迎撃戦〜

プロローグ

— PROLOGUE —

穏やかな海が広がっていた。

天野《あまの》天葉《そらは》は陽射しを浴びながら、きらめく御台場の海を見ていた。

「んー、風が気持ちいいな」

遠くには御台場の海上を繋ぐ東京ゲートブリッジや、海の森公園と呼ばれる小さな人工島が見える。まわりを見れば、商業施設やビルが建ち並び、そして東京へと繋がるレインボーブリッジがある。

かつて御台場は海だった。

海を埋め立て、商業施設や住宅街のマンションを建て、近代的な街となった。天葉が立つ場所もまた、以前は倉庫が建ち並び、巨大な船舶が荷物を降ろす埠頭であった。

だが、今や御台場は人類の敵『ヒュージ』を東京から守る防衛拠点となっていた。

御台場周辺の沿岸には光壁システムの塔が建ち並び、ヒュージが海から東京の都市部に侵入するのを防いでいる。埋め立て地には今も商業施設や昔の街並みが残っているものの、かつてほどのにぎわいはない。

度重なるヒュージとの戦いによって、防衛施設となる建物は何度も破壊された。特に東京ゲートブリッジ付近は、一年前の戦いによって崩れた建物や防波堤が今も残されている。

『御台場迎撃戦』。

一年前に御台場で起きた戦いの名前である。

御台場に突然、大ケイブが発生し、大量のヒュージが御台場から東京を襲撃しようと押し寄せた。

そして、アルトラ級ヒュージ『巣なしのアルトラ』まで出現して襲撃してきた。これを防いだのは、ノインヴェルト戦術交流会のために集っていた関東の名門ガーデンのリリィたちだ。

天葉もまた、『百合ヶ丘《ゆりがおか》女学院』のリリィとして、御台場迎撃戦に参加した。

「あれから、もう一年か……」

天葉は御台場の海を眺めながらつぶやく。

一年前の戦いの中、御台場は街も道路もヒュージの大群によって破壊された。その爪痕は今も残っているものの、たった一年で新しい建物が再び建ち並び、街は復興してきている。

「人って、すごいな……」

天葉は目を細めて工事中の建物や街を見る。

御台場迎撃戦に参加したのは、当時まだ高等部一年生のリリィたちばかりであったが、ガーデンの垣根を越えて、仲間たちと力を合わせて戦った。

その戦いは今でも天葉にとって、忘れられない戦いとなっている。

天葉が思い出に浸っていると、ふと背後から声をかけられた。

「あら、天葉さん」

振り返れば、ふたりのリリィが歩み寄ってきた。

「純《きいと》、初《うい》」

御台場《おだいば》女学校の船田《ふなだ》純と初であった。

ふたりは双子の姉妹であり、今や〝東京最強〟とも呼び声が高いガーデン『御台場女学校』の三大レギオンのひとつ『ＬＧロネスネス』の隊長と副隊長であった。

ふたりともＣＨＡＲＭを手に歩み寄ってくる。

「天葉さん、新潟ぶりですわね」

「こんなところで何してますの？」

純と初がそれぞれ声をかけてきた。

天葉は笑顔でふたりに答える。

「御台場に新潟のお礼を言いにきたんだよ。御台場の学校に行く前に海でも眺めようと思って」

天葉はあらためて姉妹に向き直る。

「新潟の戦いでは、援軍に来てくれてありがとう。御台場が来てくれなかったら勝てなかったよ」

「これはご丁寧に。ありがとうございます」

初がたおやかに微笑んだ後、天葉はふたりにたずねる。

「純と初は、何してるの？」

純は肩をすくめてから答えた。

「いつもの見回りですわ。御台場は、わたくしたちが本来守るべき街ですもの」

「そっか。そうだったね」

天葉が思い出しながら笑うと、純はふうと息を吐いてから続けた。

「それよりもあなたこそ、こんなところに出てきて大丈夫ですの？　確かアールヴヘイムは新潟の件で、謹慎になったと聞きましたけど……」

「あはは、もう知ってたんだ」

天葉は苦笑しながら答える。

つい先日まで天葉たち2代アールヴヘイムは新潟に外征して、現地の『柳都《りゅうと》女学館』や純たち御台場女学校と共に新潟を救うため、世界七大アルトラ級ヒュージの一角である『ファーヴニル』と戦った。

その最終局面において、百合ヶ丘女学院は作戦中止を決定し、アールヴヘイムに即時撤退するよう命令した。けれども、主将の天葉はこの命令に反対し、新潟を奪還するために敵陣に乗り込むという作戦を決行した。

そして、佐渡島と中禅寺湖の二体のアルトラ級ヒュージを討滅して、見事に新潟を救った。

七大アルトラ級ヒュージを討滅したのは史上初であり、2代アールヴヘイムは一躍世界的に有名になった。さらに天葉は御台場迎撃戦に続いて、アルトラ級ヒュージを討滅したことから〝英雄〟と讃えられた。

2代アールヴヘイムが新潟から百合ヶ丘女学院に無事帰還した日、百合ヶ丘の全校生徒が盛大に迎えてくれたのだが、その後に生徒会三役が厳しい顔で迎えに来た。

英雄となった天葉とアールヴヘイム全員に、学院から与えられたのは〝処罰〟であった。

全員謹慎と外征禁止となり、しばらくの間、国定守備範囲内である鎌倉府の防衛任務に就くことになった。

天葉は埠頭の縁に立って、空を見上げる。

「まあ、仕方ないよ、命令を無視したのは事実だし。百合ヶ丘は世界トップクラスのガーデンだからね。そこのリリィが命令を無視して、お咎めなしとはいかないよ」

「それが力のある者の責務ですわね」

初が困った顔で微笑むと、天葉は肩をすくめた。

「でも、あたしはあの時の決断を後悔してないよ。もしまた同じことが起きたとしたら、その時も同じ決断をすると思う」

「……どうやら心配いらないようですわね」

純もふっと微笑んだ。

「わたくしもあなたの決断は正しかったと思います。あなたと同じ立場なら、わたくしもきっと同じ決断をしていましたわ」

「……ありがとう、純」

天葉も微笑んだ時、遠くから声がかけられた。

「ちょっと、純！　待ったー！」

埠頭の入口を見れば、御台場女学校の川村楪《かわむらゆずりは》と月岡椛《つきおかもみじ》が駆け寄ってくる。椛と楪は御台場女学校の生徒会長と副会長であり、『ＬＧヘオロットセインツ』の隊長と副隊長でもあった。

「……え？　楪？」

面食らう天葉の前に、楪がかばうように出てきた。

「ソラを迎えに来てよかったよ。どうせ純がソラにけんかを売ってたんだろ！　あたしが代わりに受けて立つよ」

純が「はぁ？」と眉をひそめる。

「どう見たら、そんな風に見えますの？」

「だって、純って迎撃戦嫌いじゃん。だから、ソラが御台場に続いて、新潟でもアルトラ級を倒して有名になったから面白くないと思ってるんじゃないの？」

楪の言葉を聞いて、天葉と初は声を押し殺して笑い、純はため息をこぼす。

「なに？　あたし、おかしなこと言った？」

楪が面食らっていると、純が呆れた目を向ける。

「あなた、このわたくしを何だと思ってますの？」

「純に新潟のお礼を言ってただけだよ」

天葉が微笑みながら言うと、楪は「そうなの？」と目を丸くした。

「だから、心配いらないと言いましたのに……」

椛が困った顔で、楪の背中に手を置くと、彼女はううっとうなってから大きく頭を下げた。

「ごめん！　あたしの勘違いだったよ！」

そんな楪の手を天葉も握って笑顔を向ける。

「ゆず、心配してくれてありがと」

純は「まったく」と首を横に振る。

「迎撃戦迎撃戦、本当にうんざりですわ。わたくしにとって、どんな戦いであってもヒュージとの戦いならば、その全てが等しく重要な戦い。迎撃戦だけが特別な戦いではありませんわ」

「まぁ、そりゃそうだけどさ……」

楪が口を尖らせると、初が微笑みながら続けた。

「でも、あなた方にとって、御台場迎撃戦はそれほど誇るべき戦いだったようですわね」

天葉は深くうなずいた。

「うん。あの戦いがあったからこそ、あたしは新潟で最後まで戦えたんだ」

天葉が椛と楪に目を向ければ、ふたりもうなずいた。

彼女たちもまた、一年前の御台場迎撃戦を共に戦ったリリィであった。

そんな三人を純は目を細めて見ていたが、ふっと息を吐いてまた視線を海へと向けた。

「いつかまた、そんな戦いがあれば、必ず船田姉妹は参戦しますわ。その時はぜひ共闘をしたいものですわね、天野天葉」

「うん。今度は一緒に戦えるのを楽しみにしてる」

天葉が手を差し出すと、純もまた手を取る。

ふたりが約束をかわすと、遠くから「純お姉様ぁー！」という声が聞こえてきた。埠頭の入口から御台場女学校の司馬《しば》燈《ともしび》が大きく手を振っている。

純は燈を見てから、天葉に背を向けた。

「では、そろそろ任務に戻りますわ」

「ごきげんよう、みなさん」

純と初は共に立ち去っていくが、ふと純が立ち止まって振り返る。

「天葉さん、お忘れなさいませんよう。英雄とは後世が決めるもの。わたくしたちリリィにできることは今を勝ち続け、人々を守ること。それが戦う力を持った者の責務。だから、これからも精進なさい。あなたたちはそれができる立場なのですから……」

「うん。ありがとう、純」

天葉が微笑むと、純も不敵に微笑んだ。

「あなたたちの戦いには、これからも期待してますわ」

それだけ告げると、純は仲間と共に去って行った。


その日の午後、天葉は百合ヶ丘女学院がある鎌倉に戻ってきた。

電車を降りて改札に向かえば、四人の仲間が出迎えてくれた。

「天葉姉様！」

天葉の『妹《シルト》』である江川《えがわ》樟美《くすみ》が駆け寄ってくる。

ふたりは百合ヶ丘女学院の姉妹の契りである『守護天使《シュッツエンゲル》の誓い』を結んだ姉妹であった。彼女に続いて、アールヴヘイムの仲間である番匠谷《ばんしょうや》依奈《えな》と田中《たなか》壱《いち》、遠藤《えんどう》亜羅椰《あらや》も歩み寄ってくる。

「ソラ、お帰りなさい」

「お帰りなさい、天葉様」

天葉が「ただいま」と答えれば、依奈から楽しそうに質問された。

「御台場は、どうだった？」

「うん、また新しい建物が建ってたよ」

天葉が御台場の様子を報告すると、依奈は「また行くのが楽しみね」と嬉しそうに微笑んだ。

依奈もまた御台場迎撃戦に参加したひとりであった。

「百合ヶ丘に帰る前に、少し散歩しようか」

天葉たちは散歩がてら、由比ヶ浜へと歩き出した。

しばらくのんびりと歩いて、由比ヶ浜海岸まで出てくれば、近代的な御台場とは違い、自然にあふれた穏やかな浜辺の景色が広がっていた。

午後の陽射しを浴びて、海はまぶしいほどにきらめき、心地よい風が流れてきた。

「んー！　やっぱり鎌倉の海もいいよねー」

天葉が伸びをすると、依奈がため息をこぼした。

「しばらくはこの景色を見ることになりそうよ。生徒会からアールヴヘイムの分の外征をローエングリンやサングリーズルが担当することになったって聞かされたわ」

「そっか……。みんなにも迷惑かけちゃったね」

天葉は軽く息を吐いた。

新潟奪還戦での決断を後悔していないが、それでも自分の決断によって、多くの仲間たちに迷惑をかけてしまったことは変わらない。

「アールヴヘイムのみんなはどうしてる？」

この質問には壱が答える。

「弥宙《みそら》と辰姫《たつき》はあいかわらずけんかしながら、ＣＨＡＲＭの整備をしてます。あかねぇと月詩《つくし》は部屋の片付けをしてましたし、若菜《わかな》様、綺更《きさら》様、乃彩《のあ》様も変わらないご様子でした」

「そう。よかった……」

天葉は百合ヶ丘女学院の方角を見る。

穏やかな海岸を歩いていると、つい先日まで過ごした新潟での激戦の日々が夢のように感じる。平和な日々をまた迎えられたのも、新潟での戦いに勝利したからだ。

それが束の間の平和だとしても、今は大切にしたかった。

そんなことを天葉が思っていると、ふと鼻歌が聞こえてきた。

「ふんふん、ふふーん」

海岸脇の柵を見れば、少女が柵の上に腰掛けて、海を眺めながら楽しそうに鼻歌を歌っている。

長い髪を後ろでまとめたポニーテールと、頭の上には赤い猫耳のようなヒュージサーチャー。

百合ヶ丘女学院ではあまりにも有名な赤いレギオン制服。

彼女の後ろ姿に、天葉はよく見え覚えがあった。

「ねえ、あれって……」

依奈がつぶやくと、少女も天葉たちに気づいた。

「ああーっ！」

少女は海岸中に響き渡るほど大声を張上げると、柵を飛び降りて、急いで駆け寄ってきた。

「ソラ、戻ってきたんだ！　お帰り！」

彼女は天葉の元に来るなり、いきなり抱きしめた。

「ちょっ、こら、何してるのよ⁉」

依奈が慌てて少女に叱りつける。

「いいじゃん。せっかくソラに会えたんだし」

少女はまぶしい笑顔を広げると、天葉の肩を組んだ。

百合ヶ丘女学院の中で、彼女の顔と名前を知らない者は誰ひとりいない。

天葉と並んで下級生から絶大な人気を誇っている。

『ＬＧサングリーズル』の主将である近藤《こんどう》貞花《みさか》であった。

「偶然会えてよかったー！　ちょうどソラに会いに行こうと思ってたんだ。外征から帰ったって聞いてたから、新潟の土産話を聞きに行こうと思ってたのよ」

「貞花こそ、こんなところで何してるの？」

天葉が貞花のなすがままになりながらたずねると、彼女は腰に手を当てて笑顔で答えた。

「いやー、今度こそ会議に出て、生徒会に一言言ってやろうと思ったんだけど……また常盤《ときわ》姉様に、貞花は会議に出ちゃダメよ、って言われて追い出されちゃってさ。そんで、暇だったから、海でも見ようかなって散歩してたってわけ」

貞花は天葉と同じ百合ヶ丘女学院の二年生であり、ＬＧサングリーズルの主将でもある。彼女は破天荒な行動が多く、『制御不能のリリィ』として、生徒会からも全校生徒からも注目されていた。

貞花は目を輝かせながら、天葉を見上げてくる。

「そんなことより、新潟の話を教えてよ。ファーヴニルってどうだった？　柳都のリリィの勇猛っぷりは、ほんとなの？　夕七《ゆうな》や麻嶺《まれい》からはあまり想像できなくてさ。ああ、それからさ……」

「貞花、ちょっと待って。少し落ち着いて」

天葉が慌てて止めると、貞花は照れたように笑った。

「あはは。ごめんごめん。ソラたちの武功を聞いたら、ついつい血が滾《たぎ》っちゃって」

天葉と依奈はやれやれと首を振り、樟美たち一年生は呆気にとられた。

そんなまわりの目など気にすることなく、貞花はひとり話を続ける。

「あーあ、やっぱり、いつものように緊急事態にかこつけて、新潟に行っちゃえばよかったなあ。常磐姉様が止めるからやめたけど……でも、たまには御台場迎撃戦の時のような痺れる戦いに身を置かないとなまっちゃうよね」

「なに言ってるの、迎撃戦の時も危なかったでしょ？」

依奈が呆れて言うと、貞花は力強くうなずく。

「そう。御台場は本当に大変だった。でも、みんなの力と気持ちで乗り越えた。やっぱ戦いってのは、ああじゃないとね！」

「ほんと、貞花の戦闘狂には呆れるわ」

依奈がげんなりして言うと、天葉も苦笑する。

「そんなに迎撃戦って凄かったんですのね。私も居合わせて、刃を振るいたかったですわ」

亜羅椰がうっとりとしていると、隣の壱も言った。

「貞花様は、天葉様と同じ第2部隊でしたよね？」

「そうだよ。ソラとあたしは華の第2部隊だったんだ」

貞花は天葉の腕を組んで、大きく胸を反らす。

天葉の側で樟美が「おおー」と目を輝かせる。

壱も好奇心に満ちた顔でたずねた。

「私、御台場迎撃戦については、記録でしかちゃんとは知らないんです。実際の御台場迎撃戦って、どんな戦いだったんですか？」

「あー、それはね……」

天葉と依奈がどう話したものかと困っていると、貞花が楽しそうに声をかけてくる。

「なら、あたしから教えてあげよっか」

「ぜひ聞かせてください」

壱が申し出ると、樟美もこくこくとうなずく。

貞花は真剣な眼差しと力強い笑顔を浮かべると、

「それじゃ話してあげる。あたしたちにとって、最も大切で、熱い戦いのことを」

御台場迎撃戦について語り始めた。

御台場迎撃戦は、一年前に東京御台場で起きた。

関東の名門ガーデンのリリィが共闘し、ヒュージの大群とアルトラ級ヒュージから御台場と東京を守り、犠牲者とリリィの戦死者ゼロという〝奇跡〟さえ成し遂げた。そして、この戦いは関東における対ヒュージの戦況の逆転を決定づける伝説の戦いとなった。

全てのリリィの希望となった戦いが今、幕を開ける。

第1話　奇跡のはじまり

– EPISODE 1 –

御台場の空は晴れ渡っていた。

まぶしいほどの陽射しが降り注ぎ、海面は光を照り返している。

そんな中、ひとりの少女が腰に手を当て、目の前の階段と巨大な建造物を見上げていた。

十代半ばのまだどこかあどけなさを残す顔立ちと、風に揺れるポニーテールの長い髪。頭には赤いヒュージサーチャー。上品な黒と白の制服を着て、肩には大きなバッグを背負っている。

少女の名前は近藤《こんどう》貞花《みさか》。

鎌倉府の名門ガーデン『百合ケ丘《ゆりがおか》女学院』高等部普通科一年生である。

「あれが東京ビッグサイトね」

貞花が見上げているのは、御台場の中心地にある『東京国際展示場』だった。

東京国際展示場は通称『東京ビッグサイト』とも呼ばれ、ピラミッドを逆さまにかぶせたような外観が象徴的な建物であった。建築されて相当な年月が経過しており、老朽化が進んで建造物の一部が崩れ落ちている。内部は改装されてリリィの訓練施設になっていた。

遙か昔、御台場は海であったが、埋め立てられ、人々がにぎわう街となった。ビルや娯楽施設が建ち並び、活気にあふれていた。

だが、今の御台場には、もうかつてのようなにぎやかさはない。

御台場は今や人類の敵『ヒュージ』を東京から守る防衛拠点となった。昔の街並みもわずかに残されているものの、ほとんどが防衛施設となっていた。そして、御台場を囲む東京の沿岸部には、光壁システムの塔がいくつも建ち並んでいる。

光壁システムは海からヒュージが押し寄せてきた際、東京沿岸部にバリアを張り、東京に侵入するのを防ぐ役目があった。この光壁はラージ級やギガント級といった大型のヒュージさえも防ぐことができた。

そして、この日、御台場では『ノインヴェルト戦術の戦技交流会』が行われようとしていた。

「どんなリリィが待ってるか楽しみだわ」

貞花の顔には笑みがあふれ、胸が高鳴るのを抑えきれなかった。

今、階段の上には、大勢の名門ガーデンのリリィがそろっている。

『リリィ』とは未知の巨大生命体ヒュージに対して、魔法と科学を融合させた決戦兵器『ＣＨＡＲＭ』を用いて戦う少女であり、『ガーデン』はリリィを養成する機関である。

この近藤貞花もまた、後に『制御不能のレギオン』とも呼ばれる『ＬＧサングリーズル』の主将として全国に名を轟かせるほどのリリィとなる。

だが、この時はまだ、無名のリリィのひとりに過ぎなかった。

貞花が御台場に来たのも、ノインヴェルト戦術の戦技交流会に参加するためである。

この戦技交流会には、関東一円のノインヴェルト戦術採用校を中心とした有名ガーデンのリリィが大勢参加していた。

「戦技交流会で活躍して、あたしが一流のリリィだって証明してやるんだから！」

貞花は階段を一気に駆け上がっていった。

長い階段を駆け上がっていき、東京国際展示場の前に広がる広場へと辿り着いた。そこには大勢の少女たちがすでに集まっている。

「おおー、すごい！」

貞花は目の前の光景に目を奪われた。

百合ヶ丘女学院の黒い制服だけではなく、白や青や茶色など様々な制服の少女たちもいる。まるで彩り鮮やかな花を集めたかのようだ。彼女たちは全員肩にＣＨＡＲＭ専用のバッグを背負いながら、楽しげに談笑していた。

少女たちは全員関東の〝名門〟とうたわれるガーデンのリリィだった。

今回のノインヴェルト戦術の戦技交流会には、例年とは違い、一年生だけが参加していた。だが、各校から勇名を馳せたリリィたちが多く集結していた。

「あれが有名ガーデンのリリィたちかー！　いよいよって感じね」

華やかなリリィの姿を見ていると、中から見知った顔がふたり出てきた。

貞花と同じ百合ヶ丘女学院一年生の木子都々里《きこととり》と長谷部《はせべ》冬佳《とうか》だ。

「もう貞花、遅いわよ」

「呼びに行くところだったのよ」

ふたりは貞花とは高等部に進学する以前から親友である。まだどこか幼さを残す貞花とは違い、ふたりとも年頃の少女らしい綺麗な顔立ちをしていた。

貞花は頭に手を置いて、大げさに笑う。

「あはは。つい寝過ごしちゃって」

貞花は有名なリリィとの共闘や戦技交流への期待から、前日はよく眠れなかった。

おかげで、この日、御台場近くの宿舎に荷物を置いて集合する前に、少し仮眠を取って目を覚ましたら、すでに集合時間となって慌てて駆けてきたのだ。

「まったく。貞花が遅刻すると、私が怒られるのよ」

都々里が呆れながら叱るが、貞花は他のリリィを見て話を聞いていなかった。

「ねえ、あれってメルクリウスだよね!?」

まず貞花が注目したのは、白い制服に身を包んだリリィたちだ。

『聖メルクリウスインターナショナルスクール』。

横須賀にある鎌倉府五大ガーデンの一角で、百合ヶ丘女学院と並んで世界的に有名なガーデンである。百合ヶ丘女学院の黒い制服に対して、白い制服が特徴でもあった。

メルクリウスは『王と貴族の学院』とも呼ばれ、二校は『黒の百合ヶ丘、白のメルクリウス』と並び評される良きライバル校であった。インターナショナルスクールという名のとおり海外出身のリリィが所属のほとんどを占めていた。

隣から冬佳が声をかけてくる。

「ふふ、見て。あっちにはルド女もいるわよ」

貞花はチェック柄のスカートとコルセット型の制服のリリィたちを見る。

『私立ルドビコ女学院』。

通称「ルド女」とも呼ばれ、東京地区新宿御苑にキャンパスがあるミッション系のガーデンである。生徒は全員高等部で正式にリリィになる時に洗礼名をつけることでも有名だった。

下北沢など東京西部から南部にかけて国定守備範囲としていたが、東京で起きるヒュージとの戦いでは最前線を担っていた。

都々里が貞花の肩を叩く。

「ほら、あっちに御台場、こっちにはイルマもいるわ」

「東京御三家そろい踏みってところね！」

貞花は御台場女学校とイルマ女子美術高校のリリィを見る。

『御台場女学校』は、東京地区御台場に校舎を構える東京御三家の一角のガーデンであり、北欧神話と近しい『ベオウルフ』の世界観をガーデンの特色としていた。

海のように青い制服が特徴であり、強者がそろうガーデンとして有名だった。

『イルマ女子美術高校』は、東京清澄白河に校舎を構えるガーデンである。リリィとして戦うだけではなく、美術や音楽など芸術教育にも力を入れていた。

『東京御三家』とは私立ルドビコ女学院、御台場女学校、イルマ女子美術高校の三校のことであり、この三校は東京地区の防衛の要となっていた。

「やっぱり御三家がそろうと壮観ね」

貞花は興奮が抑えきれず、他のガーデンのリリィにも目を配る。

「こっちはアルケミラ、那賀大串《ながおおぐし》……あっちの子たちは神庭《かんば》やエレンスゲよね？」

今回のノインヴェルト戦術の戦技交流会には、十校ものガーデンが参加していた。

鎌倉府から百合ヶ丘女学院、聖メルクリウスインターナショナルスクール、アルケミラ女学館。

東京から私立ルドビコ女学院、御台場女学校、イルマ女子美術高校、神庭女子藝術高校。

茨城からは北関東でも有名な那賀大串女学園。

他にもエレンスゲ女学園や、新潟のガーデン柳都《りゅうと》女学館からもリリィが参加していた。

どのガーデンも名門ガーデンであり、今回の交流会には総勢五十名以上が参加していた。

「こんなにたくさんのガーデンがそろうのを見るなんて初めて。どんなバトルをするのか、すっごく楽しみだわ」

「調子に乗ってまたやらかさないでよ」

都々里がため息まじりに注意する。

「へーきへーき。あたしだって、みんなと仲良くなりたいし」

貞花が楽しそうに手を振ったその時、

「白井《しらい》夢結《ゆゆ》、あたしと勝負しなさい！」

突然、大きな声が耳に聞こえてきた。

急に聞こえてきた大声に、貞花は戸惑った。

「……なに？　どうしたの？」

声の方に顔を向ければ、人だかりができていた。

貞花もそちらに向かえば、彼女たちはふたりのリリィを見ていた。ひとりは貞花と同じ百合ヶ丘のリリィであり、もうひとりは赤と青の制服を着ている。

貞花は青と赤の制服のリリィを見てつぶやく。

「あれって那賀大串の子よね？」

『那賀大串女学園』は茨城県水戸市大串町にある。〝茨城最強のガーデン〟とも呼び声が高く、常陸方面の防衛に当たっている名門ガーデンである。

そのひとりが百合ヶ丘のリリィに詰め寄っていた。

「あたしの名前は、千田《せんだ》昊苺《こうめ》。あんたとはどうしても会いたかったのよ、白井夢結」

白井夢結と呼ばれた百合ヶ丘のリリィは、黒髪の美しい少女であり、大人びた顔立ちをしている。

けれども、無表情ゆえか、どこか他人を寄せ付けないような冷たさも感じられた。

夢結が相手にしていないのは明らかだったが、昊苺は構わずに話を続ける。

「今回の戦技交流会に、あたしが参加した目的はあんたよ。あんたの強さは聞いてるわ。アールヴヘイムのひとりとして、あちこちで武功を挙げてきたそうじゃない。この戦技交流会で、あたしとあんたのどっちが優れたＡＺか勝負しなさい！」

「………………」

リリィたちの視線が夢結に向けられる。

『LGアールヴヘイム』とは、百合ヶ丘女学院を代表するレギオンである。

一年ほど前に山梨で起きた『甲州撤退戦』で、百合ヶ丘女学院中等部のリリィを中心に結成されて以降、全ての戦場で無敗を誇った。その強さから〝最強のレギオン〟と呼ぶ者さえいる。

メンバーは現在十二名おり、今回の交流会でもほとんどが参加していた。中でも、白井夢結は様々な戦場で数多くのヒュージを討滅してきたことから有名だった。

夢結は淡々とした声で答えた。

「……あなたと勝負する気なんてないわ。これはノインヴェルト戦術の戦技交流会よ。仲間との連携をするのが目的。デュエルの競い合いが趣旨ではないわ」

突き放されても、昊苺は引き下がらなかった。

「そうはいかないわ。現状〝最強〟とうたわれるアールヴヘイムとあんたに勝てば、あたしのレギオン『スリュムヘイム』の方が最強ってことを証明できるからね。そのために、この交流会に参加したのよ！」

「……あなたはそんなつまらないことのためにリリィになったの？」

夢結の言葉を聞いて、昊苺は声を上げた。

「つまらない⁉　あたしは真剣に言ってるのよ！」

那賀大串から慌てて小柄な少女が出てきて間に入る。

「まあまあ。昊苺も初対面の相手に失礼だよ」

「志奈乃《しなの》。あたしの方が失礼なこと言われたんだけど」

昊苺は同じガーデンの野口《のぐち》志奈乃に声をかける。

「あたしはリリィとして命を懸けて戦ってるのよ！」

これを聞いた夢結は、わずかに眉をひそめた。

「最強になって誰かを守ることができるの？　あなたの言ってることは浅薄の一言に尽きるわ。あなたみたいな人は、リリィを名乗るべきじゃない」

夢結の声は静かながらも、苛立ちを感じ取れた。

（……夢結）

貞花は夢結が苛立つ理由を知っていた。

それは百合ヶ丘のリリィにとって、触れてはいけない白井夢結の過去……。

夢結はアールヴヘイムの初陣として参加した甲州撤退戦の中で、姉と慕った相手を失ってしまった。

以来、彼女は心を閉ざし、アールヴヘイムの仲間さえも近づけようとしなかった。

この話は百合ヶ丘のリリィなら誰もが知っていたが、そのことを知らない昊苺は激高した。

「なによそれ!?　ちゃんと説明しなさいよ！」

昊苺が夢結の肩を掴もうとした時、貞花が間に割って入った。

「ちょっと待ったー！　さっきから聞いていれば、ずいぶん威勢のいいリリィね」

急に前に出てきた貞花を見て、昊苺は面食らった。

「……あんた誰よ？　あたしは白井夢結に話してるんだけど」

貞花は両手を腰に当てて、不敵に微笑んだ。

「よくぞ聞いてくれたわね。あたしこそ百合ヶ丘の近藤貞花！　そして、あたしのレギオン『サングリーズル』こそ、アールヴヘイムをも超える最強のレギオンよ。よく覚えておきなさい！」

「サ、サングリ……？　まったく聞いたことないんだけど」

昊苺が目を丸くすると、人だかりにいた都々里が答えた。

「それはまあ、まだ申請中のレギオンだもの」

「はぁ？　申請中!?　せめて結成してから言ってよね！　未結成レギオンのリリィが偉そうに」

「ははん。これはちょっと痛い目に遭わないとわからないみたいね」

貞花と昊苺がけんかを始めようとしたところで、

「ふたりともそこまで！」

突然、大声が広場に響き渡り、貞花と昊苺は手を止め、そちらに顔を向ける。

広場の中心に大人びた少女が立っていた。

その人物こそ、百合ヶ丘女学院の竹腰《たけごし》千華《ちはな》である。

今回の『ノインヴェルト戦術戦技交流会』の代表のひとりであり、百合ヶ丘女学院のレギオン『LGアールヴヘイム』の主将でもある。

美しい顔立ちとは裏腹に、千華は厳しい眼差しで、貞花と昊苺を見ている。その迫力はさすが最強のレギオンの主将だけはあり、貞花も昊苺も矛を収めざるを得なかった。

「全員集合して。戦技交流会を始めるわ」

千華が静かな口調で呼びかけると、広場にいたリリィが建物の下に足早に集合する。

貞花は昊苺と睨み合っていたが、都々里に「行くわよ」とうながされる。昊苺も志奈乃に腕を引っ張られると、貞花を睨みつけながら言った。

「あんたとの勝負は後回しだからね」

「そっちこそあたしの実力、お目々ひん剥いてよく見ておくことね」

貞花も人差し指と親指で目を開くようなポーズを取ると、集合場所へと向かった。

戦技交流会に参加する全てのリリィが集合した。

五十名以上のリリィたちの前には、今回の戦技交流会の代表である三人が並んでいる。

ひとり目の代表は百合ヶ丘の竹腰千華。

まだ一年生ながら希代の戦術家としても有名なリリィであり、ノインヴェルト戦術での最先端の戦術を生み出し、甲州撤退戦から始まるアールヴヘイムの伝説を築いた人物でもある。

ふたり目の代表はメルクリウスのアルテア・アレッサンドリーニ。

イタリア出身の貴族であり、誰もが見惚れるほどに美しく優雅な顔立ちと華麗な白い制服姿をしている。だが、その外見に反して、『メルクリウスの暴君』という異名でも名高い人物であった。

三人目の代表はティシア・パウムガルトナー。

日除け用の黒い大きな傘を差すという風変わりな格好をしていたが、彼女もまたアルテアと同じメルクリウスのリリィであり、『百年に一度の天才』と呼ばれるほど優秀なリリィであった。

まずは竹腰千華から話を始める。

「ごきげんよう、みなさん。本日はノインヴェルト戦術の戦技交流会に参加していただき、ありがとうございます。今日から三日間、みなさんには合宿してもらい、ノインヴェルト戦術をより実戦で活用できるよう学んでもらいます」

千華はまわりを見渡して話を続ける。

「甲州撤退戦以降、日に日にヒュージとの戦いは激化しています。これまでのようなデュエル中心の戦闘では、いずれ対応できなくなるでしょう。今後リリィ同士の連携がますます必要となってくるはずです」

近年、特型ヒュージやギガント級ヒュージなど、従来では出現が少なかった敵も増えて、これまでのリリィ個人の戦闘力を重視した戦術の『デュエル』だけでは対応できなくなっていた。

「私たちがヒュージを倒すためにも、そして生き残るためにも、より仲間と連携してノインヴェルト戦術の練度を極限まで高めなければなりません」

『ノインヴェルト戦術』とは特殊専用弾を用い、九人のリリィで魔法球《マギスフィア》にマギを込めながらパス回しをすることで強力なエネルギー弾に育て上げ、最終的に魔法球をヒュージに撃ち込む技である。

ギガント級やアルトラ級といった大型のヒュージとの戦いでも効果があることが証明され、リリィにとって最強の必殺技となった。

続いてアルテア・アレッサンドリーニが話を始める。

「他校や他隊と共にノインヴェルト戦術を学ぶことで、自隊の戦術の糧にすることができよう。そのためにも、まずは互いに力を合わせねばな」

　アルテアに微笑まれ、貞花はうぐっと声を詰まらせる。那賀大串の列にいる昊苺を見れば、彼女もばつが悪そうな顔をしていた。

　アルテアは、ふっと笑ってから話を続けた。

「今回の交流会において、私にはもうひとつ目標がある。近年、東京でケイブが頻繁に発生している。しかし現状、東京方面全域守備という観点で、ルド女の負担が大きいという問題がある。私としては、東京はもちろん関東一円のガーデンで連携を深めて、みなで東京を守り、共に難局を乗り越えたいと願っている」

　現在の東京は私立ルドビコ女学院が中心となって守っているものの、近年ヒュージが出現するワームホール『ケイブ』から強力なヒュージが出現するようになり、ルド女の精鋭である『テンプルレギオン』だけでは手に負えなくなっているという課題があった。

　代表者の最後のひとりティシア・パウムガルトナーが話を続けた。

「ゆえに、今回の戦技交流会では、各ガーデンの垣根を越えて連携できるよう、この三日間で様々なガーデンとチームを組んで戦技訓練に取り組んでもらう」

　貞花は不敵な笑みを浮かべた。

「やっぱそうこなくちゃね。名門ガーデンのリリィたちと一緒に戦えるなんて最高だわ。さあ、どんなリリィなのか、お手並み拝見ね」

「貞花がはりきると、またトラブルの予感しかしないわね」

都々里がふうとため息をこぼす。

千華がリリィ全員を見渡して告げる。

「では、早速、訓練を始めましょう。最初の組み分けについてですが……」

組み分けについて話が始まりかけた時。

御台場の湾岸全体にけたたましい警報が鳴り響いた。


湾岸のあちこちから警報の音が響き渡る。

「なに？　ヒュージ⁉」

貞花は辺りを見回し、他のリリィたちも突然の警報にざわめく。

そんな中、ルド女の福山《ふくやま》・ジャンヌ・幸恵《さちえ》が何かに気付いて空を指さした。

「みなさん、あれを見てください！」

貞花も空を見上げれば、御台場の海側から急に黒い雲が広がっていくのが見えた。

集合していたリリィは全員、慌てて国際展示場の海側に出て雲が広がる方角へと目を向ける。

それは御台場北東にある若洲公園からだった。落雷のように地上から上空を目掛けて、何本もの稲光が轟音と共に走る。雷雲のような黒い雲が急速に広がっていき、御台場全体を包み込んでいく。

貞花は黒雲と稲光を見ながら、眉間にしわを寄せた。

「すっごく嫌な予感がするんだけど……」

落雷のように見えたのは、マギがほとばしる現象だ。

これは大規模なケイブが発生する時に起こる現象であり、何本もの稲光と天候さえも変えるほどとなれば、災害規模のケイブが発生する危険がある。

御台場女学校の月岡椛《つきおかもみじ》が何かに気づいたように目を見開いた。

「あれは、まさか……」

「椛さん、何か知ってるの？」

千華がたずねると、椛はうなずいた。

「はい。以前、あそこでケイブが発生して新種のアリ型ヒュージが大量発生しました。もしかしたら、またあの時と同じヒュージが出てくるかもしれません」

隣にいた同じ御台場の川村楪《かわむらゆずりは》も苦々しい顔になった。

「あいつら、とんでもない数が出てきて倒すのが大変だった。またあのアリ型ヒュージが出てくるとしたら、急いでケイブを討滅しないと大変なことになるよ」

東京地区は広域エリアディフェンスのシステムが効いているため、大規模なケイブの発生が抑制されている。しかし、例外なのが沿岸部であり、海から現れるヒュージに対抗するために『光壁システム』と呼ばれるバリアが存在している。

この光壁システムを活用して、海からのヒュージを東京に侵入させないよう阻止するのが御台場女学校の任務であると共に、光壁システムを守ることも使命のひとつだった。

御台場の菱田《ひしだ》治《はる》がケイブを見つめてつぶやく。

「でも、あの時はあんなに大きなケイブじゃなかったわ……」

誰もが呆然と見守る中、大ケイブから落雷に混じって、おおお、と不気味な音が聞こえてきた。それは地響きや風の唸り声というよりも、大観衆の歓声にも似たような音だった。

「……な、なんなの、この音？」

御台場の藤田《ふじた》槿《あさがお》が不安そうにケイブを見ていた。

百合ヶ丘の遠野《とおの》捺輝《なつき》がタブレットを見ながら答える。

「みなさん！　防衛軍の情報によると、大ケイブからアリ型ヒュージだけではなく、大型ヒュージの反応も確認されたそうです。ラージ級やギガント級といった大物も出てくるかもしれません！」

「そんな……。今は上級生がいないのに……」

ルド女の黒木《くろき》・フランシスカ・百合亜《ゆりあ》が不安そうに黒雲を見つめる。

ノインヴェルト戦術交流会が行われた当時、名門ガーデンの二年生以上のリリィの多くは幕張奪還作戦のために千葉に遠征をしていた。

百合ヶ丘の白井夢結が仲間たちに呼びかける。

「ここで話をしても仕方ないわ。敵が出てくる前に、ケイブを討滅すべきよ」

「夢結、待て。敵の状況もわからないのに飛び込むのは危険だゾ」

隣にいた吉村《よしむら》・Ｔｈｉ《てぃ》・梅《まい》が夢結を止める。

百合ヶ丘の多田《ただ》紫恵楽《しえら》が仲間たちに言う。

「まずはガーデンの判断を仰いだ方がよいのではありませんか？」

「そんな時間はありませんわ。アリ型ヒュージが大量発生する前に早く止めなければ」

御台場の西郷紅《さいごうくれな》も仲間たちに呼びかけた。

明らかに大きな災厄が始まることは誰もが感じていたが、どれだけの敵が潜んでいるかわからないのに、飛び込むのはあまりにも危険であった。まして、戦技交流会に集まったのは一年生ばかりで、実戦経験が少ないリリィもいる。

誰もがどうしていいかわからずに不安になって、大きく混乱してざわめいていた。

そんな仲間を見ていた貞花は大きく息を吸ってから、広場に響き渡るほどの大声を張り上げた。

「聴けぇー！　みんな！」

突然、響き渡った大声に、全員が目を見開いたまま固まる。

呆気にとられる仲間たちに向かって、貞花は力強い笑顔で呼びかけた。

「大丈夫！　ここには十分に戦えるリリィがこんなにたくさんいる。あたしたちが力を合わせれば、絶対になんとかなる。ぜーんぶうまくいくよ！」

隣にいた都々里は呆れて、冬佳は微笑んだ。

「もう。あいかわらず考えなしなんだから」

「でも、そこが貞花のいいところね」

アルテアもふっと笑ってから、千華を振り返った。

「貞花の言うとおりだ。私たちはリリィだ。この窮地を乗り越えるのが使命だろう」

「………」

千華は若洲公園を見つめて考え込んでいたが、ふいに遠野捺輝に呼びかける。

「捺輝、まずは大ケイブの情報を詳しく知りたいわ。椛さんや御台場女学校と連携して、ドローン偵察機を飛ばして大ケイブの情報を集めて」

捺輝は「わかりましたわ」と真剣な表情で答えてから、椛と共に足早に去って行く。

ふたりを見送ってから、千華はアルテアとティシアに話を続ける。

「アリ型の特型ヒュージ――ここでは『グンタイアリ』と呼称しましょう――グンタイアリの資料なら見たわ。かなり強力な個体だけれど、飛行能力がなく水を避ける性質がある。もし敵の主要戦力がグンタイアリなら、敵は地上から攻めてくるはず。ならば、まだ食い止めることができるわ」

「すでに作戦を思いついたらしいな。どういう作戦か教えてくれまいか」

ティシアが質問すると、千華はふたりに作戦を話す。

「ここにいる全員を五つの部隊に分けるわ。第1部隊と第5部隊は北と南からケイブの討滅に向かい、その間に第2部隊と第3部隊はこの御台場の中心地の市民の避難を誘導してもらう。そして、各部隊のバックアップを第4部隊に担当してもらう」

「その様子だと、組み分けもできているようだな」

アルテアが微笑むと、千華は「ええ」とうなずいて仲間たちに向き直った。

「では、今から五部隊のメンバーを発表します」

千華が宣言すると、リリィたちの顔に緊張が走る。

「まず大ケイブを討滅する第1部隊は、百合ヶ丘から私と白井夢結、泉《いずみ》牡丹《ぼたん》、谷口聖《たにぐちひじり》、曽野真央《そがまお》、毛綱《もづな》乃彩《のあ》、ルド女から福山・ジャンヌ・幸恵、イルマから一之宮《いちのみや》日葵《ひまり》、日比野《ひびの》羽来《わく》、そして御台場から川村楪に担当してもらうわ」

　千華の口から大ケイブの討滅を担当する第1部隊の十人が矢継ぎ早に発表される。

　アールヴヘイムの智将である竹腰千華、アールヴヘイムのAZとして数々のヒュージを討滅してきた白井夢結など百合ヶ丘女学院のリリィを中心に、ルド女の中でも最も華麗な戦いをすると名高い福山・ジャンヌ・幸恵など戦闘経験が高いリリィが選ばれた。

「続いて市民を避難誘導する第2部隊を発表するわ」

　千華が第2部隊について発表する。

「百合ヶ丘から天野《あまの》天葉《そらは》、木子都々里、長谷部冬佳、近藤貞花、イルマから手島《てじま》恋町《こまち》、メルクリウスからアルテア・アレッサンドリーニ、ルド女から瀬戸《せと》・ベロニカ・いちか、御台場から月岡椛、柳都女学館から千子《せんご》夕七《ゆうな》、天津《あまつ》麻嶺《まれい》……」

　名前が出た瞬間、貞花は「は？」と声を上げた。

「ちょっ、ちょっと待って！　一番槍はあたしだと思ったのにー！」

　貞花としては、自分は絶対にケイブやヒュージ討滅という花形の役目を担当すると思っていただけに、まさか市民の避難を担当させられるとは思わなかった。

　だが、千華は反論を許さない口調で言った。

「今は緊張事態よ。避難民の誘導は、なによりも重要なミッションだわ。この戦い、不測の事態は必ず起きる。第2、第3部隊にはそうした適応力のあるリリィに任せたつもりよ」

それだけ言い放つと、千華は第３部隊のメンバーを発表する。

「第３部隊は遊撃と避難民誘導を担当してもらうわ。百合ヶ丘から番匠谷依奈《ばんしょうやえな》、渡邉茜《わたなべあかね》、明石愛華《あかしまなか》、青木夏帆《あおきかほ》、多田紫恵楽《ただしえら》、御台場から藤田槿、菱田治、横山梓《よこやまあずさ》、エレンスゲ女学園から芹沢千香瑠《せりざわちかる》……」

発表を聞きながら、貞花は大きくため息をこぼした。

「あたしの強さを見せつけられると思ったのに……」

隣から都々里がなだめるように貞花に声をかける。

「気持ちはわかるけど、功を焦っても仕方ないわ」

「……そりゃそうだけどさ」

貞花がむうっと頬をふくらませると、冬佳も励ますように声をかけてくる。

「市民の人たちを無事に避難させるのも立派な仕事よ。ヒュージとの戦いでは一番槍が必ずしも最高殊勲者というわけではないわ。戦況はどう転ぶかわからないものじゃない？」

「そうね。わかった。あたしが担当したからには全員を無事に避難させてみせるわ」

貞花が力強く言うと、冬佳は「その意気よ」と微笑んだ。

「第４部隊はメルクリウスからティシア・パウムガルトナー、リーアリデル・エッシェンバッハ、ルド女から黒木・フランシスカ・百合亜、百合ヶ丘から山梨日羽梨《やまなしひばり》、今川誉《いまがわほまれ》、御台場から……」

千華から第４部隊までの発表が終わり、最後に第５部隊が呼ばれる。

「最後に第１部隊と共にケイブの討滅を担当する第５部隊は、那賀大串から野口志奈乃、千田昊苺、佐々木靖奈《ささきやすな》、団塚英里彩《だんづかえりさ》、百合ヶ丘から吉村・Ｔｈｉ・梅、遠野捺輝、大角梓氣《おおすみあずき》、御台場から……」

第5部隊は主に那賀大串女学園が中心となって選ばれた。

千華は那賀大串の野口志奈乃に向かって言った。

「志奈乃さん。私の第1部隊と共に、ケイブを挟み撃ちにしましょう。茨城最強のあなたたちと私たちが一緒なら、必ず成し遂げられると信じてるわ」

「……任せて。みんなで食い止めてみせるよ」

志奈乃が決意を込めて言うと、その横で昊苺が「よしっ」と拳を握りしめる。

「やっぱりケイブ討滅は、あたしたちの役目よね」

昊苺に勝ち誇った笑みを向けられ、貞花はぐぬぬと拳を握りしめた。

千華は全員に向かって呼びかけた。

「では、戦闘準備を開始してください」

全員のリリィがバッグから自分のＣＨＡＲＭを取り出す。

リリィとして使命を強く感じている者、難敵との戦いに心を躍らせている者、不安や恐怖を感じている者など様々だった。貞花もまた自分のＣＨＡＲＭを握りしめて、今から始まる激戦に高揚していた。

だが、その時、ぐおおお、と大気が震わせるほどの轟音が御台場に響いた。

先ほどとは比べものにならないほどの轟音に、貞花とリリィたちはとっさに耳を塞ぐ。

「今度は何……？」

大ケイブを見ていた川村楪が声を上げた。

「ちょっと待って。あれって……！」

貞花も大ケイブに顔を向けたが、そこで信じられないものを見た。

「なによ、あの怪物……」

雷の光に照らされて、大ケイブの奥に巨大な人型の怪物がおぼろげに見えた。

大ケイブの発生によって空間が歪んでいるために、姿ははっきりとは見えないが、その怪物は全長百メートルを優に超え、御台場の海を繋ぐ東京ゲートブリッジを見下ろすほどに巨大であった。

その巨大な怪物を見て、千華が呆然と目を見開く。

「まさか、あれは……」

巨大な怪物はギガント級の大きさを遙かに超えており、怪物を中心にマギの光が激しく広がっている。天候を変えているのは、あのヒュージの仕業だと誰もがわかった。

そして、それほどの力を持つヒュージとなれば……。

大ケイブを偵察していた遠野捺輝が月岡椛と共に慌てながら戻ってきた。

「大変です！　あれは〝アルトラ級〟です！　アルトラ級ヒュージの出現が確認されました！」

「アルトラ級ヒュージ!?」

アルトラ級ヒュージの出現の報告を聞いて、全員の顔色が変わった。

貞花もまた自分の耳を信じられずに呆然とした。

稲光の中から現れたアルトラ級ヒュージの姿を前にして、リリィたちは戦慄した。

第2話　巣なしのアルトラ

- EPISODE 2 -

「アルトラ級ヒュージに間違いないの？」

竹腰《たけごし》千華《ちはな》がたずねると、遠野《とおの》捺輝《なつき》はうなずいた。

「間違いありません。全てのデータがアルトラ級の特徴と一致しています。ですが、マギクリスタルコアのクラウドデータベースでネスト適合照合ができない個体です。おそらくあれは……」

捺輝の言葉を引き継いで、千華が静かにつぶやく。

「『巣なしのアルトラ』……」

これを聞いた近藤《こんどう》貞花《みさか》やリリィたちは目を見開いた。

（巣なしのアルトラ⁉　冗談でしょう？）

貞花は百合ヶ丘女学院の教練で習った『巣なしのアルトラ』について思い出す。

アルトラ級はヒュージの中でも最大規模の大きさを誇り、ヒュージの首領格となる存在である。アルトラ級の役割の中でも重要なのが『ネスト』と呼ばれるヒュージの巣を築くことであり、そこから生み出された様々なヒュージが人間や街へと侵略してくる。

ただし、なんらかの理由でネストを失い、新しい営巣場所を探しているアルトラ級を『巣無しのアルトラ』と呼んでいた。

その巣なしのアルトラは凶暴となり、災害規模の被害をもたらせると伝えられている。

稲光の向こう側に見える怪物は全長百メートルを優に超えるほどに巨大であり、そんな怪物が暴れたら、あっという間に御台場は壊滅することだろう。

神庭の本間《ほんま》秋日《あけひ》が怪物を見てつぶやく。

「でも、どうして巣なしのアルトラがここに……」

「あんな大物が御台場に現れたことは、一度だってなかったのに」

御台場の川端蛍《かわばたほたる》がいつになく真剣な面持ちでつぶやく。

月岡椛《つきおかもみじ》が険しい顔をしながら話を続ける。

「はっきりとはわかりませんが、若洲にあったグンタイアリのネスト跡地に残っていた負のマギに引き寄せられて、巣なしのアルトラが大ケイブを展開したのかもしれません」

大量のグンタイアリやその他のヒュージの出現も予見されているのに、さらに巣なしのアルトラまで出現するとなれば、御台場はかつてないほどの災厄に見舞われることになる。

アルテア・アレッサンドリーニが切迫した様子で千華に呼びかける。

「千華。これで状況が変わってきた。巣なしのアルトラが相手だとしたら、とてもここにいるリリィだけでは太刀打ちができないぞ。一度撤退した方がよいのではないか？」

貞花がまわりを見れば、不安そうな顔をしているリリィが大勢いた。

御台場に集合したリリィはアールヴヘイムや那賀大串のように強者として名高いリリィもいる一方、まだまだ戦闘経験が浅い一年生もいる。そんな彼女たちに巣なしのアルトラと戦わせるのはあまりにも無謀であった。

千華は仲間と巣なしのアルトラを見てからつぶやいた。

「今ここで私たちが撤退したら、御台場全域が壊滅するばかりか、光壁システムまで破壊される危険もある。もしそんなことになれば、東京が大変なことになるわ」

御台場を囲むように建ち並ぶ光壁システムはギガント級ヒュージの侵入さえも防ぐことができるが、巣なしのアルトラが相手となれば、どこまで耐えられるかはわからない。

もし光壁システムが破壊されたら、沿岸部より東京に大量のヒュージを侵入させてしまう。そうなれば、東京の湾岸一帯は壊滅して、どれだけの被害が出るかわからない。

百合ヶ丘の番匠谷依奈《ばんしょうやえな》が大ケイブを見やる。

「上級生を呼び戻そうにも、幕張からじゃとても間に合わないわ……」

この時、東京地区や鎌倉府の主力となる二年生以上のリリィのほとんどは、『幕張奪還作戦』に遠征していた。彼女たちを呼び戻そうにも到着する前に、巣なしのアルトラが大ケイブから動き出してしまうのは明らかだった。

ティシア・パウムガルトナーが険しい顔をしながら話を続ける。

「御台場が陥落すれば、幕張奪還どころではなくなるな」

ティシアの発言に、百合ヶ丘の谷口聖《たにぐちひじり》も同意する。

「御台場が陥落すれば、幕張のヒュージにも影響を与えて幕張にいるリリィも危険になるわ」

「…………」

千華は考え込んでいたが、やがて毅然と顔を上げた。

「やはり私たちの手で巣なしのアルトラを止めましょう。今、御台場と東京、幕張の仲間を守れるのは、ここにいる私たちしかいないわ」

「で、でも、私たちに止められるかどうか……」

エレンスゲ女学園の芹沢《せりざわ》千香瑠《ちかる》が不安そうに言う。

千華は安心させるように力強い表情を向ける。

「大丈夫。まだ勝機は残されてるわ。巣なしのアルトラが大ケイブから出てきたばかりなら、奴が襲ってくるまでには、しばらく時間がかかるはず……そうよね、捺輝？」

捺輝はタブレットを片手にうなずいた。

「はい。現在、巣無しのアルトラはマギをグンタイアリ種などに供給しつつ、大ケイブをネストにすることに集中していると思われます。そのため、大ケイブから出てきて動き出すまでには、まだしばらく時間はあるはずです。それがどれくらいかまではわかりませんが……」

これに百合ヶ丘の山梨《やまなし》日羽梨《ひばり》が続いた。

「ネストを完成させられたら、巣なしのアルトラも戦闘に参加してくる上に、ヒュージもそこから多く生まれてくるから、御台場を守り切ることは不可能になるわ」

「……つまり、奴がネストを完成させるまでが、私たちに残された時間ということね？」

イルマの一之宮《いちのみや》日葵《ひまり》の言葉に、千華はうなずいた。

「ええ。だから、巣なしのアルトラがネストに集中している間に、大ケイブに辿り着いて、必ず奴をノインヴェルト戦術で討滅する。それができれば、私たちの勝利よ」

「なるほど。それは悪くない作戦だな」

アルテアが不敵な笑みを浮かべた。

千華は代表として大勢のリリィに向き直って告げた。

「御台場と東京、そして幕張の仲間たちを守るためにも、ここで必ず巣なしのアルトラを食い止めるわよ。そのためにも、みんなの力を貸して」

千華が決意を込めた声で言うと、リリィ全員が覚悟を決めてうなずいた。

雷雲が立ちこめる中、リリィたちは出撃準備を進めた。

巣なしのアルトラがネストを築いて動き出すまでの時間がどれだけ残されているかわからない以上、早急に作戦を開始して任務を完遂させなければならない。

全てのリリィたちが慌ただしく自分のＣＨＡＲＭを確認して、タブレットを片手にこれから向かう先の地図を見ながら、自分たちの任務を確認している。

貞花もＣＨＡＲＭの準備をしながら、友人の千華を見ていた。

千華は五部隊の隊長や副隊長となるリリィたちを集めて話を進めていた。

「捺輝の偵察から、ヒュージ粒子の濃度が若洲公園の南側の方がかなり濃くなっていることがわかったわ。今後、その地域は強力なケイブが発生する危険があります」

グンタイアリは水を苦手としているために、海から進行せずに北と南に分かれて進軍するが、ヒュージ粒子の濃度が濃いことから、南ルートから多く進むだろうことが予測されている。

「当初の作戦どおり、第1部隊と第5部隊による挟撃といきましょう。私たち第1部隊は南ルートからヒュージを引きつけながら、大ケイブに向かいます」

千華が第1部隊の仲間たちを見れば、白井《しらい》夢結《ゆゆ》や福山《ふくやま》・ジャンヌ・幸恵《さちえ》といった名だたるリリィが真剣な顔でうなずいた。

「志奈乃《しなの》さん。私たち第1部隊が南ルートの敵を食い止めるから、あなたたち第5部隊は北ルートの敵を食い止めつつ大ケイブに向かって。そして、私たちと合流したら、ノインヴェルト戦術で一気に巣なしのアルトラを倒すわよ」

那賀大串の野口《のぐち》志奈乃はうなずいた。

「わかった。第1部隊が到着するまで、私たちが必ず北ルートの敵を押さえ込んでみせるよ」

志奈乃が那賀大串の仲間たちに目を向ければ、彼女たちも真剣な表情でうなずいた。その中のひとり千田《せんだ》昊苺《こうめ》が腰に手を当てながら不敵に笑った。

「巣なしのアルトラ討滅の武勲は、あたしたちがいただくわ」

続いて千華は第2部隊の月岡椛《つきおかもみじ》に顔を向ける。

「椛さん。すぐに御台場女学校と防衛軍に連絡をして、光壁システムを起動させて。そして、御台場女学校のリリィや防衛軍と連携して、市民の方々の避難を誘導してください。私たちが大ケイブを討滅するまで絶対にヒュージを東京に入れてはいけません」

「わかりましたわ。お任せください」

椛が緊張した面持ちで答えると、第1部隊に選ばれた川村《かわむら》楪《ゆずりは》が歩み寄ってきた。

「椛。みんなのこと、よろしく頼むよ」

「……どうかゆず。無事に帰ってきて」

椛が泣きそうな顔で手を握ると、楪は抱き寄せた。

「心配いらないって。あたしがちゃんと御台場を守ってあげるから」

さらに千華はアルテアへと顔を向けた。

「アルテア。相手がアルトラ級となれば、何が起きるかわからないわ。もし私たち第1部隊や第5部隊に何かあった時は、椛さんと現場指揮を執って」

「ああ。背中は気にせず、目の前の敵を打ち破ってくれ」

アルテアが微笑むと、千華も微笑んでうなずいた。

だが、その時、長谷部《はせべ》冬佳《とうか》が千華に歩み寄った。

「千華、お願い。私も一緒に行かせて。危険なルートなら、私もあなたのサポートに回りたいの」

思いがけない冬佳の行動に、貞花は面食らった。

「……と、冬佳？」

千華も面食らっていたが、冬佳は思い詰めた眼差しで話を続けた。

「巣なしのアルトラが相手なら何が起きるかわからないわ。私なら何が起きても、あなたを支えることができる。だから、私も一緒に行かせて」

千華は冬佳を見ていたが、すぐに首を横に振った。

「いいえ。冬佳には第2部隊で椛さんやアルテアと一緒に市民の救助や、仲間たちのサポートを頼むわ。市民や仲間を守るのも、リリィの使命よ」

「でも、もしあなたに何かあったら……！」

冬佳が涙目になりながら、必死に呼びかけた。

（……冬佳……）

冬佳にとって、千華がどれほど特別な存在であるかを貞花は知っていた。

長谷部冬佳もまた、千華と同じＬＧアールヴヘイムのメンバーであり、千華がアールヴヘイムの隊長になった時から、ずっと腹心として彼女の栄達を誰よりも望み、サポートしてきたのである。そんな相手が死地に向かうと知って、心配でたまらないのだろう。

そんな冬佳の心境を、貞花ははっきりとわかった。

貞花にとっても、冬佳はかけがえのない友人であり、理解者だったからだ。

貞花は幼少期の頃から、リリィとしての素質を見出されて天才ともてはやされたが、レアスキルの覚醒が遅いことから、いつの間にか落ちこぼれとなった。そんな状況でも冬佳は貞花の側に寄り添い、常にリリィとしても高く評価をしてくれた。

貞花にとって冬佳が側にいてくれて、どれだけ救われたかわからない。

だから、貞花は冬佳の想いを支え、守ることを自らの使命と考えていた。

貞花は悲しむ冬佳を見ていられず、千華に呼びかけた。

「巣なしのアルトラを討滅するのなら、アールヴヘイムとして向かった方がいいんじゃない?」

アールヴヘイムは全ての戦いで無敗を誇ってきた。現状〝最強のレギオン〟ともうたわれる彼女たちなら、きっと巣なしのアルトラも倒せるはずだ。

そう誰しもが思っていたが、この提案に千華は断固とした表情で首を振った。

「ここには戦闘経験が少ないリリィがいるわ。その子たちをサポートするためにも、私たちアールヴヘイムは分散した方がいい。私はもう二度と〝甲州撤退戦〟の過ちを繰り返したくないの」

「……千華……」

その言葉を聞いて、貞花も冬佳も何も言えなくなった。

千華には甲州撤退戦で深い〝後悔〟があった。

アールヴヘイムは一年ほど前の甲州撤退戦当時に、竹腰千華や長谷部冬佳、白井夢結など甲州に合宿に来ていた百合ヶ丘女学院中等部のリリィたちを中心に結成された。そして、甲州市民を安全な場所まで避難させるという役目を担った。

無事に甲州市民を避難させることはできたものの、戦いの最中に仲間のひとりが戦死した。

白井夢結と百合ヶ丘女学院の姉妹の契りである『守護天使《シュッツエンゲル》の誓い』を交わした川添《かわぞえ》美鈴《みすず》である。

この出来事はアールヴヘイムのメンバー全員の心に深い悲しみを残し、当時副隊長であった千華は自分の戦術が間違っていたのではないか、と自分を責めた。

だからこそ、仲間を守るためにも、戦闘経験が高いアールヴヘイムを分散する道を選んだのだろう。

千華は大きく息を吐いてから、冬佳の両肩に手を置いた。

「冬佳。きっとこれから現場は混乱して、私たちは連絡も取れなくなる。もしそうなっても、あなた

なら私の作戦を理解して動いてくれると信じてる。だからこそ、私たちは別々の場所で戦うべきよ。

仲間を守るためにも、リリィの使命を果たすためにも……わかってくれるわね？」

「…………」

冬佳は涙目のままうなずいた。

「みなさん！　大ケイブからグンタイアリの群れが出現したとのことです！」

遠野捺輝の呼び声に、リリィ全員に緊張が走った。

御台場女学校からの連絡を受けていた月岡椛も呼びかけてくる。

「御台場の各地にも、沿岸部からスモール級が多数出現しています。御台場女学校のリリィが応戦していますが、防衛軍は市民を避難させるためのガンシップの準備や対応が遅れているそうです！」

「もう時間がないわ！　第1部隊、出撃するわよ！」

千華は自らのＣＨＡＲＭを手に取ると、冬佳が彼女に呼びかけた。

「千華、どうか無事で……！」

「……私もあなたの無事を祈って戦うわ」

千華は冬佳と抱きしめ合ってから貞花に顔を向けた。

「貞花。冬佳のこと、よろしく頼むわね」

貞花は冬佳の隣に立って強くうなずいた。

「わかった。あたしが冬佳を守るから、絶対無事に戻ってきてよ」

「言われなくても、まだ死ぬつもりはないわ」

千華は力強くうなずいてから、五部隊の隊長たちに高らかに宣言した。

「それじゃあ、みんな行くわよ！　作戦開始！」

全部隊作戦開始となり、五部隊のリリィたちは自分の持ち場に走って行く。

冬佳は第1部隊の仲間と共に走り去る千華の後ろ姿を見ていた。

そんな彼女の肩に、貞花は手を置いて笑いかけた。

「千華なら、きっと大丈夫だって」

冬佳は目元を手でこすってから、強い眼差しで答えた。

「ええ。今は私たちにできることをしましょう」

貞花も力強くうなずいて、自分たちの仲間の元に向かった。


貞花と冬佳が足早に第2部隊の元に向かえば、すでに仲間たちは集合していた。

親友の木子都々里《きこととり》がＣＨＡＲＭを手にして、ふたりに声をかけてくる。

「遅い。すぐに出撃するわよ」

貞花は「ごめんごめん」と謝ってから、第2部隊の仲間たちを見渡した。

「おおー、名だたるリリィがそろってるじゃないの」

第2部隊は百合ヶ丘から近藤貞花、長谷部冬佳、木子都々里、天野《あまの》天葉《そらは》、イルマから手島《てじま》恋町《こまち》、メルクリウスからアルテア・アレッサンドリーニ、御台場女学校から月岡椛、柳都から千子《せんご》夕七《ゆうな》、天津《あまつ》麻嶺《まれい》、そしてルド女から瀬戸《せと》・ベロニカ・いちかの十人が選ばれていた。

第2部隊の隊長として、アルテア・アレッサンドリーニが貞花に手を出してきた。

「アルテア・アレッサンドリーニだ。よろしく。私も巣なしのアルトラ討滅の大任を果たしたかったが、市民を守ることも立派なリリィの使命だ。卿らの実力、楽しみにしているぞ」

副隊長の月岡椛も切迫した表情で、仲間たちに声をかける。

「私たちは青海や新木場方面のヒュージを討滅し、市民のみなさんを避難させることが任務です。必ず無事に安全な場所まで連れて行きましょう」

これを聞いた千子夕七がため息をこぼした。

「麻嶺を柳都に連れ戻しに来ただけなのに、なんでこんなことに……でも、こうなったからには必ず柳都の名誉のためにも乗り切ってみせるわ」

隣の天津麻嶺も楽しそうにうなずいた。

「そうそ。その意気よ。名門ガーデンのリリィたちの力を見せてもらいましょ」

千子夕七と天津麻嶺は同じ新潟の名門ガーデン柳都女学館のリリィである。

夕七はまだまだ無名のリリィであったが、麻嶺は天才アーセナルとして、すでに有名であった。彼女は柳都女学館のリリィでありながらも、全国にあちこち出かけては気に入ったリリィのＣＨＡＲＭを作るため、『流離《さすらい》のアーセナル』とも呼ばれていた。

この時も麻嶺は百合ヶ丘女学院に居候していたのだが、そこに夕七が柳都女学館に呼び戻しに来るついでに、ノインヴェルト戦術交流会に参加することになったのだった。

手島恋町も笑顔を浮かべて、全員に挨拶をする。

「みんなよろしくね。私たちは私たちのやるべきことをしましょ」

恋町はイルマ女子美術高校のリリィであり、イルマ四天王の一角でもある。レギオンでも最前線を担うＡＺとしての能力は天性のものがあり、俊足を生かした戦い方で有名であった。

続いて瀬戸・ベロニカ・いちかが貞花と握手する。

「瀬戸・ベロニカ・いちかだ。よろしく」

いちかは私立ルドビコ女学院でも有名なリリィのひとりである。ルド女の精鋭でもあるテンプルレギオンに一年生ながら選出されて数々の活躍をしてきた。

そして、貞花は最後のひとりである天野天葉に手を差し出した。

「ソラも同じ部隊だなんてね。でも、一番活躍するのはあたしだから」

天葉もまた千華や冬佳と同じアールヴヘイムのメンバーであり、副将でもあった。

明るく人懐っこい性格と、身体能力がずば抜けているだけではなく、すでにいくつもの戦いで功績を挙げていることから、百合ヶ丘のリリィの中でも人気が高かった。

貞花にとって天葉は親友であり、よきライバルでもあった。

天葉は笑顔で貞花の手を取った。

「さっきは夢結を助けてくれてありがとね」

天葉は同じアールヴヘイムの仲間である白井夢結をずっと気にかけていた。

きっと夢結と昊苺《こうめ》が言い合いをしていた時も気が気ではなく、貞花が止めてくれたことに、ほっとしたことだろう。

貞花は腰に手を当てて、ふんぞり返ってみせた。

「気にしないで。あたしとサングリーズルがアールヴヘイムを超えるってのは本気だから」

貞花がふてぶてしくライバル宣言をすると、天葉は苦笑した。けれども、ふと近づいてきて耳元で小さな声でささやいた。

「……冬佳、大丈夫？」

冬佳を見れば、彼女は悲壮な表情でＣＨＡＲＭを確認している。

貞花も気にかかっていたが、冬佳を励ますように明るく声をかけた。

「さあ、冬佳。行こう！」

冬佳も「ええ」とうなずいたその時、椛が仲間たちに呼びかけた。

「青海沿岸部にヒュージの群れが出現！　防衛軍の施設を襲撃しているとのことです！」

アルテアが第2部隊の隊長として全員に宣言する。

「第2部隊、出撃するぞ！」

この呼びかけに、第2部隊全員がＣＨＡＲＭを構えた。

貞花も愛用のＣＨＡＲＭ『ソハヤノツルギ』を握りしめる。

「さぁて、みんな行こうか！」

そして、第2部隊は青海を目指して走り出した。

青海は御台場南側沿岸部にあるエリアだ。

ヒュージの侵攻を防ぐために防衛拠点となる軍事施設や防衛軍のビルが建ち並んでいる。その他、御台場がにぎわっていた頃の商業施設や船舶が停泊する埠頭の跡地も残されていた。

その青海を目指して、貞花たち第2部隊は走った。

「こんなところまで、もうヒュージが……！」

前方の海岸付近では、すでに戦闘が始まっていた。

海からスモール級ヒュージが十体以上這い出てきて、防衛施設や市民に襲いかかっていた。あちこちのビルから火の手や黒煙が上がり、車道では追突している車もあった。軍事施設から避難する職員や、商業施設から出てきた市民が逃げ惑っていた。

市民は若洲公園に突然現れた巣なしのアルトラの姿を見て混乱していた。

御台場女学校のリリィと、防衛軍の兵士たちが市民を守るために応戦している。

御台場のリリィたちが手にしていたＣＨＡＲＭは、全員第1世代の『ヨートゥンシュベルト』であった。このことから、彼女たちが御台場女学校中等科のリリィであることがわかった。

押し寄せる敵に対して、彼女たちは市民を守る盾となって、ＣＨＡＲＭを振るっていた。だが、中等科の彼女たちはまだ戦いに慣れていないのか、動きがぎこちない。

「みなさん落ち着いてください！」

大通りでは中等科のリリィが戦いながら、必死に市民を落ち着かせようとしていた。

だが、彼女の言葉は市民の耳に届かず、混乱する戦いの中で、スモール級が彼女に飛びかかる。

「きゃあっ！」

中等科のリリィが跳ね飛ばされて地面に転がった。

彼女が昏倒している間に、スモール級が飛びかかる。

「はあああっ！」

瞬間、貞花が前に飛び出して、ソハヤノツルギを振るい、スモール級を一刀両断した。

ソハヤノツルギは近藤貞花専用のユニークＣＨＡＲＭである。天津重工神器開発部製の機体であり、まさしく日本伝統の刀の形をしていた。

貞花は着地してから、まわりのスモール級に睨みをきかせた。

「さあ、次は誰が相手になる？」

二体のスモール級が貞花に襲いかかる。

これを貞花は居合いのようにソハヤノツルギを下段に構えると、高速で剣を振るった。無数の剣閃が走ったかと思うと、二体のスモール級はバラバラに裂かれた。

一瞬にして三体のスモール級を倒した貞花を見て、中等科のリリィも市民も呆然とした。

「……すごい……」

貞花は振り返って、年下のリリィに微笑みかけた。

「よく頑張ったね。あとはあたしたちに任せてよ」

貞花は市民へと振り返ると、両手を上げて、まぶしいほどの笑顔で呼びかけた。

「みんな！　あたしたちが来たからには、もう大丈夫。必ず光壁の内側に送り届けてみせるわ！」

貞花の明るい笑顔に、市民や中等科のリリィは全員目を奪われた。そして、貞花の制服が有名な百合ヶ丘女学院のものだと気づいた途端、「百合ヶ丘が助けに来た」と安堵の声と歓声を上げた。

貞花がふうと息を吐いた時、リリィが貞花の背後を指さして叫んだ。

「危ないっ！」

とっさに振り返れば、空からスモール級が飛びかかってきた。

貞花がソハヤノツルギを構えると同時に、

「はあああっ！」

アルテアが真横からスモール級に突撃した。

アルテアが愛用のＣＨＡＲＭ『ミュルグレス』を突き刺した瞬間、その衝撃によってスモール級の体がバラバラに吹き飛んだ。細身の剣からは信じられないほどの爆発的な破壊力であった。

「なんて破壊力……」

貞花が呆気にとられていると、アルテアはミュルグレスを優雅に振るう。

貴族らしい優雅な出で立ちに反して、攻撃的な戦闘スタイルはまさに『メルクリウスの暴君』と呼ばれるに相応しかった。さらにメルクリウスでも名高いアルテア・アレッサンドリーニが助けに来たことにより、今まで以上に市民は歓声を上げた。

そんな歓声を浴びながら、彼女は貞花へと振り返った。

「油断は大敵だぞ」

アルテアに微笑まれて、貞花はむっとしながら言い返す。

「はいはい、ちゃんと見えてましたよー」

「なら、卿の力をもっと見せてもらおうか」

アルテアがまわりを見れば、あちこちからスモール級が這い出てくる。

「やあああっ！」

天葉が飛び込んでいき、スモール級一体を専用ＣＨＡＲＭ『グラム・エクストラ』で薙ぎ倒す。

都々里と冬佳もまたそれぞれ『アンキレー』と『アスピド・ズメイ』の砲撃で敵を掃討する。

「さあ、日頃の訓練の成果を見せる時よ」

「ええ。千華との約束はちゃんと守るわ」

スモール級を倒しても再び海から湧き出してきた。

いちかも『グングニル』を斬撃《ブレード》モードにして敵を倒す。

「アルトラのせいで敵が活発になってるな」

「さっさと倒してみんなを避難させるよ」

恋町も俊足と両手で握った『リヒトブリンガー』を振って、次々と敵を倒していく。

椛は周囲を見回して、仲間たちに指示を飛ばした。

「夕七さんといちかさん、天葉さんは右側の敵を担当してください。貞花さんとアルテアさん、恋町さんは左側の敵をお願いします。麻嶺さんと都々里さんと冬佳さんはそのまま中等科のリリィと共に、市民のみなさんを守ってください」

第2部隊は全員「了解！」と答えて、持ち場に向かう。

貞花は再びソハヤノツルギを構えて、第2部隊や中等科のリリィに呼びかけた。

「みんな、一気に行くよ！」

貞花たち第2部隊の活躍によって、瞬く間にスモール級の群れは数を減らしていく。海から湧き出てくるスモール級もいなくなってきた。

椛は周囲の安全を確認して、中等科のリリィと防衛軍に呼びかける。

「中等科のリリィのみなさんは、今のうちに市民のみなさんを駅まで誘導して装甲モノレールに乗せてください。防衛軍のみなさんは、他に逃げ遅れた方がいないか確認をお願いします」

御台場のリリィたちは「はい！」と返事をして、防衛軍と協力して市民を駅に連れて行った。

御台場には交通手段としてモノレールが走っていたが、そのモノレールは対ヒュージ用装甲列車の装備がつけられ、駅もヒュージの攻撃時には強固な防壁を展開することができた。

装甲モノレールが到着して市民を乗せると、発車して迅速に光壁の内側へと市民を運んでいく。

最後のスモール級を斬り捨ててから、貞花は大きく息を吐いた。

「……ふう。これでひとまずは安心ね」

ヒュージの第一波は無事に防ぐことができたようだ。

アルテアも椛に近づいていって言葉をかける。

「さすが御台場のリリィ。的確な判断だ。元船田《ふなだ》予備隊は伊達ではないな」

「ありがとうございます。でも、まだ作戦は始まったばかりです。御台場を守護する者として、必ず市民のみなさん全員を光壁の内側へ避難させないと……」

椛は大きく息を吐いて歩き出そうとしたものの、思いがけず足下をふらつかせた。アルテアが「おっと」と手を差し出して、椛の華奢な体を支える。

「ご、ごめんなさい！」

椛が慌てて離れると、アルテアは微笑んだ。

「ずいぶんと気を張ってるみたいだな。だが、あまり無理しない方がいい。私たちは仲間だ。頼れる時には、遠慮なく頼ってくれていい」

「……はい。ありがとうございます」

椛は恥ずかしそうにうなずいた。

（噂どおり、ほんと罪作りな人みたいね、アルテアは）

貞花が心の中で呆れていると、冬佳が近づいてきた。

「貞花、お疲れ様」

冬佳に微笑まれ、貞花は「うん」と笑顔でうなずいた。

「さっき、リリィみんなに声をかけた時や市民の人たちを助けた時の貞花、とってもよかった。やっぱりその明るさは誰にも負けない貞花のいいところね」

冬佳から素直に褒められて、貞花はつい顔がほころんでしまう。

「まあ、これくらい当然よ」

そんな貞花と冬佳を見て、都々里が叱りつけてくる。

「ふたりとも油断しない。まだ始まったばかりよ。御台場から市民を無事に全員光壁の内側に逃がすまでは終わりじゃないわ。いつ巣なしのアルトラが襲ってくるかわからないんだから」

貞花が大ケイブ方面へと顔を向ければ、東京ゲートブリッジから海の森公園へと〝黒い影〟が大量に群れをなして猛烈な勢いで駆ける姿が見えた。おそらくあれが〝グンタイアリ〟なのだろう。

冬佳が東京ゲートブリッジを心配そうに見つめる。

「……千華……」

貞花は冬佳の肩に手を置いてから仲間に声をかけた。

「さあ、今のうちにどんどん助けるよ！」

第３話　油断……

EPISODE 3

御台場全体に警報が鳴り響いていた。

分厚い黒雲が空を覆い、大ケイブが発生した若洲公園では稲光が激しく光っている。

そんな中、野口《のぐち》志奈乃《しなの》を隊長とした第５部隊が新木場方面を目指して駆けていた。彼女たちは巣なしのアルトラの討滅と若洲公園から出現するグンタイアリを食い止めるのが任務であった。

御台場北東に広がる新木場エリアは、元々夢の島公園や倉庫街が広がっていたが、現在は半壊した建物の中に、機体整備場や射撃用設備のみがあった。

そこでは御台場女学校工廠科によるＣＨＡＲＭの機体試験や、リリィたちがマギを使用した実戦レベルの射撃訓練が行われていた。

志奈乃たち第５部隊が新木場駅まで来れば、民間人が慌てながら避難車両に乗り込んでいた。その側では御台場女学校のリリィや防衛軍の兵士たちが武装の準備や避難誘導をしている。

志奈乃は若洲公園から新木場に続く大通りを見るよう仲間たちにうながした。

「みんな、あそこ！」

そこでは防衛軍の兵士や御台場女学校のリリィが集まり、戦車や装甲車で幅広の大通りをふさいでいた。彼らの視線の先を見れば、若洲公園方面から大量のグンタイアリが地響きを上げながら突撃してきていた。

グンタイアリ一匹の大きさは小型車ほどであり、アリのような外見をしている。それが群れとなって襲いかかってくる様は、まさに防波堤を決壊させた津波が押し寄せてくるようであった。

防衛軍の兵士たちはロケットランチャーを構え、戦車は砲撃準備をしていた。

「撃てーっ！」

隊長の命令によって、ロケットランチャーや戦車の砲撃が敵へと発射される。グンタイアリの群れに直撃し、爆発が起きて先遣隊のグンタイアリが吹き飛んだ。

「やった！」

御台場女学校のリリィが歓声をもらしたが、顔色がすぐさま恐怖に変わった。もうもうと燃え広がる黒煙の中から、グンタイアリが再び大量に押し寄せてきたのだ。

「どいてどいて！　あたしに任せて！」

第5部隊の千田《せんだ》昊苺《こうめ》が装甲車を飛び越えて大通りに出ると、グンタイアリの前へと躍り出た。

「この御台場に千田昊苺の名を轟かせてやるわ！」

昊苺は高らかに宣言すると、二本のＣＨＡＲＭを携えて突っ込む。そして、突撃してきたグンタイアリの一匹を思い切り弾き飛ばした。

グンタイアリは軽々と吹き飛んで、何匹かを巻き添えにした。グンタイアリの群れは足を止め、防衛軍と御台場女学校のリリィは歓声を上げた。

そんな彼らの声を浴びて、昊苺は得意げな笑みを浮かべて見得を切る。

「〝円環の御手《サークリットブレス》に弱者なし〟よ！」

千田昊苺のレアスキルは『円環の御手《サークリットブレス》』。通常は一本しか使えないＣＨＡＲＭを二本同時に使うことができた。彼女の手には、『ウコンバサラ』と『シャルルマーニュ』がそれぞれ握られている。

昊苺は茨城最強とも名高い那賀大串女学園のリリィであり、茨城を代表するデュエルの天才として『重戦車《チャリオット》』という異名で全国に知れ渡っていた。

これを見た吉村《よしむら》・Ｔｈｉ《てぃ》・梅《まい》と川端蛍《かわばたほたる》も前に出る。

「さすが那賀大串だな！」

「今度はあたしたちの番だよ！」

梅が『タンキエム』でグンタイアリを切り裂けば、蛍も『ヨートゥンシュベルト』で切り裂く。

吉村・Ｔｈｉ・梅は百合ヶ丘女学院のリリィであり、彼女も竹腰千華《たけごしちはな》や白井夢結《しらいゆゆ》と同じ『ＬＧアールヴヘイム』のメンバーであった。対する川端蛍は御台場女学校のリリィであり、中等科の頃は世界でも屈指の才能を抱えた予備隊『船田《ふなだ》予備隊』に所属していた。

「ふふ、このメンバーとならいい戦いができそう」

梅と同じ百合ヶ丘のリリィであり、後に『シグルドリーヴァの黒龍』と呼ばれるようになる大角《おおすみ》梓氣《あずき》がＣＨＡＲＭの砲撃で敵を倒せば、宮本《みやもと》煌椋《こむく》と中林《なかばやし》海七《かいな》もまた後に続いた。

「私たちの力を見せてやろうか」

「煌椋。サポートは任せて」

宮本煌椋はイルマ女子美術高校出身であり、戦術家としても名高いリリィである。同じイルマの中林海七は煌椋の幼なじみとして常に戦い続け、今やパートナーとして彼女を支えている。

志奈乃も斧型のＣＨＡＲＭ『リサナウト』で敵を倒し、防衛軍や御台場のリリィに声をかける。

「あとは私たちに任せて、みなさんは民間人の避難をお願いします！」

「しかし、スモール級相手ならば、我々も力になれる。君たちだけに任せるのは……」

防衛軍の隊長は躊躇っていたが、百合ヶ丘の遠野《とおの》捺輝《なつき》がフォローするように続けた。

「あのグンタイアリの足の速さです。市民のみなさんが避難中にヒュージに襲われる可能性もあります。しかも、相手がアルトラ級となれば何が起こるかわかりません。一刻も早く市民のみなさんを光壁の内側に送り届けていただけませんか？」

その言葉に説得された隊長は「わかった。あとは任せる」と答えて避難民の元に向かう。

遠野捺輝もまた後に大角梓氣と並んで『シグルドリーヴァの白龍』と呼ばれるほどのリリィとなる。

「みんなも手伝ってあげて」

蛍も御台場のリリィに呼びかけると、彼女たちも「はい！」と答えて避難民の元へ駆けていった。

その姿を見送ってから昊苺はつぶやいた。

「あたしたちだけで十分よ。余計な手出しをされる方が邪魔」

「もう。昊苺ったら、あいかわらず口が悪いんだから」

昊苺と同じ那賀大串の佐々木《ささき》靖奈《やすな》が叱りつける。

志奈乃は第5部隊の仲間たちに呼びかけた。

「みんな！　第1部隊も大ケイブを目指して進軍してるから、私たちも頑張ろう！」

第5部隊のリリィたちは力強くうなずき、グンタイアリの群れを迎え撃った。まずは佐々木靖奈と

団塚《だんづか》英里彩《えりさ》がグンタイアリを討滅していった。

「那賀大串の力を見せちゃうよ」

「靖奈、油断しないでくださいね」

このふたりも野口志奈乃や千田昊苺と同じ那賀大串女学園のリリィである。

佐々木靖奈は昊苺の親友であり、彼女と共に幾多の戦いで戦果を上げた剛の者であり、団塚英里彩もまた昊苺や志奈乃をサポートしながら戦ってきた。

第5部隊は〝覚醒者に弱者なし〟とうたわれるレアスキル『円環の御手《サークリットブレス》』の覚醒者が千田昊苺と中林海七、遠野捺輝と三人もおり、さらには攻撃の要となるレアスキル『ルナティックトランサー』の覚醒者である佐々木靖奈もいるため、かなり攻撃的な布陣であった。

そして、第5部隊隊長に選ばれた野口志奈乃もまた、高い戦術眼とリーダーシップによって、数々の戦いで勝利に導いてきた。

彼女たちの活躍によって、数十匹いたグンタイアリが瞬く間に数を減らす。

昊苺が十四匹目のグンタイアリを討滅して声を上げた。

「楽勝楽勝！　この戦いでアールヴヘイムよりも、あたしたちの方が強いって証明してあげるわ！」

第5部隊の快進撃に、後続のグンタイアリは動きを怯ませ、リリィたちを避けようと脇道にそれようとした。しかし、道の両側にある建物から、分厚い防壁がせり出して道を塞いだ。

川端蛍が耳の通信機に手を当てて笑った。

「獲物をどこにも逃がすつもりはないよ」

どうやら防衛軍に要請して、対ヒュージ専用防壁を起動させたようだ。

御台場は防衛拠点としてヒュージの侵攻を食い止めるため、各所には分厚い防壁が仕掛けられている。大型ヒュージの攻撃も、しばらくの間ならば耐えられた。

「まあ、これで敵は全部梅たちに来るけどな」

梅が苦笑してから、若洲公園へと続く若洲橋に目を向ける。

橋の前には黒い空間の塊があり、そこからグンタイアリが次々と出現している。黒い空間は『ケイブ』と呼ばれる異次元のワームホールであり、ヒュージの通り道となっていた。

若洲公園の大ケイブとは別に、グンタイアリを生み出すためのケイブが発生していた。その先には今回の災厄の元凶となった怪物が稲光に照らされている。

志奈乃は巨大な人型の怪物を見つめてつぶやく。

「あれが巣なしのアルトラ……」

巣なしのアルトラの姿はまだ遠くにあったが、全身が震えるほどの威圧感が放たれていた。もしあんな巨大な怪物が暴れたら、あっという間に御台場は壊滅するだろう。

巣なしのアルトラが動き出す前に、なんとしてでも討滅しなければならない。

志奈乃がごくりと喉を鳴らしていると、横から昊苺が楽しそうに声をかける。

「ねえ、志奈乃。あのケイブをやっつければ、グンタイアリはいなくなるのよね？　千華たちが来る前に敵を減らしておこうよ。あたしたちならいけるっしょ！」

「待って。私たちの任務は第1部隊が来るまで、ここでヒュージの足止めだよ」

調子に乗る昊苺を、志奈乃は慌てて止める。

竹腰千華が立てた作戦では、千華たち第１部隊が到着するまで新木場でヒュージの足止めをするのが第５部隊の役目であった。そして、第２部隊が周辺の市民の避難を終えた後、第１部隊の突入を待って、第２部隊と共に若洲公園へと突撃する計画だった。

これに昊苺は余裕の笑みを浮かべる。

「グンタイアリだけなら大したことないし、あのケイブを落とせば、若洲公園の道が開けるんだよ。わざわざ第１部隊を待たなくても、第２部隊を呼んで突入すれば、あんな棒立ちの怪物なんか余裕で倒せるって」

「昊苺。いくらなんでも調子に乗りすぎじゃ……」

英里彩が苦言を呈するが、昊苺は気にしない。

「あたしたちがさっさと巣なしのアルトラを倒せば、ヒュージもみんないなくなるし、第１部隊や他の部隊の手間も減るってもんでしょ」

「…………」

これを聞いて志奈乃は迷った。

確かに今のうちにケイブを討滅して敵勢力を減らせれば、巣なしのアルトラに一気に近づける。第１部隊が来る前に、第２部隊と共に巣なしのアルトラにノインヴェルト戦術を仕掛ければ討滅できるかもしれない。

巣なしのアルトラがいつ動き出すかわからない以上、好機を見逃さずに敵を倒せた方がいい。元凶さえ倒せば、グンタイアリも止まり、誰ひとり犠牲を出さずに早期に戦いを終わらせられる。

一抹の不安があったが、志奈乃は前進を決断した。

「わかった。みんな行こう！」

志奈乃が呼びかけると、昊苺はにやりと笑った。

「そうこなくちゃ。さあ、さっさとケイブを潰すよ」

昊苺は二本のＣＨＡＲＭを振り上げて、単体で突っ込んだ。

志奈乃や第５部隊のリリィも後を追いかけて進んでいく。そして、ケイブまで残りあとわずかというところで、梅が何かに気づいて叫んだ。

「昊苺、待て！　それ以上、前に行くな！」

昊苺が思わず足を止めた瞬間、ケイブが一気にふくれ上がり、巨大な何かから熱線が吹き出してアスファルトの地面を大きく抉った。

「くっ！」

熱線を受ける前に、昊苺は後方に飛んで着地する。

「昊苺、大丈夫⁉」

志奈乃は呼びかけてから前方へと目を向けた。

ケイブの中から現れたのは、超大型のグンタイアリであった。

「グンタイアリのギガント級⁉」

昊苺は敵の姿を見て目を大きく見開いた。

超大型のグンタイアリは全長二十メートルを超えている。他のグンタイアリより遙かに大きく、まさにギガント級に分類されるほどであった。そればかりか、その後方からさらにラージ級も何体か出現してきた。

隊長の志奈乃も呆然と目の前の光景を見ていた。

「ギガント級やラージ級が同時にこんなに出てくるなんて……」

志奈乃はこれまでもギガント級やラージ級を相手にしたことはあったが、これほど何体も同時にケイブから出現することは異例であった。

完全に敵勢力を見誤っていた。敵は自分たちの予想よりも遙かに上回っている。このままでは危険だと志奈乃の直感が告げる。すぐさま状況を知らせようと、耳にはめた通信機から竹腰千華の第1部隊に呼びかけた。

「緊急事態発生！　第1部隊、応答してください！」

だが、耳から聞こえたのは、ざざざっというノイズだけだった。防衛軍や御台場女学校本部に呼びかけようとしたものの、そこにも通信できなかった。

「通信機が使えなくなってる⁉　誰か他の部隊に連絡ができる人いる？」

「ダメ！　マギクリスタルの通信もできないわ！」

中林海七や他の仲間たちも連絡を取ろうとしたが、全員通信ができないようだった。

通信機を確認していた遠野捺輝が険しい顔で言う。

「おそらく負のマギによる電波障害と思われます」

通信は基本的にマギクリスタルコア同士による共鳴回線を使って行う。通常の電波と違ってマギを使用するため、ジャミングされにくいが、グンタイアリをはじめとしてあまりにも敵の数が多く、滞留マギが負に偏り、通信が不能になってしまったようだ。

これで第5部隊は完全に孤立無援となった。ギガント級やラージ級をたった十人だけで同時に何体も相手にするのは、かなりの危険が伴う。

しかし、新木場や近隣のエリアの避難が完了していない以上、今ここで撤退すればヒュージの群れが広がって大量の犠牲者が出るだろう。

（いったいどうしたら……）

志奈乃が思案を巡らせていると、捺輝が冷静に進言してきた。

「まずは先頭にいるギガント級のグンタイアリを討滅して敵の気勢を削ぎ、後方に進む速度を遅らせましょう。大型ヒュージさえ討滅できれば、まだなんとか食い止められます」

これに川端蛍と吉村・Ｔｈｉ・梅が同調する。

「こうなったら、もうやるしかなんだから」

「梅たちなら止められるさ」

宮本煌椋もハンマー型のＣＨＡＲＭ『カネスベナチシ』を構えて前に出た。

「今こそイルマの力を見せる時だな。那賀大串のリリィというのは、口先だけだったのか？」

「煌椋。もう少し言い方があるでしょう？　みなさん、気を悪くしないでくださいね」

中林海七も『ヒャズニンガヴィーグ』と『シャルルマーニュＳＰ』の二本を手に出てくる。

昊苺と志奈乃は自らの判断ミスで招いた危機で気後れしていたが、他のガーデンの仲間たちの声に後押しされて再び闘志を燃やした。

「煌椋、言ったわね！　やってやるわよ！」

「そうだね。みんな、あいつを潰そう！」

志奈乃が号令をかけると同時に、第５部隊全員がＣＨＡＲＭの砲撃を放つ。

砲撃は超大型グンタイアリに当たるが、ほとんど効いていなかった。全長二十メートルを超える巨体が地響きを上げながら迫る。その背後からスモール級のグンタイアリがどんどん湧き出ている。

早くギガント級を止めなければ、大通りがグンタイアリであふれてしまう。

佐々木靖奈と団塚英里彩が志奈乃に声をかける。

「志奈乃。ノインヴェルトで倒すしかないよ」

「ギガント級をさっさと片付けましょう」

今のところ一番脅威なのはギガント級のグンタイアリだけだ。ギガント級にはノインヴェルト戦術しか通用しない。それさえ倒すことができれば、まだ防衛することができる。

「みんな！　ノインヴェルト行くよ！」

志奈乃はすぐさまノインヴェルト戦術の特殊専用弾を取り出し、ＣＨＡＲＭに組み込んだ。

「第５部隊！　ノインヴェルト戦術開始！」

志奈乃から発射された魔法球《マギスフィア》が団塚英里彩に渡る。

英里彩は素早く「煌椋さん！」とパスを出せば、煌椋は受け取ると同時に佐々木靖奈へと渡す。靖奈は「捺輝さん」と正確にパスを渡す。遠野捺輝は同じ百合ヶ丘の大角梓氣にパスを回し、梓氣はグンタイアリを避けて御台場の川端蛍に回す。

「面白くなってきたね！　梅、よろしく！」

蛍も吉村・Ｔｈｉ・梅に正確にパスを回す。

「みんな初めてなのにやるじゃないか」

梅が嬉しそうに魔法球を受け取る。

混成部隊による初めてのノインヴェルト戦術ではあったが、茨城最強の那賀大串と、世界でもトップクラスの百合ヶ丘のリリィが中心だけはあり、息を合わせるのもスムーズだった。

「昊苺、任せたゾ！」

最後に千田昊苺へと魔法球が渡される。

「任せなさい！」

超大型のグンタイアリから炎が吐き出されるが、それを避けて昊苺はまっすぐに進む。そして、超大型のグンタイアリの眼前で魔法球を放った。

「喰らええええっ！」

魔法球は超大型グンタイアリの頭部に直撃する。

超大型グンタイアリの全身から光が放たれると同時に、大爆発が起きた。小型のグンタイアリの群れも爆発に巻き込まれて消滅する。

「見たか！　これが那賀大串の力よ！」

昊苺は大爆発を前にして勝ち誇った声を上げた。

瞬間、黒い煙の中からラージ級の巨大な腕が襲いかかってきた。一瞬の隙を突かれたために、昊苺は防御が間に合わずに殴り飛ばされた。

「ああっ！」

昊苺は跳ね飛ばされ、地面に叩きつけられる。

「昊苺！」

佐々木靖奈が飛び出して昊苺を助け起こす。

「くそっ！　油断したわ！」

昊苺は立ち上がろうとしたが、足下をふらつかせて倒れそうになり、慌ててシャルルマーニュを地面に突き立てて防いだ。だが、彼女が顔を上げれば、ラージ級に殴られた頭からおびただしい血が流れ落ちていた。見るからに重症であった。

志奈乃はすぐさま梅に呼びかける。

「梅さん、昊苺を連れて戦線を離脱して！　あとは私たちが守るよ！」

これを昊苺が手を出して制した。

「志奈乃、あたしはまだ戦える。那賀大串のリリィはそんなやわじゃないでしょ」

「でも……！」

志奈乃の心配した声に、昊苺は不敵に微笑んだ。

「最強のＡＺのあたしがいないと、みんな困るでしょう？　それに、あたしと梅が下がったらノインヴェルトを撃てなくなるじゃない。最後まで仲間のために戦う。それが那賀大串のリリィよ」

志奈乃や他のリリィは呆気にとられたが、川端蛍が昊苺の隣に駆け寄った。

「その意気やよし！　手当ならしてあげるから、先にあいつらを片付けちゃうよ！」

昊苺は額を拭ってから不敵に微笑んだ。

「ちょっと失敗したけど、他の部隊が到着するまで、ここを守り抜いてみせるわ」

この言葉を聞いて、志奈乃ははっとして捺輝を見る。

捺輝は腕時計を見てから志奈乃に答えた。

「新木場の避難完了時刻に達していますが、辰巳エリアはまだです。第１部隊の到着時刻までも、まだかなりあります」

志奈乃が前を見れば、さらにラージ級数体がケイブから出現してきて、その後方に大量のグンタイアリも湧き出ている。ノインヴェルト戦術を撃ってしまった今、志奈乃たちのマギはかなり減ってしまっている。

民間人の避難が完了するまでヒュージを食い止めなければいけないが、大型のヒュージを何体も食い止めることが自分たちにできるかどうか……。

志奈乃が迷っていると、昊苺が声をかけてきた。

「志奈乃、しっかりして！　あたしたちはリリィ。ヒュージを倒し、人々を守るのが役目でしょ。あたしたちが逃げたらたくさんの人が死ぬのよ。ここでできるかぎり敵を食い止めるわよ！」

これに宮本煌椋も志奈乃に呼びかける。

「さっきのノインヴェルトで第2や第3部隊も異変に気づいたはずだ。きっと援軍は来る。イルマのリリィとして私は仲間を信じる。それまで持ちこたえよう」

「……昊苺、煌椋さん」

志奈乃は大きく息を吐いてから微笑んだ。

「リリィがみんなを守らなくちゃ、誰が守るんだって話だもんね。仲間が来るまで、できるだけ敵を食い止めるよ！」

志奈乃が気迫を込めて告げると、第5部隊の仲間たちもうなずいた。

「援軍が来る前に、あたしたちが片付けちゃってもいいんだよね？」

川端蛍が軽い口調で言うと、仲間たちは笑った。

「みんな！　第5部隊の力を見せてやろう！」

第5部隊の十人は大通りを陣取って迎撃態勢を取る。

グンタイアリと鮫型のラージ級の大群が一斉に襲いかかり、これを先に行かせまいと迎え撃つ。

ラージ級を足止めしながらグンタイアリの大群を倒すが、ラージ級に手間取っている間に全てを倒しきれずにグンタイアリを取りこぼし始めてしまう。

吉村・Thi・梅が敵を倒しながら焦った顔で言う。

「さすがに敵が多すぎて全部倒しきれないな！」

「今は第2部隊と第3部隊のカバーを祈りましょう！」

大角梓氣も敵を倒しながら答えた。

彼女たちはフィニッシュショットの大爆発によって他隊が異変に気づくことに賭けつつ、戦線を維持して後背地域での市民の避難完了報告と、第2と第3部隊の連絡を待ち続けた。

鮫型のラージ級を倒した時、どどんっと大きな音がして、第5部隊の全員は音がした方に顔を向ける。防壁が破られて、新たな鮫型のラージ級とグンタイアリの一団が別の道に流れた。

このままでは別の道から新木場エリアに敵が渡ってしまう。

「急いで追いかけるよ！」

志奈乃の号令によって、第5部隊はラージ級の一団を追いかける。しかし、ラージ級の一団はまわりの倉庫や廃墟を薙ぎ倒しながら、凄まじい速さで駆けていく。

靖奈が焦ったように仲間たちに叫ぶ。

「あの足の速い奴らを早く止めないと！」

ラージ級の一団を止めて元の道に戻らなければ、またケイブから後続の群れが現れる。もし前方と後方から挟撃されて乱戦となれば、勝ち目はなくなる。

敵の一団を追いかけていると、グンタイアリが数匹身を翻して、第5部隊へ向かってきた。

「しゃらくさいのよ！」

怪我を押して昊苺が突貫する。千田昊苺の異名である『重戦車《チャリオット》』のような突撃で、グンタイアリを数匹まとめて吹き飛ばした。

「昊苺が道を開きましたわ！　突撃しましょう！」

団塚英里彩の呼びかけで、第5部隊は敵のラージ級の一団に追いつくと、全員でグンタイアリを薙ぎ倒していく。グンタイアリの数を減らしていき、最後にラージ級だけが残された。

「砲撃開始！」

志奈乃が隊長として仲間たちに呼びかける。第5部隊の砲撃が斉射されて、ラージ級が悲鳴を上げる。その間に梅が煌椋に呼びかけた。

「煌椋！　一緒にあいつを倒すゾ！」

梅がレアスキル『縮地』を発動する。縮地は消えるようなスピードで移動する瞬間移動スキルである。一瞬にして梅はタンキエムでラージ級の足を切り刻んだ。

ラージ級が倒れ込んで動きが止まった。

「さすがアールヴヘイムの吉村・Ｔｈｉ・梅だな。あとは私に任せろ！」

煌椋が一気にラージ級に迫り、頭を思い切り砕いて止めを刺した。

ラージ級は息の根が止まると、そのまま地面を揺らして倒れ込んだ。

「はあ……なんとか止められたよ……」

志奈乃は大きく息を吐いたが、中林海七が若洲橋へと目を向けた。ケイブからはまたグンタイアリの群れやラージ級が生み出されている。

「またあんなにたくさんのヒュージが……」

「やれやれ。いったいどれだけいるんだか」

さすがの川端蛍も苦い笑みを浮かべる。

敵の大群を止めることに精一杯で、敵勢力は依然として変わらないままだ。ケイブから敵が大量に出現して、大通りにあふれかえってきている。

遠野捺輝が参謀として志奈乃に呼びかけてくる。

「今のままでは敵陣を突破して若洲公園に到着するどころか、あのケイブを討滅することも難しいです。ここは後退しながら他部隊と合流しましょう」

志奈乃としては悔しかったが、確かに第５部隊だけでこの劣勢を押し戻すことは不可能だ。これを押し戻すには、第２部隊や第３部隊の助けが必要だ。

その第２部隊と第３部隊は、まだ他のエリアで避難誘導をしているだろう。

志奈乃もうなずいて仲間に呼びかける。

「みんな！　後退しながら敵を食い止めつつ、他の部隊の救援を待つよ！」

この決断に第５部隊のリリィたちもうなずく。

昊苺は額の血を拭ってから、大きく息を吐いた。

「このあたしが最悪の失敗をしたわ。でも、絶対にこの失態は取り戻してみせる！」

仲間の救援が来るまで、命懸けで敵を食い止めるという第５部隊の戦いが始まった。

第4話　新辰巳橋の死闘

- EPISODE 4 -

第5部隊が超大型グンタイアリと接敵している頃。

近藤《こんどう》貞花《みさか》と第2部隊は青海から有明付近に移動して、海岸から侵攻してきたヒュージの討滅と民間人の避難護衛をしていた。

御台場の有明エリアは東京国際展示場がある地域でもあり、防衛軍や民間のビルや施設が建ち並んでいる。すでに防衛軍や御台場女学校リリィによって避難民が急いで装甲モノレールや避難車両に乗せられていたが、避難完了にはまだまだ時間がかかりそうだった。

「ねえ、第5部隊は今どうなってるの？　もう敵と戦ってる頃でしょ？」

貞花がスモール級を倒してからたずねると、御台場女学校と連絡を取っていた月岡《つきおか》椛《もみじ》が報告する。

「現在、第5部隊はグンタイアリの群れと接敵中。その間に、防衛軍や御台場女学校の避難誘導によって、もう間もなく新木場や辰巳の避難が完了するそうです。避難民の東京への収容が完了次第、葛西や夢の島方面の光壁システムの『封鎖モード』を起動するとのことですわ」

新木場や辰巳エリアは青海や有明、豊洲といった御台場の中心地とは違い、広い公園が多く残され、人口密度が低いことも幸いして、避難は迅速に進んでいるとのことだった。

その報告を聞いて、貞花は笑顔を浮かべた。

「すごく順調じゃない。この調子なら避難誘導よりも、あたしたちも作戦を繰り上げて第5部隊の手伝いをした方がいいんじゃない？」

　これに木子《きこ》都々里《ととり》が厳しい口調で叱責する。

「すぐ調子に乗る。新木場や辰巳は人が少ないから順調に進んでるだけ。ここ有明は人口密集地よ。万一今すぐここまでヒュージが押し寄せたら、防衛するのがとんでもなく難しくなるわ」

「大事になる前に、巣なしのアルトラを討滅できればいいけれど……」

　長谷部《はせべ》冬佳《とうか》が険しい顔でつぶやいた時、どどんっと大きな爆発音が聞こえてきた。とっさに全員が若洲公園の方角を見れば、巨大な黒煙がもうもうと空に舞い上がっていた。

　異変に気づいた第2部隊は、全員急いで若洲公園が見える海岸付近へと集合した。

　天野《あまの》天葉《そらは》が目を見開いたままつぶやく。

「あれって、フィニッシュ……ショット？」

「巣なしのアルトラと戦うにはまだ早いよね」

　手島《てじま》恋町《こまち》が腕時計を見ながらつぶやく。

　瀬戸《せと》・ベロニカ・いちかが爆発をよく見た。

「違う。あれは若洲公園じゃない。もっと手前の若洲橋付近だ」

「どういうこと？　グンタイアリにノインヴェルトを使ったの？」

　千子《せんご》夕七《ゆうな》が問いかけると、アルテア・アレッサンドリーニが口元に手を当てながらつぶやく。

「おかしい。ただのグンタイアリの群れにノインヴェルトを撃つなどありえない。もっと大型のヒュージが出現したのか……」

「現在どういう状況か第５部隊に連絡して確認した方がいいんじゃない？」

アルテアや貞花たちが思案している暇もなく、今度は椛が異変に気づいた。

「御台場女学校、聞こえますか？　応答してください」

「……椛。何かあったの？」

天津《あまつ》麻嶺《まれい》が質問すると、椛が切迫した表情で答えた。

「防衛軍や御台場女学校本部との通信に障害が出始めているんです」

貞花も耳に手を当てて通信機を確認すると、まだわずかに声は聞こえるものの、ざざっと砂嵐のような酷いノイズによって、音声が聞き取りづらくなっている。

天野天葉が仲間たちに呼びかける。

「誰か第５部隊や他の部隊と連絡できる？」

貞花と第２部隊の仲間たちも呼びかけるが、第５部隊にも他の部隊にも連絡が取れなかった。マギクリスタルによる直接回線の通信も確認したものの、こちらも完全に機能しなくなっている。

さらに貞花は頭に付けていたヒュージサーチャーにも違和感を覚えた。

「待って。ヒュージの位置もわからなくなってる」

『ヒュージサーチャー』はヒュージの位置が正確にわかるリリィ専用のデバイスだ。だが、突然、索敵機能が作動しなくなってヒュージの位置がわからなくなっていた。

麻嶺がＣＨＡＲＭのマギクリスタルコアを確認する。

「おそらく負のマギの仕業ね。でも、ここまでの通信障害を引き起こすとなると、敵は私たちの予想よりも遥かに上回ってる可能性があるわ」

冬佳が眉間にしわを寄せてつぶやく。

「千華の予想が当たってしまったわね……」

巣なしのアルトラ強襲作戦を立てた竹腰千華が予期したとおり、通信機が使えなくなりつつある。完全に互いの連絡が途絶えてしまえば、各部隊の判断で動かなければならなくなってしまう。予想していたよりも早い速度で状況が混沌としてきていた。

「思ってたよりもヤバい状況になってきたわね」

貞花がつぶやいた時、耳の通信機からかすかに声が聞こえてきた。

『……こちら、第3部隊番匠谷《ばんしょうや》依奈《えな》……第2部隊、聞こえる……？』

それは豊洲方面の避難誘導をしていた第3部隊からの連絡であった。

依奈の声はまだ聞こえるものの、ノイズが多く、かなり聞き取りづらい。豊洲と有明は距離が近いものの、もはや近距離でも通信ができなくなりつつあった。

「こちら第2部隊アルテア・アレッサンドリーニだ」

アルテアが答えると、ノイズ混じりに依奈の声が聞こえてくる。

『……さっきの爆発……ノインヴェルトよね？』

「ええ。第5部隊に何かあったかもしれないね」

天葉が答えると、御台場女学校と連絡を取っていた椛が切迫した表情で報告した。

「状況がわかりました。グンタイアリに続いて、ギガント級やラージ級が出現したそうです。第5部隊がノインヴェルト戦術でギガント級一体を仕留めたものの、まだ大型のヒュージが何体も残っている他、グンタイアリもさらに大量に発生しているとのことです」

「ギガント級やラージ級⁉」

貞花が思わず声を上げると、いちかが慌てて告げる。

「やっぱり敵はグンタイアリだけではなかったな。すぐに第5部隊の救援に向かうべきだ」

「待って。私たちが離れたら、誰も有明を守る人がいなくなるわ。ここにもまだヒュージは残ってるし、もし強力な敵が発生してるなら、防衛軍に状況を伝えて、防衛体勢の強化と市民の避難を急がせなくちゃ」

都々里も焦った様子で仲間たちに伝える。

御台場はこれまでもヒュージが出現していたが、通常兵器や御台場女学校だけで対処することができていた。けれども、今は巣なしのアルトラの影響によって、ヒュージが今までにないほど大量かつ強力な敵が出現してきている。

『じゃあ、第5部隊はどうするの？　このまま放っていたら、取り返しがつかなくなるわ！』

御台場の藤田《ふじた》槿《あさがお》が叫ぶ。第5部隊には同じ御台場女学校の川端《かわばた》蛍《ほたる》がいるので心配なのだろう。リリィの使命としては、市民の避難を優先させなければいけないが、このまま第5部隊を放っておけば、仲間が命を失うかもしれない。

アルテアは焦る仲間たちに冷静に呼びかける。

「みんな落ち着け。野口《のぐち》志奈乃《しなの》は優秀なリリィだ。彼女なら無理だと判断したら、ヒュージの足止めをしながら後退するだろう。その間に、我々二部隊で東雲周辺の防衛強化と避難民の誘導を急がせる。第3部隊は東雲の避難完了の目処がつき次第、すぐに第5部隊の救援に向かってくれ」

通信機から依奈の『了解したわ』という声が聞こえた。

だが、若洲公園から東京ゲートブリッジを見ていた長谷部冬佳があっと声を上げた。

「第1部隊はまだ第5部隊の状況がわかっていないかもしれない。もし何も知らないまま第1部隊が若洲公園に突入したら、千華たちが危険だわ」

作戦では第1部隊と第5部隊は巣なしのアルトラに挟撃することになっているが、今は第5部隊が足止めを受けている上に、通信障害も出て連絡もできなくなっている。

アルテアが眉間にしわを寄せた。

「確かにギガント級やラージ級など大型ヒュージが無数に出現した若洲公園へ第1部隊が支援もなく突入するのは無謀だな。一刻も早く状況報告しなければ」

「でも、通信障害が出てるのに、どうやって第1部隊に現状を伝えるの？」

手島恋町も焦ったように言う。

負のマギによる通信障害によって、もはや第1部隊や第4部隊に連絡ができない状況にある。これでは第5部隊の現状を伝えることができない。

これを聞いた貞花は仲間に呼びかけた。

「だったら、あたしが連絡してくるよ」

第2部隊の仲間が全員「えっ？」と貞花に顔を向ける。

貞花は笑顔を浮かべて腰に手を当てた。

「あたしが第4部隊に連絡をしてくる。あそこには誉《ほまれ》もいるし。第4部隊から第1部隊に連絡をしてくれるように頼んでくるわ。みんなはその間に避難を完了させて第5部隊を救援して」

「まさかひとりで行くつもり!?　巣なしのアルトラのせいでヒュージが集まってきてるのよ?」

都々里が声を上げると、貞花は笑顔で答えた。

「平気だって。あたしはひとりでも強いから」

「そういうことじゃなくて……!」

都々里はなおも止めようとしたが、貞花は手を出して制すると真剣な顔になって答えた。

「青海はさっきヒュージを減らしたから、今なら安全なはずよ。それよりも東雲の方が危ないでしょ。もし何かあっても九人いればノインヴェルトを撃てるでしょ?」

「…………」

仲間たちは心配していたが、第2部隊隊長としてアルテアが貞花に告げた。

「わかった。貞花に連絡役を頼む。第4部隊に状況報告をして急いで戻ってきてくれ」

貞花は「了解」と答えてから依奈に呼びかける。

「ってことだから、依奈。昊苺《こうめ》に伝えて。決着をつけるまで死ぬんじゃないわよって」

『……わかった。必ず伝えるわ。それじゃあ、みんな作戦を開始しましょう』

それを最後に第3部隊からの通信は切れた。

「さてと、あたしも行きますか」

貞花が屈伸をしていると、冬佳が声をかけてきた。

「……貞花、本当にひとりで平気？」

心配そうな顔で歩み寄ってきた冬佳に、貞花は微笑んだ。

「第５部隊には捺輝《なつき》や梅《まい》や梓氣《あずき》もいる。お願い。みんなを必ず助けて。あたしも必ず第４部隊に、千華に現状を伝えるよう頼んですぐに戻ってくるから」

貞花が力強くうなずくと、ふいに冬佳が抱きしめた。

「……冬佳？」

呆気にとられる貞花に、冬佳は力強く抱きしめてから小さな声でささやいた。

「必ず無事に帰ってきてね」

「冬佳は本当に心配性だな」

貞花は冬佳の背中を叩いて離れると、すぐさま第２部隊の仲間たちに笑顔を向けた。

「それじゃあ、行ってくるよ！」

そして、貞花は第４部隊に伝達するために、たったひとりで走り出した。


しばらく後、第５部隊のリリィたちは新木場駅周辺まで後退していた。

新木場エリアはすでに避難が完了しているために無人となっていたが、その先にある辰巳エリアの避難完了の時刻に達していなかった。そのために、第５部隊は新木場駅周辺でヒュージの群れを足止めしつつ、辰巳エリアの避難完了の時刻を待っていた。

隊長である野口志奈乃は、新木場駅の防壁の裏で千田《せんだ》昊苺の頭に止血パッドを貼っていた。

「……昊苺、大丈夫？」

「これくらい平気だって」

昊苺は止血パッドを押さえつけてから、まわりを見る。

「それよりも敵がどんどん増えてきてる。これは食い止めるのが大変になるわね」

大量のグンタイアリの群れに加えて、ミドル級やラージ級が波状攻撃で襲ってきている。ヒュージの大群は、どれだけ倒しても量を増して侵攻してきた。

「そろそろ行かないと、みんなが保たないわね」

昊苺は立ち上がろうとしたが、志奈乃が「待って」と言って、彼女の顔を両手で掴んで振り向かせる。

急に顔を掴まれた昊苺は目を丸くした。

「どうせ先に撤退してって言っても、昊苺は聞かないんだよね。だから、約束して」

昊苺が「何？」と目をぱちくりさせて問い返す。

「絶対命を無駄にしないで。みんなで茨城に帰るよ」

これに昊苺はくすりと笑って答えた。

「志奈乃に頼まれたら断れないな。了解したわ。まあ、あたしは那賀大串こそ最強だって殊勲を勝ち取るまで死ぬ気はないけどね」

志奈乃はため息をこぼす。こんな風に約束をしても、きっと昊苺は無茶をするだろう。けれども、大切な仲間の命を隊長として必ず守り抜いてみせる。

昊苺の顔を見ながら、志奈乃は決意を固めた。

「志奈乃！　行くよ！」

ふたりは外に飛び出して仲間たちと合流する。すかさず昊苺はグンタイアリの群れに飛び込み、ウコンバサラで薙ぎ倒しながら叫んだ。

「さあ、かかってらっしゃい！　全部まとめて相手にしてあげるわ！」

那賀大串の佐々木《ささき》靖奈《やすな》や団塚《だんづか》英里彩《えりさ》が「昊苺！」と声を上げる。

川端蛍と吉村《よしむら》・Ｔｈｉ《てぃ》・梅も明るく声をかけた。

「昊苺、待ってたわよ！」

「さっさとやっつけるゾ！」

第5部隊は敵の大群を迎え撃って数を減らしているものの、敵の量が多いために全てを抑えることはできない。駅前のロータリーがヒュージの群れによって埋め尽くされ、旧首都高湾岸線にもはみ出していた。

このまま新木場で戦い続けても、敵は分散して人口密集地に流れてしまう。こちらも味方を分散して食い止めるのは不利であった。

第5部隊全員で連携して戦うためにも、どこか敵が一か所に集まる場所で戦った方がいい。

（その場所はどこ……？）

志奈乃は隊長として仲間の命を守るためにも、そして御台場の市民を守るためにも、御台場の地図を頭に浮かべて、戦うに相応しい場所を瞬時に見つけ出す。

「捺輝さん、辰巳エリアの避難状況は⁉」

志奈乃が呼びかけると、遠野《とおの》捺輝がヒュージを倒しながら答える。

「先ほど避難完了の時刻になりました！」

「なら、みんなすぐに後退するよ！」

志奈乃の呼びかけに、全員が彼女に顔を向けた。

「どこまで後退するつもりですか⁉」

捺輝の問いかけに、志奈乃は真剣な声で答えた。

「〝新辰巳橋〟。そこが私たちの決戦の場所だよ」

志奈乃の言葉に、第５部隊のリリィは全員力強くうなずいた。


新辰巳橋は辰巳エリアと東雲エリアを繋ぐ橋である。

かつて新辰巳橋は旧首都高湾岸線が中央に走り、その両脇に架かる細い橋であったが、今は幅広の橋に改修されていた。グンタイアリの群れやギガント級やラージ級など大型ヒュージが東雲に渡るためには、必ずこの新辰巳橋を通らなければならなかった。

第５部隊はヒュージが来るよりも先に、新辰巳橋の中央まで来て立ち止まった。

志奈乃は荒い息を吐きながら、背後を振り返った。

新辰巳橋から先は人口密集地であった。東京国際展示場や防衛軍のビルが建ち並び、娯楽施設も見える。御台場全体の警報もまだ鳴り響いており、戦闘の砲撃音も継続的に聞こえてくる。まだ避難が続いていることがわかった。

ここを敵に渡らせてしまったら、敵が一気に市街地に流れ込んでしまう。

志奈乃は隊長として仲間たちに伝える。

「みんな、ここから先には絶対に通さないよ」

団塚英里彩がＣＨＡＲＭを力強く構えた。

「第5部隊の力を見せつけてやりましょう」

「私たちの活躍を誰も見てないなんて残念」

佐々木靖奈が軽口を叩くと、宮本煌椋がふっと笑う。

「真の英雄なんて、そんなものだろう？」

第5部隊の仲間たちは軽口を叩き合ったが、内心では誰もが不安を抱えていた。もし救援が来なければ、ここが自分たちの最期の地になるかもしれないのだ。

その時、通信機から呼びかける声が聞こえてきた。

『……第5部隊、応答して……こちら第3部隊番匠谷依奈……聞こえる？』

第3部隊の仲間の声を聞いていて、第5部隊のリリィたちの表情に光が差した。

慌てて志奈乃が通信機に呼びかける。

「こちら第5部隊の野口志奈乃。若洲橋前にケイブが発生して大量のグンタイアリが出現。ギガント級は仕留めたけど、敵が多くて私たちだけじゃどうにもならなかった。現在は敵を食い止めながら新辰巳橋まで後退中。東雲や豊洲の避難状況は？」

『……東雲は避難完了までもう少しだけかかる……ヒュージがかなりあちこちに出てるの……それよりも、あなたたちは大丈夫なの……？』

依奈の問いかけに、志奈乃は何と言おうか迷った。このまま助けに来てもらいたいが、それでは市民を見捨てることになってしまう。

志奈乃が迷っていると、代わりに昊苺が答えた。

「あたしたちは全員無事よ。あたしたちが敵を足止めするから、その間に避難を完了させて……」

『その声は……昊苺さん？　苦しそうだけど……本当に平気なの？』

第3部隊の菱田《ひしだ》治《はる》の心配そうな声が聞こえてくるが、昊苺が続けた。

「あたしのせいで作戦は失敗しちゃったけど、失態は取り戻すよ。だから、市民を必ず無事に逃がして。もしあたしたちのせいで誰かが犠牲になったら、そっちの方が辛いわ」

昊苺に真剣な顔を向けられ、志奈乃が仲間たちを見れば、全員覚悟を決めた顔でうなずく。そんな仲間たちを見て、志奈乃も覚悟を決めた。

「私たちができるかぎり踏みとどまるから、必ず避難を完了させてから救援に来て。それが私たち第5部隊の総意だよ」

『………』

依奈は声を詰まらせたが、代わりに藤田槿が答えた。

『……わかった。必ず助けに行くから、それまで持ちこたえて。それから伝言。貞花から昊苺に、決着をつけるまで死ぬんじゃないわよって……』

その言葉を最後に、酷いノイズが走って通信が途切れてしまった。

通信が途切れると、昊苺は息を吐いて苦笑した。

「ほんとにむかつく奴。全部終わったら、絶対文句を言ってやるわ」

だが、余韻に浸る暇もなく、どどんっ前方から大きな音が響いた。全員が前を見れば、敵の大群が防壁を破り、地響きを上げながら迫ってきた。大量のグンタイアリを筆頭に、ミドル級やラージ級といった大型のヒュージもいる。

志奈乃は仲間たちに向かって呼びかけた。

「みんな援軍が来るまでここを守るよ！　砲撃用意！」

第５部隊十人がＣＨＡＲＭを射撃《シューティング》モードにして構える。

「撃てぇー！」

第５部隊全員から砲撃が放たれる。前線に固まっていたグンタイアリが一気に消滅するが、すぐさま後続のグンタイアリが大群となって押し寄せる。砲撃を何度撃ち込んでも、敵の数が多いために距離を詰められてしまう。

「みんな行くよ！」

志奈乃の号令によって、第５部隊は敵の大群に突入する。数十体の敵を瞬く間に倒していくが、いくら倒してもすぐさま押し寄せてくる。

志奈乃は隊列を調整しながら昊苺へと目を向ける。

「昊苺、あまり前に出ないで！」

「平気よ！　心配いらないわ！」

言葉とは裏腹に、昊苺は荒い息を吐いて、顔面が蒼白になっている。頭に貼った止血パッドはもう真っ赤になり、頭部から血が滴り落ちていた。

そんな昊苺をグンタイアリ数匹が狙い撃ちする。

「昊苺ーっ！」

瞬間、佐々木靖奈が怒りの声で叫んだ。

「ルナティックトランサー！」

靖奈の目が狂気の赤に染まると、彼女は自分の前にいた敵を一気に薙ぎ払い、地を蹴って昊苺の前に出る。昊苺を狙っていた数匹をまとめて倒し、先遣群のグンタイアリの親玉を両断にした。

レアスキル『ルナティックトランサー』はマギの力を暴走させ、ヒュージに近しい力を人の身に宿しながら戦うという狂気のレアスキルであった。

「潰す！　昊苺に手を出す奴は徹底的に潰す！」

先ほど冗談を飛ばしていた姿からは想像もつかないほど、靖奈は怒りに駆られていた。鬼神の如き勢いで敵を薙ぎ倒しながら、橋の中央まで来ていたグンタイアリの群れを押し返した。

これを見て吉村・Ｔｈｉ・梅と川端蛍も声を上げる。

「靖奈、やるなー！」

「かっこいいよ！」

靖奈の活躍によって、疲れ切っていた第5部隊の士気が回復した。

だが、次の瞬間、志奈乃はグンタイアリの後方に巨大な黒い影を見た。それが大きく口を開いて、炎を吐き出そうとしている。

「靖奈、下がって！」

靖奈がとっさに下がると同時に、炎が吐き出された。

凄まじい炎に生き残っていたグンタイアリもあっという間に焼き尽くされる。

志奈乃は慌てて眼前の敵へと目を向けた。

「あいつは……！」

炎の中から現れたのはグレーターラージ級ヒュージの姿だった。

『グレーターラージ級』とはギガント級に匹敵する大きさと戦闘力を持つラージ級ヒュージである。

目の前のグレーターラージ級もまた、全長二十メートルを超える巨大な体躯と鯨のような青黒い肌を持ち、鋭い爪を持った四つ足の姿をしている。

まさに海の怪物が押し寄せてきたかのようだ。

グレーターラージ級は再び口を開いて、炎を吐き出そうとする。

遠野捺輝が我に返って、団塚英里彩に声をかけた。

「英里彩さん！　ヘリオスフィアを！」

英里彩は「はい！」と叫ぶと、両手を前に突き出した。

「ヘリオスフィア！」

炎が第5部隊を包み込む寸前に、英里彩や仲間たちの前に巨大な光の盾が浮かんだ。『ヘリオスフィア』はマギによるバリアを発動させる防御系のレアスキルであり、第5部隊全員を光の盾が包んで炎から守った。

だが、橋全体が炎に包まれて、地面や柱を溶かしていく様を見て、大角梓氣が険しい顔になった。

「あいつはかなり危険な相手だわ」

第5部隊は一斉に砲撃を放つ。だが、致命傷を与えることができない。グレーターラージ級は歩みの速度をゆるめずに地響きを立てながら、第5部隊の元まで迫ってくる。

これを見て、宮本煌椋が仲間に声をかけてくる。

「ノインヴェルト戦術だ！　それしか活路はない！」

「志奈乃さん、あいつを止めましょう！」

中林海七も煌椋の作戦案に賛同した。

ここまで戦い続けた第5部隊に、ノインヴェルト戦術を撃つだけのマギが残されているかわからない。しかし、ギガント級相当の戦闘力を持つグレーターラージ級を市街地に侵入させるわけには絶対にいかなかった。

「やろう！　みんなであいつを止めよう！」

志奈乃は第5部隊の仲間たちに呼びかける。

「みんな行くよ！　ノインヴェルト戦術開始！」

志奈乃はノインヴェルト戦術の特殊専用弾をリサナウトに込めて発射した。負傷で限界が近い昊苺を除く残り九人全員でノインヴェルト戦術を始める。

野口志奈乃から団塚英里彩に魔法球《マギスフィア》が渡ると、英里彩は宮本煌椋に横に流す。煌椋は中盤にいる大角梓氣に渡し、そのまま梓氣は遠野捺輝に魔法球を投げる。捺輝は空中で受け取って、佐々木靖奈にパスを回した。

靖奈はグンタイアリを斬ってから、「蛍！」とパスを出した。

「あたしの限界までマギを込めるよ！」

蛍は魔法球を受け取ると、マギを込めて、すぐに中林《なかばやし》海七《かいな》にパスを回そうとした。

だが、グレーターラージ級が炎を吹き出して阻んだ。

「ぐっ！」

間一髪避けることに成功したが、蛍が体勢を崩したせいで、魔法球が流れてしまう。

「梅に任せろ！」

流れた魔法球を梅が縮地を発動させ、なんとか捕球。そのまま「海七！」とパスを投げつけた。中林海七は魔法球を受け取るが、限界まで戦った九人のマギではグレーターラージ級を倒すには威力が足りていない。

海七がこのまま敵に突っ込むか迷った時、大きな声で呼びかけられた。

「あたしがフィニッシュを撃つ！　海七、魔法球《スフィア》を！」

いつの間にか昊苺がグレーターラージ級に向かって突っ込んでいった。

「無茶だよ、昊苺！」

志奈乃が制止するのを見て、海七は魔法球を昊苺に渡すか迷う。だが、昊苺が命を懸けて突っ込む姿を見て、海七も覚悟を決めた。

「あなたに託すわ、昊苺！」

海七が思い切り前方に出した魔法球を昊苺は受け取ると、グレーターラージ級に体当たりするように突撃する。斬撃《ブレード》モードでのダイレクトフィニッシュは、最もマギの力を敵に与えるが、危険度も高い技だった。

「くたばれえええーっ！」

グレーターラージ級の頭に魔法球を撃ち込んで、昊苺はすぐさま後方へと飛んだ。

そして、グレーターラージ級はまわりの敵を巻き込んで大爆発を起こした。


昊苺は地面に着地して気迫の声を上げる。

「これがあたしたち第５部隊の力よ！」

第５部隊の仲間たちも「おおー！」と歓声を上げた。だが、次の瞬間、昊苺は糸の切れた操り人形のように地面に倒れ込んだ。

「昊苺！」

志奈乃と靖奈が同時に声を上げる。

煙の中からグンタイアリが二匹、昊苺に襲いかかった。これにいち早く反応したのは、川端蛍であった。彼女は「やらせるか！」と叫んで昊苺の元に飛び込み、自らのヨートゥンシュベルトを振り上げて一匹を切り裂く。

だが、グンタイアリがもう一匹、牙を突き立て襲いかかってくる。

「くそっ！」

とっさに蛍は昊苺の手にあるシャルルマーニュを掴んで、手を振り上げて防ごうとする。瞬間、シャルルマーニュが光り輝いて再起動した。

シャルルマーニュの前に光のシールドが展開して、二匹目のグンタイアリを弾き返す。間髪おかずに蛍はヨートゥンシュベルトでグンタイアリを両断した。

「はあはあ……危なかったぁ……」

蛍は昊苺を抱き上げて、仲間たちの元まで下がる。

仲間たちはふたりを守るため、道に広がった。

蛍は昊苺を道路の端に寝かせて声をかける。

「昊苺、大丈夫？　怪我は、まあ、あるよね」

冗談めかして言うと、昊苺が意識を取り戻した。

「へえ……あんたも〝円環の御手《サークリットブレス》〟持ちだったんだ……」

「えっ？　あ、そうなのかも」

蛍はようやく自分が二本のＣＨＡＲＭを使っていることに気づいた。右手には御台場女学校から支給されたヨートゥンシュベルト、左手には昊苺のシャルルマーニュ。

昊苺は苦しそうな顔になりながらも笑う。

「あはは。自分のレアスキル、知らなかったの？」

これまで蛍は自分のレアスキルが何かわからなかったが、今二本のＣＨＡＲＭを使用していることで、自分のレアスキルが『円環の御手《サークリットブレス》』であることがわかった。

「蛍……助けてくれてありがと。でも、情けないことだけど、あたしはもう動けないわ……」

全ての力を使い切った昊苺は、もう立つこともできないようだった。

「二体も首級を上げた昊苺は立派な武人だよ。かっこよかった。あとはこの蛍様に任せちゃって！」

蛍が軽口を叩いてから橋の向こう側を見れば、新たにヒュージの群れが迫ってくるのが見えた。

ぼろぼろのヨートゥンシュベルトでどこまで戦えるかわからないが、リリィの使命を果たすまでは逃げるわけにはいかなかった。

「……待って、蛍」

昊苺が最後の力を振り絞って手を握る。

「あんたのＣＨＡＲＭ、もう限界でしょ。あたしのウコンバサラとシャルルマーニュを持ってってよ」

昊苺は自分の機体からマギクリスタルコアを外すと蛍に握らせる。

「貸すだけだからね。だから、絶対に生きて返して」

昊苺の手が震えているのを感じて、蛍はその手に自分の手を重ねた。

「信用ないな。あたしは借りたものはちゃんと返してるよ」

この言葉を聞いて、昊苺は安心した表情を浮かべる。

「……じゃあ、あとはお願い。少しだけ寝たら、あたしもまた戦うから……」

昊苺は微笑むと、そのまま気を失った。

「あとはあたしたちに任せて、ゆっくり休んでて」

蛍は昊苺を後ろに下げると、自らのヨートゥンシュベルトのコアをウコンバサラに移す。

橋の向こうに顔を向ければ、ちょうどグンタイアリ本隊とギガント級やラージ級など大型ヒュージの群れが姿を現した。まさしく敵の本陣が押し寄せてきたのだ。

だが、蛍はなぜか心が落ち着いていた。

ふと大きく息を吐いて、西の空を見上げる。

今、あの空の下には盟友の船田《ふなだ》純《きいと》がいるはずだ。

『一年……そう、一年経ったら必ず戻りますわ。その時はきっとまた一緒に戦いましょう。蛍』

かつて川端蛍や月岡椛、藤田槿など今回の交流会に参加した御台場女学校のリリィの多くは、中等科の頃に『船田予備隊』に所属していた。

船田予備隊は優秀なリリィが多く集まり、将来を期待されていたが、今は解散してしまった。隊長だった船田純もまた、自分を鍛え直すために双子の姉の船田初《うい》と共に御台場を離れて、遊学の旅に出ている。

そんな船田純は一年後に再び御台場に戻ってくることを蛍に約束した。

「あたしは純の帰ってくる場所を守るよ……へましちゃったら、ごめんだけど」

蛍は苦笑してから仲間たちの元に向かい、大きく息を吸い込んで振り返った。そして、友から預かったウコンバサラとシャルルマーニュを握りしめて叫んだ。

「各々方！　この橋を渡らせるようなことがあれば末代までの恥。これよりこの群れの足止めをいたしましょう！」

新辰巳橋に響き渡った声は、御台場女学校の武人として誇り高く雄々しいものであった。

これに宮本煌椋も奮起して立ち上がった。

「戦士として、これほど良き死に場所もないだろう。共に最期まで華々しく戦おう！」

「悪いけど、梅はまだ死ぬ気はないゾ！」

吉村・Ｔｈｉ・梅も闘志をみなぎらせて微笑む。

中林海七と大角梓氣もＣＨＡＲＭを握りしめて、遠野捺輝も微笑んだ。第５部隊の隊長の野口志奈乃もまた、同じ那賀大串の佐々木靖奈や団塚英里彩と顔を合わせてうなずく。

最後に川端蛍は地響きを上げて迫り来る敵に向かって吠えた。

「さあ、我らの力を奴らに見せてやりましょうか！」


そこからはまさしく死闘であった。

もはや戦術云々ではない完全な乱戦の中、第５部隊はひたすら敵と戦い続けた。ギガント級を倒すことは不可能となり、すでに橋を渡ってしまった群れも出てきていた。それでも第５部隊は少しでも敵の数を減らすために橋の上で戦い続けた。

千田昊苺から戦いを任された川端蛍は前線で二本のＣＨＡＲＭを振るい、団塚英里彩も意識を失っている昊苺を守りながら必死に戦い、佐々木靖奈も親友の分も命懸けで戦った。

野口志奈乃と宮本煌椋のふたりはレアスキル『レジスタ』によって仲間の防御力を上げて、その指揮で戦線の維持に力を尽くした。中林海七は仲間たちをサポートしながら戦った。

吉村・Ｔｈｉ・梅と大角梓氣も仲間を守りながら戦い、遠野捺輝も『ティルフィングＲ型先行量産機』と『シャルルマーニュ』の二本を振って戦った。

だが、それでも蛍の腕が上がらなくなって、もはやこれまでかと思ったその時。

「蛍ぅー！」

懐かしい親友の声が聞こえてきた。

蛍が振り返れば、橋の反対側から藤田槿や菱田治といった仲間たちが来ていた。第３部隊がようやく救援に駆けつけたのだ。

川端蛍はかすれた声で親友の呼びかけに応じた。

「あさちゃーん！」

グンタイアリが数匹、背後から蛍に飛びかかった

ぼろぼろの蛍を見た槿の目に怒りの炎が燃え上がる。

「私の友達に何してくれてんのよ⁉」

全速力で来たその勢いのまま、槿は最前のグンタイアリ数匹を八つ裂きにした。その間にも、橋の向こう側から黒い鎧型のギガント級が迫ってきていた。

第3部隊の菱田治が隊長の番匠谷依奈に向かって呼びかけた。

「眼前にギガント級確認！　やりましょう！　依奈、弾丸《バレット》を」

「わかったわ！　ノインヴェルト戦術開始！」

番匠谷依奈を中心として、第3部隊の面々が即座に魔法球《マギスフィア》のパス回しをする。そして、先頭に押し寄せていたギガント級に向けて横山梓《よこやまあずさ》がフィニッシュショットを撃った。

「これで終わりよ！」

放たれた魔法球は、正確に鎧型のギガント級に直撃した。橋の上で大爆発を起こし、周囲のグンタイアリを大勢巻き込んで葬り去った。

そして、休む暇もなく、第3部隊の面々が残った敵の掃討を始める。

第3部隊のおかげで敵は瞬く間に消えていき、やがて新辰巳橋は静けさを取り戻した。

その時には、剛の者として鳴らした第5部隊の面々は、もう立っているのがやっとの状態だった。

「蛍、大丈夫⁉」

槿が駆け寄ってくると、蛍は力が抜けて彼女の腕の中にもたれた。

「遅いよ。もう少しで全部倒しちゃうところだったよ」

そう冗談をつぶやいてから、蛍は小さな声で聞く。

「……避難は完了した？」

「うん。蛍たちのおかげで、東雲の人たちはほぼ全員安全な場所に避難させたよ」

「よかったぁ……」

蛍は安堵の息を吐いてから、もう一言親友にだけ聞こえるようにささやいた。

「ごめん。抑えきれなかったよ……」

第5部隊は奮闘したものの、巣なしのアルトラを第1部隊と共に挟撃するという作戦は失敗してしまった。さらには、ギガント級やラージ級を含むヒュージの群れが、まだ避難が完全に終わっていない有明や東京国際展示場のある地域に流れ込んでしまっている。

ここから先は市街地が中心になり、これまで以上に市民を守ることが困難になるだろう。

蛍は悔しさで肩を震わせたが、槿はやさしく彼女を抱きしめた。

「……蛍、十分よ。見事な戦働だわ。あなたたちの戦いは、後世までの語り草となるでしょう。第5部隊がいなければ、とっくにもっと大きな被害が出てた。あとは私たちに任せて。お疲れ様……、本当にお疲れ様……」

槿は真剣な面持ちで蛍に言葉をかける。それは共に戦い、共にリリィの使命を果たしてきた戦友に対する最大限の賞賛を込めた言葉であった。

蛍も槿に抱きついて「ありがとう」と小さく答えた。

そして、藤田槿は第3部隊の仲間たちに呼びかけた。

「さあ、今度は私たちの出番よ！」

第5話　たったひとりの戦い

— EPISODE 5 —

アルテア・アレッサンドリーニを隊長とした第2部隊は、有明から東雲に進軍していた。

御台場の東雲エリアは辰巳エリアと運河を挟んで隣接している。緑地が多い新木場や辰巳とは違い、東雲は防衛軍の施設や民間のビル群、ショッピングモールが建ち並ぶ人口密集地となっていた。

巣なしのアルトラ出現直後から、この地域の避難はすぐに進められた。しかし、人口密集地ということもあり、新木場や辰巳と比べて時間がかかっていた。

大通りでは民間の車や民間人を乗せた装甲輸送車両が列を成して、東雲から豊洲エリアを通って光壁を目指していく。他にも防衛軍の大型ガンシップが空から飛来して、次々に民間人を乗せて光壁の内側へと運んでいた。

第2部隊の九人は近藤《こんどう》貞花《みさか》と別れた後、防衛軍の避難活動や民間人に近づけまいと、手分けしながら東雲や有明のヒュージを掃討していた。

だが、索敵デバイスである『ヒュージサーチャー』が負のマギによって機能しなくなったため、ヒュージを探し回らなくてはならず、かなり苦戦を強いられていた。

「はあああっ！」

アルテアは五体のスモール級をまとめて倒してから周辺を見回した。

街のあちこちから火の手が上がっている。ほんの少し前まで平和な景色が広がっていたのに、あっという間に炎と闇が支配する戦場の景色へと様変わりしていた。

「厄介だな。ヒュージの数がどんどん増えてる」

アルテアの隣で天野《あまの》天葉《そらは》も敵を倒しながらつぶやく。

「こんなに早く敵が増えるなんて……」

御台場はヒュージ防衛の最前線であるため、病人や老人、子どもが少ない。避難訓練にも力を入れていたため、避難は迅速に進んでいたが、それ以上に凄まじい速度で状況が悪化していた。

アルテアはスモール級を砲撃してから答えた。

「それでも大型ヒュージがいないところを見ると、第5部隊と第3部隊が踏ん張っているのだろう。彼女たちの頑張りに報いるためにも、我々も敵を食い止めるぞ」

天葉が「うん」とうなずいた時、大通りから月岡《つきおか》椛《もみじ》が千子《せんご》夕七《ゆうな》と共に駆け寄ってきた。

「大変です！　先ほど防衛軍から連絡があり、新木場から逃げ遅れた一般の中学生たちが東雲に向かっているそうです。ですが、防衛軍がギガント級とスモール級の群れに足止めされているために救援に向かえないとのことです！」

「今、そのギガント級の群れはどこにいる？」

アルテアが瞬時に問い返すと、椛も即答した。

「現在、辰巳桜橋付近にいるとのことですわ」

「全員聞こえたか⁉　これより第2部隊はギガント級討滅に向かう！」

アルテアが耳の通信機で呼びかけると、第2部隊のメンバー全員から『了解！』との返事が来る。

そして、そのままアルテアたち四人は辰巳桜橋へと向かう。

アルテアたち四人が通りを飛ぶように走れば、第2部隊の残りの五人も合流してくる。

辰巳桜橋は東雲エリアの中央に架かる橋である。ギガント級の群れが現れたという辰巳桜橋付近へと向かっていると、小高いビルから爆発音と炎が上がっていた。

瀬戸《せと》・ベロニカ・いちかが前方を見るようにうながす。

「あそこだ！」

黒煙の中から鎧型のギガント級が姿を現した。

高いビルの合間から、地響きを上げて出てくる。地上では防衛軍がロケットランチャーや戦車の砲弾を何発も撃つ。けれども、ギガント級には効いていなかった。

ギガント級が巨大な腕で防衛軍を叩き潰そうとする姿を見て、手島《てじま》恋町《こまち》が仲間たちに呼びかけた。

「みんな！　ギガント級を止めて！」

さらに天津《あまつ》麻嶺《まれい》も声を上げた。

「砲撃であいつのバランスを崩せるわ！」

第2部隊のリリィは全員ＣＨＡＲＭでギガント級に砲撃を撃ち込む。致命傷を与えることはできなかったが、ギガント級は砲撃によって体勢が崩れ、ビルを破壊しながら倒れ込んだ。

その隙を見逃さず、椛がアルテアに叫ぶ。

「アルテアさん、今ですわ！」

アルテアもすぐさま仲間たちに呼びかける。

「第2部隊！　ノインヴェルト戦術開始！」

間髪入れず、アルテアはノインヴェルト戦術用の特殊専用弾で魔法球《マギスフィア》を生み出して「椛！」と発射をする。椛は魔法球を受け取ると、すぐさまに「天葉さん！」とパスを横に出し、天葉は夕七へとパスする。そして、夕七が敵の攻撃を避けながら「麻嶺！」とパスを出すと、麻嶺から長谷部《はせべ》冬佳《とうか》と木子都々里《きこととり》が繋ぎ、いちかが前線まで持っていく。

「恋町、頼むぞ！」

「任せて！」

手島恋町は魔法球を受け取ると、俊足を活かしてひとり前に出る。戦場で仲間のために走る姿から『闘牛士《マタドール》』という異名を与えられたように、ギガント級の前まで駆け抜けると、大きく跳躍した。

「フィニッシュ！」

恋町のリヒトブリンガーから発射された魔法球は、鎧型のギガント級の顔面に直撃した。

ギガント級の体は爆発を起こしたが、防衛軍の兵士たちはなんとか無事であった。

防衛軍が救われたのを見て、千子夕七が息を吐く。

「ふう。なんとか間に合ったわね」

アルテアが辰巳桜橋を睨みつけてつぶやいた。

「いや、まだだ」

第2部隊が全員そちらに顔を向ければ、黒煙からグンタイアリとスモール級の群れが姿を現した。

敵の主力は新辰巳橋に集中しているとはいえ、それでもかなりの敵があちこちから湧き出している。

木子都々里が眉間にしわを寄せてつぶやく。

「いくら倒してもきりがないわね」

「貞花、大丈夫かしら……」

長谷部冬佳が心配そうに有明方面に目を向けた。

アルテアは椛と天葉、夕七へと顔を向ける。

「椛、天葉、夕七。ここは私たちが引き受ける。卿ら三人は新木場から来ているという民間人の捜索と救助に向かってくれ」

椛たち三人は「了解」とうなずいた。

「さあ、天葉さん、夕七さん、行きましょう」

三人は取り残された民間人の救助へと向かった。

この日、新木場にある夢の島公園に、近隣の私立女子中学校の生徒たちが大勢訪れていた。

三年生の課外授業として防衛軍の施設やノインヴェルト戦術の戦技交流会を見学しに来ていた。

民間人が光壁外に出ることは危険であったが、新木場では危険なヒュージの出現は少なく、防衛軍や御台場女学校のリリィが護衛に当たったために安全対策は十分だと思われた。

女子中学生の誰もが憧れのリリィに会える期待に心躍らせながら、防衛軍の説明を受けて、周辺の施設を見て回っていた。

だが、そんな中、巣なしのアルトラが突然出現した。さらには、アルトラ級が出す負のマギに引き寄せられ、海やケイブから大量のヒュージが現れた。

「ヒュージだ！　みんな逃げろー！」

突然のアルトラ級やヒュージの出現に、公園の中は大混乱となった。数人いた御台場女学校のリリィがヒュージを引きつけている間に、防衛軍が生徒たちをバスに乗せた。

防衛軍の避難誘導に従って、急いでバスは光壁の内側に向かう。

五台のバスのうち四台は無事に光壁の内側に逃げたが、最後の一台だけはヒュージの襲撃を受けて光壁が閉じるまでに間に合わず、東雲方面へと避難した。

だが、不運は重なり、東雲へと渡る橋の途中でバスがヒュージに襲われて故障した。

護衛に当たった防衛軍がヒュージを引きつけている間に、女子生徒たちはバスから降りて走って逃げなければいけなくなった。

そんな女子生徒たちの中に速水《はやみ》桂《かつら》はいた。

「急いで！　みんな急いでください！」

女子生徒や若い女性教員、バスの運転手たち総勢三十人は息を切らせながら通りを走っていた。あちこちから現れる敵に追われながら、安全な場所を求めて必死に走り続けた。

だが、背後からスモール級が一体飛びかかってきた。

「きゃあっ！」

級友の岩井《いわい》絵未《えみ》の悲鳴を聞いて、桂はとっさに右手に握った大剣型ＣＨＡＲＭを振るう。

「はあああっ！」

スモール級は見事に一刀両断されて地面に転がる。

倒れ込んでいる絵未に、桂は手を差し出した。

「大丈夫ですか？」

「うん。ありがとう」

絵未は桂の手を取って起き上がってから、彼女が握る第1世代のＣＨＡＲＭへと目を向けた。

「桂って本当に転校してくる前はリリィだったんだね」

「………」

桂は複雑な思いで、手の中のＣＨＡＲＭを見る。

速水桂は元々百合ヶ丘女学院初等部に在籍してリリィを志していた。けれど、『とある事件』をきっかけにリリィになるのを諦めて一般の学校に転校していた。

桂が転校することを悲しむ友人もいたが、どうしても戦うことができなかった。

（それなのに、またＣＨＡＲＭに手にするなんて……）

もう二度と戦うまいと『不戦の誓い』を立てたが、夢の島公園で級友がヒュージに襲われているのを見て、とっさに公園に備え付けのＣＨＡＲＭポッドから簡易ＣＨＡＲＭを取り出して戦ってしまった。今もリリィの代わりに級友たちを守っている。

「さあ、急ぎましょう。東雲公園まで行けば、きっとリリィたちがいるはずです」

東雲公園は災害時の緊急避難場所であった。

そこまで行けば、きっとリリィや防衛軍がいる。

そう信じて、桂は級友を守りながら走り続けた。

「あともう少しです！」

ようやく東雲公園へと辿り着き、三十人は全員助かったと思いながら公園に駆け込んだ。

だが、公園の中に入って、桂は大きく目を見開いた。

「そんな……」

東雲公園は周辺をビルに囲まれた小さな公園であったが、開けた広場には桂たちの他にリリィも防衛軍も誰ひとりいなかった。

この時、桂たちは知らなかったが、辰巳桜橋にギガント級が出現したことによって防衛軍は避難民を別の場所へと移動させ、東雲公園から一時的に離れて敵の迎撃に当たっていた。

桂が呆然と立っていると、どんっと爆発音が聞こえてきた。

女子生徒たちが「きゃあ！」と悲鳴を上げて、桂も音の方へと振り返る。背後の通りから煙が上がり、スモール級の群れが十体ほど公園へと近づいてくるのが見えた。

級友たちを見れば、誰もががたがたと震えながら互いを抱きしめ合っている。今から別の場所へ逃げようにも、リリィではない彼女たちの足ではとても逃げ切れない。

級友の絵未が青ざめた顔で桂を見つめる。

「桂、私たちみんなここで死ぬの……？」

「……っ！」

桂の脳裏に苦い思い出が浮かび上がる。

速水桂は百合ヶ丘初等部の時に、今と同じくヒュージの襲撃を受けて大切な仲間を失った。

あの時に、なんて自分は無力なのだろう、と自分を責め続けた。以来、リリィになるという夢を捨てて、一般学生として生きてきた。

だが、今また、あの時と同じ悲劇が繰り返されようとしている。

（もう二度と同じことを繰り返さない……！）

桂は急いで公園の中に設置された緊急用ＣＨＡＲＭポッドのボタンを次々と押した。ポッドにはヒュージが突然現れた時に、マギを保有する者ならば誰もが使用できる第1世代の簡易ＣＨＡＲＭが入っている。

三台のポッドの扉が開かれる。中には第1世代の簡易ＣＨＡＲＭが十本以上も収められていた。ポッドから桂は大剣型のＣＨＡＲＭを全て取り出し、地面に次々と突き刺す。そして、ＣＨＡＲＭを一本持ち、公園の入口で仁王立ちになった。

「絵未たちは下がっててください」

「桂！　何するつもり⁉」

絵未が呼びかけるが、桂は背を向けたまま答えた。

「あなた方は桂が守ってみせます。例え、この命に代えても」

桂は大剣型のＣＨＡＲＭを構えて敵の大群を見据える。

十体ものスモール級が群れとなって迫ってきている。

この命散らそうとも仲間は必ず守り抜いてみせる。

桂は覚悟を決めると、敵の大群に飛び込んだ。

「はあああっ！」

まずは目の前に飛び込んできたスモール級を一体斬り捨てた。返す刀で飛びかかってきたもう一体を斬る。飛び込んできた三体目の敵の攻撃を身軽に避けて突き刺す。

さらに桂は四体目、五体目を斬るが、六体目のスモール級の牙に阻まれた。簡易ＣＨＡＲＭの刃が折られて体当たりを受ける。

「うぐっ」

桂は吹き飛ばされて地面に叩きつけられる。

「桂！」

絵未が悲鳴を上げるが、すぐさま起き上がって別のＣＨＡＲＭを引き抜いて切り裂く。

「桂、助けて！」

別の級友の悲鳴を聞いて振り返れば、スモール級が級友たちに襲いかかろうとしていた。

「やあああっ！」

桂は急いでスモール級の前まで出ると、身を挺して級友をかばう。スモール級の爪が肩に食い込むが、桂は構わずにＣＨＡＲＭでスモール級の体を切り裂く。すかさず四体が飛びかかるが、次々にＣＨＡＲＭで斬った。

十体を瞬く間に倒すことに成功して、絵未や級友たちが惚けたように声をもらす。

「……すごい……」

百合ケ丘女学院初等部時代、速水桂は級友たちから『一人当千《いちにんとうせん》』と称えられ、教導官からも将来を期待されていた。そんな彼女の武勇に級友たちは目を奪われた。

「はあ……はあ……」

桂は荒い息を吐きながら地面に剣を突き刺した。

傷を負ったが、なんとか仲間を守り抜いた。

安堵の息を吐いて絵未たちに顔を向けたその時。

「桂、あれ……！」

絵未が脅えながら、桂の背後へと指さした。

桂は振り返って、信じられないものを見た。公園周辺の建物から再びスモール級の群れが十五体以上も姿を現した。怪物たちは公園を完全に包囲して殺意を剥き出しに奇声を上げる。

「……………っ！」

桂の全身が打ち震えたが、逃げるつもりなど毛頭なかった。

桂はＣＨＡＲＭを持ってスモール級に向かって叫んだ。

「この速水桂の命が尽きようとも守り抜いてみせる！」

スモール級が一斉に飛びかかると同時に、桂もまた雄叫びを上げながら飛びかかった。

しばらく後、第2部隊の月岡椛が東雲公園に到着した。

辰巳橋付近で救助した防衛軍の兵士から、女子中学生たちが東雲公園に向かったと聞いて、急いで駆けつけたのだが、そこで信じられないものを見た。

東雲公園と周辺にスモール級の残骸が大量に転がっていた。ざっと数えただけでも二十六体もある。さらには、地面にも七本もの簡易ＣＨＡＲＭがうち捨てられていた。

公園の中には、一般中学校の女子生徒や教員たちが集まっていた。

女子生徒は何人か怪我をしているのか、腕や足を押さえて泣き崩れていた。同級生や教員が慰めながら手当をしているが、それでも誰ひとり犠牲者はいなかった。

そんな光景を公園の入口から呆然と見ている少女がいた。制服は破けて、あちこち怪我をしている。両手には二つに分かれた簡易ＣＨＡＲＭが握られていた。

なにより椛が驚いたのは、少女が御台場女学校のリリィではなく、一般中学校の生徒だったことだ。

椛は少女に歩み寄り、背中越しに声をかける。

「あなたがあのスモール級を全て討滅したのですか？」

「…………」

少女は背を向けたまま答えなかった。

だが、少女が見つめる先には、彼女の級友たちの姿がある。怪我をして泣いている級友を見て、少女は肩を震わせていた。大切な友人を怪我させたことを悔いているのだろう。

椛は少女に静かに問いかけた。

「あなたの名前を教えてくれますか？」

「……桂……速水桂です」

椛は地面に落ちている簡易ＣＨＡＲＭの一本を拾い上げた。もはやぼろぼろとなり、使い物にならなくなっている。どれほど激しい戦いが行なわれたのか、このＣＨＡＲＭが全て物語っている。

「あなたの友人たちは、みな無事です。あなたが助けてくれたのですね。ありがとう。このＣＨＡＲＭを見れば、あなたの戦いぶりがよくわかります」

「……終わったんですか……？」

桂からの質問に、椛は「ええ」とうなずく。

「私と一緒に御台場女学校に来てください。これからは、私たちと共に戦いましょう」

スモール級といえども、たったひとりで二十六体ものヒュージを討滅するなど、御台場女学校中等科のリリィでも成し遂げられる者はごくわずかだ。

速水桂がリリィとしての才覚にあふれ、以前はリリィになるべく教育と訓練を受けていたことは椛にもわかった。この才能を決して無駄にしてはならない。御台場女学校で訓練をすれば、彼女は立派な武人となる。御台場と東京の未来を守るリリィとなる。

そう椛は確信したが、桂は肩を震わせて答えた。

「戦いはこれきりです。桂は……、私はリリィとして戦っていいものではありません」

「…………」

桂は級友たちを守り切れずに傷つけたことを後悔しているのだろう。けれども、彼女が戦ったおかげで、誰ひとりとして犠牲を出さなかった。

「桂さん、怪我した人がいたことを悔いているのでしょう？　わかりますよ。でも、あなたは賞賛されるべき戦果を挙げたんです。あなたが戦わなければ大惨事だった。あなたに足りてないものがあるとすれば、一緒に戦ってくれる仲間です」

この言葉を聞いて、ようやく桂は振り向いた。

「……一緒に戦ってくれる……仲間……？」

桂の瞳は悲しみを湛えていた。彼女はずっと孤独の中にいたのだろう。おそらく彼女もまた大切な人を失った経験があるのだ。

椛は深くうなずいて、もう一度呼びかける。

「私たちはあなたと一緒に戦い続けます。決してあなたをひとりにしたりしません。だから、我が御台場女学校のリリィになってください」

「…………」

しばらく桂は椛を見つめていたが、やがて泣きそうな顔になりながら歩み寄ってくる。そして、ぼろぼろのＣＨＡＲＭを差し出した。

「……わかりました……私の剣をお預けします」

椛は「ありがとう」と言ってＣＨＡＲＭを受け取る。

「桂！」

速水桂の元に岩井絵未が駆け寄ってくる。

「……桂はあなた方を守ることができませんでした」

桂は絵未から目を逸らすが、彼女は首を振った。

「そんなことない。みんな桂がいたから助かったんだよ。桂、守ってくれてありがとう」

絵未は桂に抱きついて泣いた。桂は自分のために泣いている級友に戸惑いながらも、目元に涙を浮かべて抱きしめ返した。

「……私こそありがとうございます……」

椛が微笑ましく思いながら彼女たちを見ていると、公園の入口に防衛軍の輸送用装甲車両が来た。さらには第2部隊の仲間である天野天葉と千子夕七も姿を現した。

「ごめん。遅れたけど、大丈夫だった？」

天葉は椛に質問してから公園に目を向ける。

「まさかあのヒュージ、全部椛が倒したの？」

「いえ、私ではありません。彼女が守ってくれたのです」

椛が桂へと顔を向けると、天葉と夕七も「あの子が？」と不思議そうに見た。

桂は絵未に連れられて級友たちの元に向かっていた。級友たちに感謝の言葉を伝えられると、ほんの少しだけ安堵の笑顔を見せていた。

椛は微笑んでから天葉たちへと顔を戻した。

「東雲の他の状況は、どうですか？」

この質問には、夕七が答えた。

「今のところ、この付近のヒュージは御台場女学校と防衛軍によって討滅されてる。それよりも、有明や豊洲市場付近はまだ避難が完了してないわ。新辰巳橋からどれだけヒュージが侵入してるかもまだ不明よ。そちらの避難も急いでしないと」

「では、私たちもここの方々を安全な場所まで護衛したら、アルテアさんたちと合流して第3部隊に連絡を取りましょう」

椛の返事に、天葉と夕七はうなずいた。


一方その頃、近藤貞花は青海駅付近で戦っていた。

第2部隊からひとり離れた貞花は、第5部隊の作戦が失敗したことと、敵勢力が予想以上に大きいことを伝令するため、青海エリアにいるだろう第4部隊の元に向かっていた。

第4部隊は市民の避難経路確保のために、青海や台場エリア周辺のヒュージを掃討している他、第1部隊のバックアップとして遊撃部隊を担っていた。

だが、青海に行く途中、貞花の行く手をヒュージの群れが阻んでいた。

「またこんなに湧き出てる」

貞花はスモール級を倒しながら舌打ちした。

青海駅周辺は第2部隊が一度ヒュージを掃討したはずなのに、再びスモール級やミドル級が湧き出ている。巣なしのアルトラの影響を受けて、想像以上にヒュージが活性化しているようだ。

青海エリアや有明エリアはまだ避難が完了していないため、御台場女学校中等科のリリィや防衛軍がヒュージの大群を抑えながら必死に市民を避難させている。

今、第1部隊は南ルートからグンタイアリやケイブを討滅しながら、巣なしのアルトラがいる若洲公園へと目指しているはずだ。

第1部隊が東京ゲートブリッジを渡って、巣なしのアルトラがいる若洲公園に突入する前に、現況報告をして呼び戻さなければいけないのだが、貞花は完全に足止めされてしまっていた。

「急いで千華《ちはな》たちに連絡しなくちゃいけないのに……！」

一刻も早く第4部隊に第1部隊への連絡を伝えなければいけないのに、海からヒュージが次々に湧き出てなかなか先に進めなかった。

「邪魔するなぁ！」

貞花が苛立ちながら叫んだ時、前方に人影が現れてスモール級数体をバラバラに引き裂いた。

誰が助太刀に来たのかと前を見れば、長い銀髪で小柄な少女が現れた。

「あーら、誰かと思えば、貞花じゃない。こんなところで油をうっていかがされたんですの？」

見知った顔を見て、貞花は思わず声を上げた。

「誉《ほまれ》！」

それは近藤貞花の幼なじみの今川《いまがわ》誉であった。

彼女は近藤貞花や木子都々里と同じ百合ケ丘女学院幼稚舎の頃から親友であった。三人は幼い頃より共に戦うことを誓い合い、ＬＧサングリーズル結成の発起人のひとりでもあった。

「まったく。交流会に遅刻してきたかと思えば、今度は第2部隊とはぐれて迷子ですの？　まーた冬佳を心配させてるんじゃないですわよね？」

誉の容赦ない突っ込みに、貞花はうぐっと言葉を詰まらせてしまう。

「違うわよ。第4部隊に緊急連絡があってきたの。第1部隊に至急伝令してほしいことがあるから、ティシアのところまで案内して」

誉は「第1部隊に？」と怪訝な顔をする。

だが、貞花が答えようとした矢先、ヒュージの群れが二十体ほど再び海から這い出てくる。これを見て、誉はやれやれと首を振った。

「どうやら話は終わってからのようですわね。さあ、さっさと片付けますわよ」

「誉こそ、ちゃんとついてきなさいよ」

誉と貞花は一気にヒュージの群れへと飛び込んだ。

ふたりは次々とヒュージを薙ぎ倒していく。百合ケ丘女学院の幼稚舎から友人として過ごし、リリィとしても幾多の戦場で戦った者同士として、二十体を超える敵を瞬く間に倒して片付けてしまう。

「あたしたちにかかれば、ざっとこんなもんよね」

「この程度じゃまだまだ斬り足りないですわねぇ」

不敵な笑みを浮かべる親友のドSぶりに、貞花は呆れながらも声をかける。

「前から思ってたけど、誉って戦場だと危ない人っぽくなるよね」

「もちろんそれは褒め言葉ですわよね？」

「さっさと第４部隊に案内して」

貞花は誉と共に青海エリアの南側へと向かう。

青海の南側は暁ふ頭から大型の倉庫が建ち並ぶ倉庫街となっていた。かつては輸送船が停泊して積み荷を降ろす場所であったが、今はほとんどが防衛軍や御台場女学校の訓練施設となっていた。

大通りでは、今まさに第４部隊のリリィたちが敵の大群と戦っていた。

スモール級やミドル級が数十体押し寄せ、第４部隊のリリィたちは敵が先に進まないよう迎撃していた。第４部隊はメルクリウスや御台場女学校、百合ケ丘女学院、アルケミラ女学館、神庭女子藝術高校など多様なリリィが十二人選ばれ、さらに戦闘経験もかなりばらつきがあった。

だが、彼女たちは全員息を合わせて戦っていた。

彼女たちの中心には第４部隊の隊長であるティシア・パウムガルトナーがいた。彼女は『クリューサーオール』と『ケーリュケイオン』の二本のＣＨＡＲＭを振りながら、仲間のリリィたちに的確に指示をしている。

「千景《ちかげ》、前に出すぎるな。そなたの出番はまだ先だ。百合亜《ゆりあ》、不安なら余の側で戦え。紅《くれな》と湊《みなと》、日羽梨《ひばり》は左右の敵を抑えることに専念すればよい」

「……これが天才ティシア・パウムガルトナー」

貞花はティシアの隊長としての才覚に目を奪われながらも、すぐさま我に返り、誉と共に彼女の元に駆けつけた。

「ティシア！　第４部隊に至急伝令！」

「おおー、そなたは第2部隊の近藤貞花だったな」

ティシアは貞花に気づいて声をかける。

「余はメルクリウスの聖帝ティシア・パウムガルトナーである。よく覚えておくがいい」

ヒュージの大群に囲まれているのに、ティシアはまるで王宮で出会ったかのように胸に手を置いて優雅に挨拶をする。ティシア・パウムガルトナーはメルクリウスのリリィとしては『百年に一度の天才』と呼ばれるが、変わり者としても有名であった。

ティシアの二つ名である『メルクリウスの聖帝』も、彼女自ら名付けたものだった。風変わりなティシアの態度に、貞花は呆れてしまう。

「ああ、もう。メルクリウスのリリィって、こんなんばっかりなわけ?」

「ほら、さっさと報告してしまいなさいな」

誉にうながされて、貞花は伝令を伝える。

「時間がないから手短に言うわ。ギガント級やラージ級が多数出現により、第5部隊は作戦に失敗。敵勢力はあたしたちの予想以上よ。このまま第1部隊が若洲公園に突入するのは危険だわ」

「…………」

報告を聞いてティシアの表情が一瞬にして真剣なものに変わるが、さらに誉が話を続けた。

「もうひとつ報告がありますわ。青海や台場方面もヒュージがかなり湧いています。そちらも片付けないと有明からの避難民が避難できませんわ」

ティシアは「承知した」と答えてから続けた。

「すでに敵勢力が予想を上回ることはわかったが、まさか第5部隊がやられるほどとは。第1部隊はそろそろ海の森公園に突入する頃だ。先ほど千華からの伝令によると、海の森公園はすでに多数のケイブが発生しているらしい」

「だったら、ますます状況報告を早くしないと」

貞花が焦りながら言うと、ティシアは軽く息を吐いた。

「ならば、この聖帝自ら伝令を持っていこう。秋日《あけひ》、余と共に第1部隊に向かってくれまいか」

ティシアが呼びかけると、第4部隊の本間《ほんま》秋日は「了解」とうなずく。

「リーアリデル。余は今より第1部隊に征く。その間、ここの指揮を任せる。青海と台場のヒュージを掃討し、有明からの避難経路を確保してくれ」

第4部隊副隊長であるリーアリデル・エッシェンバッハは「お任せを」と力強く答えた。彼女もまたメルクリウスのリリィであり、ティシアから『副帝』の名を与えられて彼女を支えてきた。

貞花が心配になって声をかける。

「たったふたりで大丈夫なの？」

ティシアは不敵な笑みを浮かべて敵を睨めつけた。

「ふん。我が力の前にヒュージどもを跪かせてやろう」

そう言うなり、ティシアは本間秋日と共に、第1部隊がいるだろう暁ふ頭へと駆け出した。

「あれなら大丈夫そうね」

ふたりの背中を見ながら、貞花はふうと息を吐く。

「これで伝令は伝えたわ。第2部隊のみんな、すぐに戻るから待ってて」

そうひとりつぶやいてから、貞花は新辰巳橋方面へと顔を向けた。

第6話　富士見橋破壊

EPISODE 6

第5部隊が死闘を繰り広げた新辰巳橋は、静けさを取り戻していた。

先ほどまでヒュージが道を埋め尽くすほどに押し寄せていたが、第3部隊が合流してヒュージの群れを掃討してからは新たに敵が来ることはなかった。

ようやく戦いが終わったことで、第5部隊のリリィたちは力尽きていた。疲れ切って座り込んでいる者や、第3部隊のリリィに応急手当を受けている者がいる。

第3部隊の隊長である番匠谷《ばんしょうや》依《え》奈《な》は、橋の向かい側を見渡す。

「敵がもう来ないところを見ると、さっきまでの奴らが主力だったようね」

第5部隊の吉村《よしむら》・Ｔｈｉ《てぃ》・梅《まい》が座り込みながら言う。

「でも、ギガント級の群れを通らせちゃったな。急いで追いかけて倒さないと」

第5部隊は新辰巳橋で敵の主力を食い止めたが、二発のノインヴェルト戦術を使ったことでマギの限界を迎え、もはやギガント級を倒すことができずに通してしまった。他にも別の橋から防壁を破って東雲に入ったギガント級もいた。

「確か突破した群れは四つだったわよね？」

依奈の質問に、第5部隊の遠野《とおの》捺輝《なつき》が答える。

「はい。つがいのギガント級と、重力干渉型ギガント級、それからグンタイアリのギガント級、あとは蛇型のギガント級です」

「そいつらなら知ってる。全てグンタイアリ同様に水を渡ることはできないわ」

第3部隊の藤田《ふじた》槿《あさがお》が言うと、菱田《ひしだ》治《はる》は眉をひそめた。

「ということは、全部市街地にいるってことよね。急いで止めないと大変なことになるわ」

「ええ。第2部隊に応援を求めて、敵の大群がまた来る前に全て止めるわよ」

依奈が第3部隊の仲間たちに顔を向けると、全員真剣な顔でうなずく。

その時、第5部隊の隊長である野口《のぐち》志奈乃《しなの》が声を上げた。

「待って。私も追撃部隊に加えて」

これを聞いた依奈が慌てて止める。

「何言ってるのよ。志奈乃はさっきまで戦ってたでしょ。マギも限界なんだから撤退した方が……」

「ギガント級は四体もいる。手は多い方がいいはずでしょ。ノインヴェルトの主軸は難しいかもしれないけど、パス回しやバックアップならできるよ」

第3部隊の面々は渋るが、志奈乃は真剣な表情のまま続けた。

「お願い。私の判断ミスで作戦は失敗したんだし、第5部隊の隊長として責任を果たさせて。代わりに、みんなは撤退させて休ませてあげて」

志奈乃の決意を聞いて、同じ第5部隊の宮本《みやもと》煌椋《こむく》と中林《なかばやし》海七《かいな》も出てきた。

「この宮本煌椋を舐めないでもらおうか。私ならまだ戦える」

「煌椋が戦うなら、パートナーの私も手伝わないとね」

吉村・Ｔｈｉ・梅もやれやれと首を横に振る。

「みんなタフだな。なら、梅も手伝うか。全部終わったら、ゆっくり休ませてもらうけどな」

「ってことは、蛍《ほたる》ちゃんも手伝うしかないよね」

川端《かわばた》蛍が冗談まじりに名乗り出ると、藤田槿が心配そうに「蛍！」と声を上げる。

「大丈夫だって。純《きいと》が帰ってくるまで御台場を守るって約束しちゃったし、御台場を守るのが御台場女学校のリリィでしょ？」

「まったく。いつもはふざけてばかりいるくせに……」

槿が呆れたように言うと、蛍はあははと笑った。

志奈乃は残りの第５部隊のリリィに顔を向ける。

「あとは私たちに任せて、みんなは休んで」

依奈たちも他の第５部隊のメンバーを見る。重傷を負った千田《せんだ》昊苺《こうめ》はまだ気を失って地面に寝かされており、彼女を膝枕する佐々木《ささき》靖奈《やすな》もまた負のマギに汚染されて座り込んでいた。遠野捺輝や団塚《だんづか》英里彩《えりさ》、そして大角《おおすみ》梓氣《あずき》もまた疲れ切った顔をしている。

依奈は志奈乃や蛍の顔を見てから決断した。

「わかった。でも、絶対に無理しないでよ」

「……うん。約束するよ」

志奈乃の返事を聞いた後、依奈は仲間たちに告げた。

「では、今より四体のギガント級を追撃するわ。ギガント級がどこに向かったかわかる？」

「つがいと重力干渉型は豊洲に向かいました。残りの二体は有明方面に向かったと思われます」

遠野捺輝の返事を聞いて、依奈はうなずいた。

「わかった。あたしたち第3部隊は豊洲に向かったつがいと重力干渉型を追いかける。第2部隊に連絡して、有明に向かった二体のギガント級を追いかけてもらうわ」

依奈が呼びかけると、追撃部隊全員はうなずいた。

「捺輝。あなたたちはここに残って、防衛軍のガンシップが来たら御台場女学校に撤退して。もし敵の第二波が来たら、至急私たちに連絡するよう防衛軍に伝えて」

捺輝は真剣な顔で「了解しました」とうなずく。

「では、行くわよ！　追撃開始！」

第3部隊と第5部隊による追撃が開始された。


追撃部隊はすぐさま東雲から豊洲方面に向かった。

第3部隊は百合ケ丘女学院のリリィが中心に選ばれ、LGアールヴヘイムのメンバーが四人もいる。

特に番匠谷依奈は、アールヴヘイムの司令塔として数々の戦いで勝利に導いてきた。

他にも、御台場女学校元船田予備隊の菱田治や藤田槿や横山梓《よこやまあずさ》、イルマ四天王の一角である西川《にしかわ》御巴留《みはる》などすでに勇名を馳せたリリィもいる。

依奈たちがビルの合間を飛ぶように駆けていると、先行してギガント級の居場所を索敵していた西川御巴留と藤田槿が近づいてきた。

「ギガント級を見つけたわ！」

「みんなあそこよ！」

　ふたりが指し示す方角に目を向ければ、小高いビルの合間から黒煙が立ち上り、防衛軍が砲撃を繰り返していた。そこに駆けていけば、地面からせり出した分厚い防壁によってギガント級とグンタイアリの群れが足止めをされていた。

　一体は『つがいの変種のギガント級』。

　つがいのギガント級は名前のとおり、二体で一組のギガント級であった。外見は巨大な植物のような姿をしており、無数の木の根のような触手が生えていた。頭上には大輪の花が咲いている。まさしく双子のように全く同じ姿をして、常に二体同時に動き回っている。

　もう一体は『重力干渉型の変種のギガント級』。

　赤く分厚い鎧をまとったような人型の姿をしている。全長二十メートル近い巨体を揺らしながら防壁に何度も体当たりをしていた。

　どちらも防壁によって進路を阻まれていたが、ギガント級の体当たりによって、防壁は今にも破れそうになっていた。

　依奈はすかさず仲間全員に呼びかけた。

「まずは重力干渉型から叩くわよ！」

　標的を重力干渉型ギガント級に定めると、第３部隊の面々は後背より一気に迫る。しかし、グンタイアリの群れが振り向いて押し寄せてきた。

第３部隊が砲撃で蹴散らすと、依奈はノインヴェルト戦術の特殊専用弾を取り出した。

「第３部隊！　ノインヴェルト戦術開始！」

依奈が魔法球《マギスフィア》を撃とうとした時、重力干渉型ギガント級が咆哮を上げた。

「ＧＹＵＡＡＡＡＡ――！」

瞬間、空間が大きく歪み、追撃部隊のリリィ全員に凄まじい重力が襲いかかった。

「うぐっ」

全身が何倍にも重くなって地面に押しつけられる。体が鉛になったように重く、立っていることさえ困難なほどであった。

「そんな……ここは射程外のはずなのに……」

渡邉《わたなべ》茜《あかね》が地面に跪きながらつぶやいた。

重力干渉型ギガント級の射程外から、ノインヴェルト戦術を仕掛けたはずなのに、ギガント級を中心として半径二百メートル以上もの重力場が発生し、依奈たちを押し潰してきた。

明石《あかし》愛華《まなか》も苦しそうな顔で言う。

「たぶん巣なしのアルトラの……影響かも……」

巣なしのアルトラの影響からか、ギガント級の力は通常よりも上回っているようだ。

リリィたちが動けない間に、重力干渉型は何度も防壁に体当たりをする。防壁に亀裂が走っていき、やがて破壊されて地面に倒れた。

防壁から解き放たれたつがいと重力干渉型のギガント級は、どちらも勢いづいて豊洲エリアに入っていき、まっすぐに光壁システムの塔へと向かっていく。

敵の侵攻先を見て、菱田治が顔色を変える。

「いけない！　このままじゃ東京に侵入する！」

二体のギガント級はどちらも光壁内へと進もうとしていた。豊洲エリアはまだ市民の避難が完了していないために、豊洲側の光壁は開かれている。

もし無防備な光壁システムの塔を破壊されたら、もうヒュージを止める手段がなくなる。

重力場が解かれて、依奈は立ち上がった。

「急いであいつを止めるわよ！」

追撃部隊は二体のギガント級を止めるべく全力で走る。だが、その時、御台場を囲む巨大な塔からまばゆいばかりの光が放たれたかと思うと、塔と塔の間に光の壁が広がっていく。

菱田治は走りながら、光壁システムの巨大な塔を見上げた。

「……光壁が……閉じてる……？」

まさしく光壁システムによるバリアだった。この強力なマギのバリアが張られることにより、ヒュージはおろか何人《なんぴと》も都内に侵入することはできなかった。

だが、まだ有明や豊洲には避難民が大勢取り残されている。それなのに、豊洲の光壁システムが起動して東京への道を完全に遮断していた。

藤田槿も目を見開いたまま光壁を見つめた。

「あれってフルアドミッションモードよね……？」

光壁システムのバリアにはいくつか段階があり、中でも全エネルギーを集中させる『フルアドミッションモード』はギガント級の侵入さえ防ぐことができた。

「どうして？　まだ避難民が取り残されてるのに……」

依奈も呆然とつぶやいた時、耳の通信機からノイズ混じりに声が聞こえてきた。

『……こちら、御台場女学校の木藤《きふじ》鈴《すず》……誰か応答してくれ』

この呼び声にすぐさま依奈が答えた。

「第3部隊の番匠谷依奈よ。どうして光壁システムが起動してるの？」

御台場女学校本部にいる木藤鈴が切迫した声で説明する。

『ギガント級の光壁突破の可能性が発生したため、防衛軍と御台場女学校の判断で、光壁システムのフルアドミッションモードを起動させた』

「やっぱりフルアドミッションモードなのね……」

横山梓がつぶやくと、木藤鈴も『ああ』とうなずく。

『でも、フルアドミッションモードは時間制限がある。もし光壁が解除されるまでにギガント級を倒せなければ、東京にギガント級を侵入させることになる』

光壁システムのフルアドミッションモードならギガント級すら足止めできる。しかし、それには時間制限があった。もし時間制限を超えて光壁が解除されれば、もうギガント級を止める手段はなくなってしまう。

だが、それ以上に大きな問題があった。

それを察して芹沢《せりざわ》千香瑠《ちかる》が声を上げた。

「待ってください！　光壁システムが起動してたら、避難した人たちが逃げられません！」

光壁システムのバリアはヒュージも人も通さない。このまま光壁が閉じていれば、避難民は御台場に閉じ込められ、どこにも逃げられなかった。

御台場女学校の木藤鈴も焦りを滲ませて答える。

『だから、頼む。一刻も早くギガント級を倒してくれ。うちの防衛隊も向かわせた。きっとすぐに合流するはずだ』

青木《あおき》夏帆《かほ》が大きく息を吐く。

「東京と避難民を守るためにも、つがいと重力干渉型の二体のギガント級を急いで倒さなければいけないってことね。なかなかハードな戦いだわ」

「避難民は今、豊洲市場にいるはずです。もしそこにギガント級を侵入させたら……」

芹沢千香瑠が青ざめた顔でつぶやく。

隊長である依奈は千香瑠の肩に手を置く。

「落ち着いて。あたしたちが力を合わせれば、ギガント級を二体とも討滅できる。私はアールヴヘイムとして、二度と甲州撤退戦のような悲劇を繰り返すつもりはないわ」

依奈が真剣な表情で伝えると、千香瑠は「わかりました」とうなずいた。

「さあ、みんな行くわよ。必ず御台場にいる人たちを全員助けるわよ」

追撃部隊は全員「了解！」と返事した。

東京を守るためにも避難民を全員救出するためにも、つがいのギガント級と重力干渉型のギガント級のどちらも必ず討滅してみせる。

そう決意して、依奈たち追撃部隊は敵を追いかけた。

まず追いついたのは、つがいのギガント級だった。

豊洲駅周辺は市街地となって高いビルが建ち並んでいた。すでに避難が完了しているために、通りには誰の姿もなかった。つがいのギガント級が周囲の建物を破壊しながら進むが、豊洲に侵入してからグンタイアリやヒュージは分散して、あちこちに広がっていた。

菱田治が分散する敵を見回した。

「まずい！　敵が分散してるわ！」

依奈が走りながら仲間たちに呼びかける。

「まずはつがいのギガント級を討滅するわ。ギガント級はノインヴェルトでしか倒せない。残りのヒュージは後回しでもいい」

追撃部隊はつがいギガント級を追いながら、ＣＨＡＲＭの砲撃を何度も繰り返した。

だが、つがいのギガント級は二体とも『結界領域《テリトリ》』と呼ばれる結界を展開し、一斉に砲撃しても結界に入った途端に瞬時に回避してしまってまるで当たらなかった。

藤田槿が苛立って声を荒げた。

「何なのよ、あの結界は？　なんで全然当たらないの⁉」

光壁システムのすぐ真下にある旧豊洲市場は、現在避難エリアになっている。光壁によって足止めされている大勢の避難民がいるはずだ。

避難エリアにギガント級やヒュージの群れが到着するまでに、二体とも倒さなければならない。その焦りから追撃部隊の攻撃は荒くなっていた。

多田紫恵楽《ただしえら》が仲間たちに呼びかける。

「みんな落ち着いて！　大丈夫。落ち着いていけば、活路は開けるはずです！」

芹沢千香瑠もつがいを見ながら呼びかける。

「おそらくつがいが発生させてる結界の力かもしれません。その中では有利に動けるのかも。きっとどこかに結界を発生させる器官があるはずです。そこを見つけることができれば攻略できます」

隊長の番匠谷依奈は不敵に微笑んだ。

「そのとおりよ、千香瑠。みんな、結界領域《テリトリ》を発生させている器官を見つけて」

菱田治はマギをＣＨＡＲＭに込めて突っ込んだ。

「なら、その役目、私にやらせて！」

菱田治の異名は『怪異斬り《フリークスレイヤー》』。彼女はまさに異名どおりに性能不明の敵に突撃する。全身のマギに力を込めて『神宿り』を発動させる。

治の異能である『神宿り』はＣＨＡＲＭに宿ったマギを共鳴させ、リリィの能力を著しく向上させる。そして、ラージ級さえも一撃で仕留める『終《つい》の太刀』を繰り出すことができた。

「はああーっ！」

治がヨートゥンシュベルトで、つがいギガント級に斬撃を喰らわす。『神宿り』での強烈な斬撃によって、つがいのギガント級はたまらずに悲鳴を上げる。

「ＪＹＵＡＡＡＡー！」

治がもう一撃喰らわせようとすると、つがいのギガント級は領域《テリトリ》の結界を集中させて強力なシールドを展開する。『神宿り』の斬撃とつがいのギガント級のシールドがぶつかって爆風が起きる。

治はマギの流れからつがいの花の器官からシールドを展開していることを読み取った。

「あの花よ。あれが奴の弱点よ！」

治が大声で叫んだ時、向かい側から御台場女学校のリリィが九人駆け寄ってきた。彼女たちは御台場女学校の『御台場障壁防衛隊』であった。

先頭にいるリリィを見て、藤田槿は声を上げた。

「昴《すばる》！」

それは御台場女学校の井草《いぐさ》昴であった。井草昴もまた元船田《ふなだ》予備隊のひとりであり、戦技交流会に参加した御台場女学校のリリィ全員と旧知の仲であった。

治はすかさずに昴に向かって叫んだ。

「昴、ノインヴェルトで二体同時に撃破するわよ！」

昴は「了解！」と答えてノインヴェルト戦術の特殊専用弾を用意する。

「依奈！」

治が振り返れば、依奈はもう特殊専用弾をＣＨＡＲＭにはめ込んでいた。

依奈と昴が同時に叫んだ。

「ダブルノインヴェルト戦術開始！」

第３部隊と御台場障壁防衛隊が合同で、二つの魔法球《マギスフィア》をパスしていく。

つがいは太い触手を振り回し、どちらの部隊も攻撃して邪魔しようとする。

敵の攻撃に陣形が乱れるが、これを見て依奈が叫んだ。

「蛍、志奈乃！　あなたたちの力を貸して！」

第５部隊の川端蛍が前線に出て、昴に呼びかける。

「まっかせてー！　昴、あたしにパスを回して！」

防衛隊のリリィがパスを蛍へと回す。蛍は第５部隊の仲間たちに魔法球を繋ぎ、その間にも手が空いた者たちはつがいのギガント級を足止めする。

依奈は司令塔として仲間たちに的確に指示していく。

「夏帆はそのままつがいを引きつけて！　その間に御巴留はサイドから前に出て。治と愛華は前に出すぎないで。千香瑠、砲撃を続けて！」

依奈の指示によって攻守の陣形を変えながら、二つの魔法球が敵の攻撃をすり抜けていく。

やがてラストパスが菱田治と多田紫恵楽に渡る。

「いっけえええーっ！」

「やああああーっ！」

ふたつの魔法球が二体のつがいのギガント級の頭上にある花に当たる。

つがいのギガント級は悲鳴を上げて、二体同時に爆発した。

追撃部隊と防衛隊は無事にギガント級を討滅してほっと息を吐いた。

「ふう。うまくいったわ。さすがアールヴヘイムの司令塔ね」

西川御巴留が微笑むが、依奈は険しい顔のまま言う。

「まだ終わりじゃないわ。重力干渉型を急いで追いかけるわよ。フルアドミッションモードが解除されないと、民間人が避難できないわ」

青木夏帆も険しい顔で続けた。

「グンタイアリや他のヒュージも散らばったわ。有明の二体のギガント級もどうなっているかわからない。それもなんとかしないと光壁が解除されないはずよ」

渡邉茜も依奈に進言する。

「敵がどこから攻めてくるかわからないなら、豊洲市場の防衛軍にも連絡して防衛態勢を固めないと。あそこには今、避難民がたくさんいるはずよ」

防衛隊の井草昴が追撃部隊に告げた。

「では、重力干渉型ギガント級は、私たち防衛隊が引き受けます。おそらく重力干渉型は光壁を目指しているはずです。その前に必ず食い止めてみせます」

「なら、あたしとあさちゃんは昴のサポートに回るかな。あさちゃん、いいよね？」

川端蛍が顔を向ければ、藤田槿はため息をこぼす。

「もう。あんまり無茶するんじゃないわよ」

依奈はうなずいてから、治に顔を向けた。

「なら、治と梓、御巴留、海七の四人は先に豊洲市場へと向かって防衛軍と一緒に防衛体勢を固めて。もしギガント級を発見したら、すぐに知らせて」

「わかった。任せて」

旧豊洲市場の避難所の防衛を任された菱田治たち四人はうなずく。

依奈は向き直って残りの八人に声をかける。

「他のみんなは手分けをして豊洲の残敵掃討と逃げ遅れた人がいないか確認するわよ。残敵を全て掃討した後に豊洲市場に向かい、光壁の解除を待って避難民の誘導に当たるわ」

残りの八人も「了解」と返事をした。

追撃部隊は光壁システムを安全に解除するために三方向に手分けをすることを決定した。番匠谷依奈たち豊洲エリアに広がったグンタイアリとヒュージの残敵掃討組、井草昴たち重力干渉型ギガント級の討滅組、そして菱田治たち避難民の防衛組の三つである。

依奈はうなずいて仲間たちに呼びかけた。

「それでは、作戦開始！」

追撃部隊は三方向に分かれて作戦を展開した。

菱田治たち四人は、避難民が集まっている旧豊洲市場へと駆けていた。

旧豊洲市場は豊洲エリアの南側に位置し、有明エリアと運河を挟んで隣接している。東京国際展示場の展示ホールと同じく横長の建物が広がっていた。

普段は倉庫として利用されている施設だが、今は有明や東雲から避難してきた避難民によって、ごった返していた。周辺の道路は足止めされた車で渋滞している。光壁システムが封鎖されたことによって、人々は光壁の内側に避難することができずに旧豊洲市場や近隣の建物に逃げ込んだのだ。

治は旧豊洲市場にいる避難民を見て唖然とした。

「こんなに大勢の人たちがいたなんて……」

想像以上に避難民は多かった。

見渡す限り避難民であふれており、数千人規模の民間人の姿が確認できた。

避難民は光壁の内側に逃げたいのに、逃げることができずに混乱している。悲鳴や怒号が飛び交い、誰もがいつヒュージに襲われるかという不安に脅えていた。

もしこんなところにギガント級やグンタイアリが押し寄せたら大惨事が起きる。

治たち四人は旧豊洲市場の入口にいる防衛軍の指揮官の元に向かう。大勢の避難者が防衛軍の兵士に詰めかけていた。防衛軍は混乱する人々を落ち着かせるのに必死であった。

治たち四人は指揮官らしき男を見つけて声をかける。

「あなたが責任者ですか？　救援に参りました」

「……君は御台場女学校の菱田治か？」

治は元船田予備隊ということもあり有名であった。

「はい。現在、私たちの仲間が協力して、ギガント級討滅に全力を注いでいます。私たちが必ず御台場も市民のみなさんも守ってみせます」

指揮官は「了解した」と答えた。

「こちらには現在、六千人以上の避難民がいる。ヒュージによって他の橋が落とされ、富士見橋だけが残っている状況だ。だが、有明の対岸にスモール級の群れが確認された。もしあれがこちらに来たら大変なことになる。これを君たちに迎撃してもらいたい」

「了解しました。私たちが食い止めてみせます」

治は他の三人と共に富士見橋へと向かう。

道すがら治が旧豊洲市場の建物を見れば、大勢の避難民の姿が見て取れた。誰もが不安そうな顔をしている。大人の姿ばかりか、年端もいかない子どもの姿もあった。

治の隣から同じ御台場女学校の横山梓が声をかける。

「今までもヒュージの襲撃はあったけど、こんなに大規模な戦いは初めてだよ」

やがて四人は防衛軍が封鎖する富士見橋の前へと到着した。

富士見橋は旧豊洲市場の南西に架かる橋であり、有明エリアと豊洲エリアを繋いでいる。

富士見橋を見て、中林海七がつぶやく。

「ここが有明と繋がる唯一の橋ですね。なんとしても死守しないと……」

「ええ。依奈たちが来るまで必ず守り抜くわよ」

西川御巴留の言葉に、治はうなずいた。

富士見橋から見える御台場の景色は痛ましいものだった。あちこちから火の手が上がって、遠くから砲撃の音とヒュージの鳴き声が聞こえてくる。

治は炎に包まれる御台場を見渡し、心の中で今は亡き親友に語りかけた。

（……咲魅《さくみ》。私が必ず御台場を守るから見守ってて）

菱田治にはかつて今村《いまむら》咲魅という親友がいた。共に夢を語り合い、共に御台場を守るリリィになろうと約束した。けれども、咲魅は不治の病によって、幼くしてこの世を去った。

治は咲魅の今際の際に御台場女学校の生徒会長になり、御台場を守る一番のリリィになると誓った。

それは亡き親友と治を今でも結びつける絆でもあった。

そんな治の決意を察したように、梓が治にだけ聞こえるようにささやく。

「必ず御台場を守ろう。咲魅のためにも」

治がうなずいた時、対岸から地響きが聞こえてきた。そちらに顔を向ければ、数十匹のグンタイアリのスモール級が迫ってきていた。

「さあ、みんな、あいつらを倒すよ！」

治の呼びかけと共に、四人のリリィはグンタイアリの群れに飛び込んだ。

「やあああっ！」

菱田治がヨートゥンシュベルトで敵を倒せば、横山梓も治と連携しながら敵を薙ぎ払った。西川御巴留と中林海七も俊敏な動きで戦い続ける。防衛軍も砲撃を繰り返しながら一匹も敵を渡らせまいと戦った。

だが、橋を渡ろうとするヒュージの数は、どんどん増えていく。明らかにヒュージは光壁システムを破って都内に侵入することを目的としていた。

海七が敵を斬りつけながら声を上げた。

「どんどん増えてる……これじゃ抑えきれません！」

「諦めないで！　ここを突破させるわけにはいかないわ」

治は仲間を励ましながら戦い続ける。

富士見橋のすぐ先には六千人もの避難民がいる。グンタイアリを一匹でも通せば、大勢の民間人が犠牲になる。だから、なんとしても橋の上で全て倒さなければならなかった。

だが、敵はグンタイアリだけではなく、グンタイアリに引き寄せられたスモール級やミドル級まで加わりながらどんどん増えていった。

そして、怪物たちの親玉が地響きを上げて、対岸に姿を現した。

治は眼前の巨大な怪物を見て我が目を疑った。

「グンタイアリのギガント級⁉」

超大型のグンタイアリが姿を現した。有明方面に姿を消したグンタイアリのギガント級がいつの間にか有明の端まで辿り着いていたのだ。

横山梓がすぐに西川御巴留に呼びかける。

「御巴留、すぐに依奈たちに連絡して！」

「ダメよ、今からじゃ間に合わない！」

ギガント級はノインヴェルト戦術でしか倒すことができない。だが、ここにいるリリィは治たち四人しかおらず、ノインヴェルト戦術を撃つことができない。

依奈たち第3部隊本隊や昴たち防衛隊に連絡を取ろうにも、彼女たちが駆けつける前に、グンタイアリのギガント級は渡ってしまう。

中林海七は大声で仲間と防衛軍に呼びかけた。

「足止めしてください！　お願いします！」

治たち四人はCHARMの砲撃を繰り返し、防衛軍もロケットランチャーを撃ち込むが、グンタイアリのギガント級に致命傷を与えられない。西川御巴留も必死に依奈や昴たちに連絡を取ろうとするが、通信障害が酷くて連絡が取れなかった。

超大型グンタイアリは配下のグンタイアリと共に橋に迫る。

「ダメだ……。食い止められない。ギガント級が市民を襲ってしまう……」

治はすぐ後ろの旧豊洲市場へと目を向ける。建物の中に六千人もの避難民がいる。ギガント級を渡らせたら、どれだけの犠牲者が出るかわからない。

この橋を絶対に渡らせるわけにはいかない。

治は奥歯を噛みしめて決断すると、仲間たちに呼びかける。

「私が全責任を負うわ！　橋を落とす。みなは退け！」

治は船田予備隊としてグンタイアリと戦った時、グンタイアリが水を苦手とすることを知った。足止めにしかならないのはわかっていたが、橋を落とせば時間を稼ぐことができる。

治の決断を聞いて、横山梓が慌てて止める。

「待って！　まだ有明には御台場の中等科の子たちや民間人が残ってるのよ⁉」

対岸の有明エリアにはまだ御台場女学校中等科のリリィや防衛軍、民間人が残されていた。有明から繋がるこの橋を落とせば、今度は彼女たちの逃げ場がなくなる。

「でも、今ここで橋を落とさなければ、もっと大勢の人たちが犠牲になるわ！」

治は仲間を見捨てることがリリィとしてあるまじき決断であることはわかっていた。だが、それでもギガント級を止めるには他に方法がなかった。

なおも梓は治の肩を掴んで止めた。

「ハル、本当に……、本当にこれでいいの？　咲魅との誓いは？　こんなことしたら、もう招魂《しょうこん》の園《その》で咲魅《さー》ちゃんと一緒になれないよ⁉」

仲間や民間人を見捨てた決断をすれば、治は御台場女学校での評価を失う。きっと御台場女学校の生徒会長になるという夢も、御台場で一番のリリィとなるという亡き親友との約束も捨てなければいけなくなるだろう。

治の心にかつて咲魅と交わした約束が思い浮かんでくる。

『此処《ここ》、御台場を守る一番のリリィとなる。あなたと招魂の園で共に花とならん』

幼い日にいつかふたりで一緒に、御台場を守るリリィになろうと約束した。

最期の日に、咲魅が叶えられなかった夢を、治が代わりに叶えると誓った。御台場女学校の生徒会長となって、ここ御台場を守る一番のリリィになると。

咲魅は夢を治に託すと、笑顔で旅立っていった。

（……咲魅……）

治の両手が震えていた。橋を落とせば、自分の夢を捨て、親友との最後の約束を破り、仲間を犠牲にすることになる。もうひとりの自分も必死に止める。

だが、富士見橋を落とさなければ、数千人の民間人の命が危険にさらされる。

治は胸が引き裂かれそうな痛みを感じながら、それでも毅然と答えた。

「私情よりも重いものがある！」

治はひとり橋の中へと走って行った。

「治！」

梓が呼び止めるのも構わず、治は富士見橋の中ほどに立ち、『神宿り』の力を発動させた。全身のマギを極限まで高めて収束させる。

限界を突破した『神宿り』の力により、治の髪が白く染まっていく。治は全てのマギを両手のヨートゥンシュベルトに込めると、迷いを断ち切るために大声を上げて橋の亀裂に突き刺した。

「うわあああああーっ‼」

どんっと爆発音と衝撃波が富士見橋に広がった。

橋が大きな音を立てて無数の亀裂が一気に広がり、地響きを上げて崩落していった。先遣隊のグンタイアリが十匹ほど巻き込まれて海へと落下する。

富士見橋は数十メートルに渡って大きく崩れ落ち、行き先を失った超大型のグンタイアリの群れは身を翻して有明エリアに戻っていった。

危機を脱することに成功したが、誰も安堵の表情を浮かべなかった。旧豊洲市場に避難した六千人の命は助かったが、今度は有明や台場に取り残された人々が危険にさらされる。

治はヨートゥンシュベルトを地面に突き刺したまま、その場に跪いて動けなかった。

「……治……」

梓が背中から声をかけたが、治はただ崩れ落ちた富士見橋を見下ろしていた。

暗い水面に瓦礫が浮かび、対岸の建物の炎が照らしている。

「…………」

治の両目からこぼれ落ちた涙が闇に吸い込まれていった。

第7話
のぞみ橋の死闘
- EPISODE 7 -

近藤《こんどう》貞花《みさか》は第4部隊に伝令を伝えた後、第2部隊の仲間が待つ東雲方面を目指して走っていた。

大通りを走りながら街を見回せば、あちこちの建物から黒煙や火の手が上がり、刻一刻と状況が悪化しているのがわかる。巣なしのアルトラがいる若洲公園へと目を向ければ、ますます稲光が激しくなっていた。

貞花は走りながら、若洲公園を睨みつけた。

「あんなに近くにいるのに……！」

リリィが本気で走ったならば、若洲公園まであっという間に到着できるのに、ヒュージの群れが予想以上の数と強さのために押されている。このまま敵に押されれば、いずれ御台場は陥落してしまうだろう。

（その前に、絶対に止めてみせる……！）

アールヴヘイムの主将である竹腰《たけごし》千華《ちはな》ならば、この危機的状況を打開する作戦を考えつくはずだ。

彼女は甲州撤退戦以降、幾多の戦場でアールヴヘイムを勝利に導いてきた。千華や関東の名門ガーデンのリリィたちが力を合わせたら、御台場と東京を守ることができる。

そう貞花が信じて、急いで仲間たちの元に戻ろうとしたその時。

どどんっと豊洲方面から凄まじい轟音が響いた。

「……なに？　何の音？」

ビルが倒壊するような爆発音に、貞花は足を止めた。

建物が邪魔でよく見えないが、あれは富士見橋の方角だ。

何が起きたのかと思案していると、突然、通信機から叫び声が耳をつんざいた。

『こちら竹久央《たけひさなかば》です！　富士見橋が落ちた模様。グンタイアリが有明テニスの森に向かって進行中です！　近くにいる部隊、至急応援に来てください‼』

まさに信じられない報告であった。

富士見橋といえば、豊洲と有明を結ぶ橋である。富士見橋が落ちたというのも驚きだが、それ以上にグンタイアリがすでにそこまで到着していたとは。

「こちら第2部隊近藤貞花！　誰か聞こえる⁉」

貞花は慌てて通信機で呼びかけるが、ノイズが酷くてこちらの声が届かない。けれども、耳の通信機から誰の者かわからない悲鳴や叫び声が聞こえてくる。

グンタイアリが引き返してきたことで、現場がパニックになっているようだ。

「第2部隊のみんなを待ってる暇はなさそうね」

貞花は急いで旧有明テニスの森公園を目指して走った。


旧有明テニスの森公園は、有明エリアの中央に位置する。

広大な敷地が広がる都市公園であり、昔は多数のテニスコートや競技施設があった。しかし、御台場が要塞都市となってから、大型のガンシップも発着できる広場として利用されていた。

災害時の緊急避難場所でもあるため、巣なしのアルトラが出現して以降、有明の市民が集められて、民間のバスや装甲輸送車に乗せられて避難していた。

輸送車両の側では、御台場女学校中等科三年生の竹久央が叫んでいた。

「みなさん、グンタイアリが向かってきます！　急いで車両に乗ってください！」

警報が鳴り響く中、大勢の防衛軍職員が十台の輸送車両に乗り込んでいく。

民間人のほとんどはすでに豊洲や台場から光壁の内側へと避難しており、現在、車両に乗っているのは防衛軍の施設に最後まで残って、避難活動を支援していた職員たちだ。

だが、状況の悪化が早すぎて、まだかなりの数の職員が残っている。

竹久央たち御台場女学校中等科のリリィは、彼らが無事に逃げられるようヒュージ討滅と避難支援を学校から命じられていた。

央と同じ御台場女学校のリリィである河鍋《かわなべ》薺《なずな》が駆け戻ってきた。

「央、ヒュージがこっちに来てるよ！」

富士見橋方面に目を向ければ、建物の向こう側から地響きのような物音が聞こえてくる。富士見橋が破壊されて、行き場を失ったグンタイアリの群れが戻ってきたのだ。

薺が顔を青ざめながら呼びかける。

「このままじゃみんなヒュージにやられちゃうよ！」

央がまわりを見れば、他のリリィたちも不安そうに震えている。富士見橋に向かったグンタイアリの群れの中には、ギガント級の姿も目撃されていた。まともに戦って勝てる相手ではない。

だが、リリィとして市民を無事に安全な場所まで送り届けるのが役目だ。

央は薺の手を握って伝える。

「なっちゃん、大丈夫だよ。豊洲への道はなくなったけど、まだ台場は残ってる。そっちには湊《みなと》様や紅《くれな》様がいるって。だから、そこまでみんなで力を合わせて送り届けよう」

有明から豊洲へと架かる橋は、富士見橋が破壊されたことによって全て失った。

だが、まだ台場エリアへの道は残されている。台場から海底トンネルである東京港トンネルを通っていけば、光壁の内側である大井へと避難することができた。

「……央……」

薺は親友を見つめてからうなずく。

「わかった。薺たちみんなで守ろう」

「うん。みんな一緒ならできるよ」

その時、どんっと再び富士見橋方面から爆発音が聞こえてきた。どうやらグンタイアリの群れがもう目と鼻の先まで迫ってきているようだ。

央は指揮官に向かって呼びかけた。

「私たちができるだけグンタイアリの足止めをします！　その間にみなさんは、のぞみ橋から台場へと向かってください。台場には御台場のリリィがいるはずです！」

指揮官が「了解した！」と答えると、次に央は仲間たちに呼びかけた。

「さあ、行くよ！」

央と薺たち御台場女学校中等科の五人は、グンタイアリの元へと走った。

すぐさま富士見橋から続く大通りへと到着する。前方からヒュージの群れが数十体勢いよく迫っている。グンタイアリ種ばかりか、スモール級やミドル級の姿もある。その奥には巨大なグンタイアリのギガント級の姿もあった。

「ギ、ギガント級……！」

薺と他のリリィたちの顔が青ざめた。

ギガント級は巨体を震わせ、地響きを立てながら徐々に迫ってくる。通りに広がるほどに大きく、防壁を破壊しながら近づいてきた。

央たちは御台場女学校のリリィとはいえ、これまで中等科の生徒だけでギガント級と戦ったことはなかった。しかも、今ここにいるリリィは五人しかいない。そのため、ノインヴェルト戦術を使うこともできなかった。

あんな巨大な怪物と真正面から戦えば、あっという間にやられる。

央は震える両手をなんとか抑え込んで、仲間たちに呼びかける。

「みんな大丈夫！　私たちの役目は輸送車が台場に行くまでの護衛だよ。ギガント級の相手なんてしなくていい。私たちならできるよ！」

央の励ましに、薺や仲間たちもうなずく。

やがて足が速いグンタイアリの先遣隊が目の前まで来る。央たち五人はヨートゥンシュベルトを振り上げて、グンタイアリを迎撃し始めた。

「やあああっ！」

グンタイアリのスモール級も一匹ずつならば、央たち中等科のリリィでも倒すことはできた。だが、まだまだ未熟な彼女たちはだんだんと手間取るようになり、あっという間に敵に囲まれてしまった。

「央、ギガント級が来ちゃうよ！」

薺の悲鳴を聞いて、央の表情が険しくなる。

一刻も早く避難車両が来てほしいと願った時、ぱんっとクラクションが聞こえた。

大通りを振り向けば、避難民を乗せた防衛軍の輸送車両が次々と通過して、台場エリアへと繋がるのぞみ橋を目指しているところだった。

そして、十台全ての車両が通り過ぎていった。

央は心の中で安堵してから仲間たちに呼びかける。

「みんな後退だよ！」

五人は十台目の車両の背後についてのぞみ橋に向かう。

避難車両が次々にのぞみ橋を渡って台場へと入っていくが、最後の一台がのぞみ橋の手前で停車してしまった。エンジントラブルだ。その間に、グンタイアリのスモール級が十匹追いついてくる。

「みんな！　グンタイアリを止めて！」

央たちは避難車両を守る盾になって戦った。

（あともう少しなのに……！）

のぞみ橋には防壁がある。そこまで辿り着けば、防壁によって敵を押しとどめることができる。

だが、グンタイアリが勢いよく襲いかかってきた。

「きゃあっ！」

河鍋薺がグンタイアリの体当たりを受けて転がる。

「なっちゃん！」

央と他のリリィが慌てて駆けつけようとするが、別のグンタイアリが邪魔をする。その間にも、薺に再びグンタイアリが飛びかかろうとしていた。

このままでは、薺が食い殺されてしまう。

（誰かなっちゃんを助けて……！）

央が心の中で助けを求めたその時、空からＣＨＡＲＭの砲撃が飛来してきた。

砲撃は正確にグンタイアリに当たって吹き飛ばした。

「あんたたち、そこまでよ！」

ひとりのリリィが薺の前に飛び込んできた。彼女は刀のようなＣＨＡＲＭを持ち、風のような速さで薺のまわりにいたグンタイアリを切り裂いた。

黒と白の制服は百合ケ丘女学院の制服。

風になびかせたポニーテールの長い髪と、頭には赤いヒュージサーチャー。

手には美しい刀型のＣＨＡＲＭが握られている。

彼女は央たちを守るようにＣＨＡＲＭを構えた。

「お待たせ！　助けに来たよ！」

近藤貞花はまぶしいまでの笑顔を広げた。


貞花は薺をかばうように立ち、敵の群れを睨みつけた。

「さあ、こっからはあたしが相手だよ！」

貞花がグンタイアリのスモール級を相手にしている間に、央が慌てて薺を救い出していく。

背後から竹久央が貞花に呼びかけた。

「あなたは……？」

央が問いかけると、貞花は笑顔で答えた。

「あたしの名前は近藤貞花！　百合ヶ丘最強のリリィよ。よろしく！」

貞花が名乗っている間にも、グンタイアリが三匹飛びかかってくる。

「貞花様、危ない！」

薺が声を上げるものの、貞花は一陣の風のような動きで切り裂いていく。

だが、貞花の活躍を邪魔するようにグンタイアリのギガント級が迫る。

「あんたの出番はまだ先よ」

貞花はソハヤノツルギを射撃《シューティング》モードに可変すると、近隣の建物や街路樹を撃って薙ぎ倒す。建物の外壁や木々が崩れ落ちてギガント級の侵攻を食い止めた。

その間に立ち往生していた最後の車両がのぞみ橋を通過していく。

「央さん！」

御台場女学校の上村《うえむら》蕨《わらび》が呼びかけてくる。

「貞花様、下がってください！」

央の呼びかけによって、貞花がのぞみ橋まで下がると、央はのぞみ橋の欄干に仕掛けられていた緊急用装置を出してボタンを押した。

分厚い防壁が地面からせり出して、グンタイアリのギガント級の侵攻を阻んだ。

だが、グンタイアリのスモール級が防壁をよじ登って攻め込んでくる。

これを貞花と央たち五人が協力して倒していく。グンタイアリのギガント級も防壁を何度も体当たりをして破壊しようとしている。

（まずいわね。このままじゃ防壁がもたない……）

その時、耳の通信機から声が聞こえてきた。

『……こちら第２部隊長谷部《はせべ》冬佳《とうか》。御台場女学校の子たち聞こえる……？』

第２部隊の仲間である長谷部冬佳からであった。

「冬佳、グッドタイミング。ちょうどよかった。今、あたしも御台場の子たちとのぞみ橋にいるよ。グンタイアリの群れとギガント級と交戦中。すぐに来て」

貞花が答えると、冬佳が『ギガント級⁉』と声を上げる。その間にもグンタイアリが飛びかかってくるが、それを貞花は撫で斬りにする。

「冬佳たちは今どこにいるの？」

冬佳は躊躇いながらも答える。

『私たちは今、御台場女学校中等科の子たちと市民の人たちを救出しながら、蛇型のギガント級と交戦中。もう少し時間がかかりそう。そっちは大丈夫なの？』

耳の通信機から蛇型のギガント級の奇声やＣＨＡＲＭの砲撃音が聞こえる。

「こっちはグンタイアリのギガント級を防壁で足止めしてるところ。富士見橋が落ちたらしくて、今、台場に避難民を逃がしてる」

『貞花、交戦は避けて。私たちが行くまで待って！』

貞花が前方を見れば、グンタイアリのギガント級が何度も防壁に体当たりをしている。もう間もなく防壁が破られてギガント級が襲ってくるだろう。

「あー、どうかな。みんなを待ってたら間に合わないかも」

貞花はスモール級を倒しながら答える。

『馬鹿言わないで！　群れにはギガント級もいるんでしょ⁉』

冬佳の悲痛な叫びに、貞花は「いるねー」と苦笑しながら答える。

『だったら、私たちが駆けつけるまで戦わないで！』

「…………」

貞花は防壁を睨みつけながら黙っていた。

防壁が破られれば、ギガント級はすぐに台場に入る。台場には有明から避難してきた市民が大勢いる。台場を担当している第4部隊は、今は青海のヒュージを掃討している頃だ。すぐに駆けつけるのは難しいだろう。避難民を守るためには、ギガント級をここで食い止めなければいけない。

第2部隊が来られないのならば、誰かがここに残って足止めしなければいけない。だが、そんな危険なことに中等科のリリィを巻き込むわけにはいかなかった。

『ねえ、聞いてるの？　貞花！』

冬佳の呼び声に、貞花は防壁からあふれてくるグンタイアリに砲撃を撃ちながら答える。

「はいはい、ちゃんと聞いてるよ。大丈夫だって、御台場のリリィたちもいるし。そんな事よりさっさと来てよね。あー、あれ、電波が悪いなー。そろそろ切るね？」

『ちょっと待って、貞花！　お願いだから、馬鹿なことはしないで！』

冬佳が必死に呼び止める。彼女には貞花が考えていることなどお見通しなのだろう。冬佳とは幼い頃からずっと一緒だったのだから当然だ。

貞花は思わず苦笑してから、冬佳に伝えた。

「やっぱ冬佳にはかなわないな。冬佳がいてくれたから、あたし頑張ってこれた。あたしを信じてくれて本当にありがとう。じゃあ、あとはよろしく！」

『待って！　そんな最後みたいな言い方……！』

冬佳がまだ必死に呼びかけていたが、貞花は通信機を切った。そして、側で敵を倒している央や薺たち御台場女学校のリリィにも呼びかけた。

「みんなも、もう行きな？　あっちは避難が完了してないからさ、そっちを手伝ってあげて」

「でも、貞花様は⁉」

　薺が悲痛な声でたずねると、貞花はやさしく微笑んだ。

「橋上に残って戦う。誰かが残って足止めしないと無理でしょ。大丈夫。第2部隊のみんながすぐに来るから、それまであいつを止めればいいだけだし。イージーミッションよ」

「……貞花様……」

　央が悲壮な表情で見つめるので、貞花は苦笑して彼女の額に指を置く。

「そんな顔しないでよ。まだ死ぬつもりはないし。そうだなー、もしあたしの足止めをすり抜けるようなスモール級がいたら橋の向こうで倒してくれる？　そして、避難民を逃がしたら、あたしを助けに戻ってきてよ」

　央と薺たち五人が貞花を見つめると、貞花もまた彼女たちに笑顔でうなずく。央は貞花の覚悟を読み取ったようにうなずいた。

「わかりました。お任せください」

　橋の半ばまで貞花と五人は進んだ。

「じゃあ、頼んだよー。ま、そんなへましないけどね」

「貞花様！　ご武運を！」

　央と薺は貞花の手を握ると、貞花は「ありがと」とやさしく握り返した。

　央たち御台場女学校のリリィたちは去って行った。彼女たちの背中を見送っていると、どんっと防壁が倒れる音がした。

振り向けば、土煙の中からグンタイアリのギガント級とヒュージの大群が姿を現した。

貞花はグンタイアリの群れとギガント級を睨みつけてＣＨＡＲＭを構えた。

「さあ、最高に燃える〝デュエル〟をしましょうか！」


近藤貞花のたったひとりの戦いが始まった。

貞花の前にはグンタイアリのギガント級とヒュージの群れが数十体もいる。スモール級やミドル級に加えて、ラージ級も二体姿を現していた。

グンタイアリのギガント級が咆哮を上げると、ヒュージの群れが一気に襲いかかってきた。

「あたしの本気、お目々ひん剥いてよく見てなさいよ！」

貞花も雄叫びを上げて敵へと突っ込んでいった。ソハヤノツルギを使い、グンタイアリの群れを次々に斬る。すぐさまスモール級が襲いかかってくるが、これもまた凄まじい速度で斬り裂いていく。

近藤貞花は世界でも有数のガーデン『百合ケ丘女学院』において中等部時代から『デュエルの天才』と讃えられるほどに敵との一騎打ちが強かった。

ヒュージは次々に貞花に襲いかかるが、彼女の動きが速すぎて、すぐさま斬られてしまう。

「冬佳たちが来るまでもたせるわよ」

貞花もまた幅が狭い橋上であれば、敵に囲まれる危険が少ないために、第２部隊の仲間が駆けつけるまで持ちこたえる自信があった。

次々とヒュージを斬っていくが、突然、頭上から超大型グンタイアリの腕が振り下ろされた。

「くっ！」

貞花はかろうじて避けることに成功するが、すぐさま鮫型のラージ級が横殴りに腕を振ってくる。貞花はＣＨＡＲＭを立てて防ぐものの、吹き飛ばされて橋の欄干に叩きつけられた。

「ぐふっ！」

またグンタイアリが五匹飛びかかってくる。これを貞花はソハヤノツルギの素早い剣閃によって斬って捨てる。その間にグンタイアリのギガント級が前に出てくる。

再びギガント級の腕が襲いかかってきた。

「うぐぅっ！」

貞花は悲鳴を上げて地面に跳ね飛ばされる。

「……やっぱりひとりで戦うのはきついわね」

貞花は荒い息を吐きながら、ソハヤノツルギを地面に突き刺して、なんとか立ち上がる。

スモール級が貞花の横を通り過ぎようとするが、それを砲撃で吹き飛ばしてから、橋を塞ぐように両手を広げる。

「待ちなさいよ。誰が勝手に通っていいって言ったのよ。ここを通りたければ、あたしを倒してからにしなさいよ」

ギガント級が咆哮を上げて、貞花に襲いかかる。

「JUAAAAAA――――！」

貞花は攻撃しながら食い止めようとするが、ギガント級の腕によって跳ね飛ばされる。全身を襲う痛みを堪えて立ち上がっても、すぐさま跳ね飛ばされた。

それでも貞花は立ち上がってCHARMを振り続けた。

「まだまだぁ！」

雄叫びを上げてギガント級を斬りつけるものの、CHARMの攻撃がほとんど効いていなかった。たったひとりでギガント級やラージ級の群れと戦うなどあまりにも無謀であった。あっという間に貞花のマギが尽きかけて、体力がなくなってしまう。

だが、何度殴り飛ばされても、貞花は立ち上がり続けた。

「……あんたの力はそんなもの？　もっとかかってきなさいよ。あたしはまだ戦えるわよ！」

貞花の闘志は燃え上がっていた。これこそが自分が求めていた戦場だ。仲間や人々を守るためにリリィとして戦う。このこのぞみ橋こそ、リリィとして自分に与えられた最高に栄誉ある戦いだ。

「ここはあたしの大一番なのよ。あたしはこの時をずっと待ってたのよ。だから、最後まであたしに戦わせなさいよ！」

「がはっ！」

貞花は何度も超大型グンタイアリやラージ級に跳ね飛ばされて、傷だらけになりながらも戦った。

何度目かに地面に叩きつけられた時、急いで立ち上がろうとしたが、全身に力が入らない。その隙に超大型グンタイアリが牙を剥き出しにして食らいついてきた。

それを貞花はただ見ていることしかできなかった。

（……冗談でしょ。まさかあたし、本当にここで死ぬの？）

貞花の頭に今までのことが走馬灯のように浮かんできた。

（あたしはまだ何ひとつ夢を叶えていない。一流のリリィになることも、ブリュンヒルデになることも、最強のレギオンをつくることも……）

貞花は幼い頃からリリィに憧れていた。華やかに戦い、人類を守るリリィに自分もなると夢見た。

そんな貞花は百合ケ丘女学院に入学した。彼女はリリィの才能にあふれて、一流のリリィになると期待された。

中等部時代には武芸を極め、デュエリストとして天賦の才を発揮し、学院の中でも『将来のブリュンヒルデは確実』と讃えられた。

貞花も自分は百合ケ丘女学院生徒会三役のひとりである『ブリュンヒルデ』になると信じていた。

だが、対ヒュージ戦の基本方針の変更によりデュエリストの優先度が低くなり、さらに一流のリリィに必須であるレアスキルを貞花はなかなか覚醒しなかった。そのせいで、いつしか落ちこぼれとなって、デュエルが得意なだけの未完成リリィと学院に判断された。

仲間とＬＧサングリーズルを結成しようとしたものの、隊長が落ちこぼれの貞花であるために、サングリーズルは正式なレギオンとして学院に認められなかった。

（みんな、あたしを信じてくれたのに……）

幼い頃に今川誉《いまがわほまれ》や木子都々里《きこととり》、そして志半ばで散った山口《やまぐち》千尋《ちひろ》と共に誓った『ＬＧサングリーズルの結成』という夢もまだ叶えていない。最強のレギオンとして百合ヶ丘で一番のレギオンにしようと約束したのに……。

冗談ではない。一流のリリィになるどころか、レギオンも結成できずに死ぬなんて。

最後に貞花の頭に冬佳の泣き顔が浮かんできた。

（あたしが死んだら、冬佳、きっと泣くだろうな……）

冬佳はやさしい。幼稚舎の頃から、いつも一緒だった。誰よりも貞花を信じ、貞花が一流のリリィになると信じてくれた。だから、貞花も冬佳を支えようと決めた。そんな彼女は貞花が死んだら、とても悲しむだろう。

それだけは絶対に我慢できない。

冬佳を自分のせいで悲しませることだけは絶対に……。

「だったら……！　誰が……！」

猛烈な怒りの炎が湧き上がり、ソハヤノツルギを握る手に力が入る。

「誰がこんなところで死んでたまるかぁー‼」

貞花はのぞみ橋に響き渡るような大声で吠えた。

瞬間、落雷が落ちたように、貞花の全身からマギの光がほとばしった。

まばゆいほどの光が貞花の体ばかりかのぞみ橋全体の空間からも放たれる。もはやマギも尽きかけていたはずなのに、体の中からマギがあふれてくる。

「はあああああっ！」

超大型グンタイアリの顎をソハヤノツルギで薙ぎ払うと、強烈な一撃に怪物は悲鳴を上げる。

スモール級が三匹飛びかかってくるが、動きがスローモーションのようにゆっくりと見える。貞花は袈裟斬りに一匹を斬り捨ててから、返す刀で二匹まとめて斬った。

さすがのヒュージの群れも異常を感じ取って足を止めた。貞花もまた自分の身に何が起きたのかわからず、自分の両手を見下ろした。

「……なにこれ？　力が湧き出てくる」

全身から無限に力が湧き出てくる。貞花の体からもマギの光があふれて、ソハヤノツルギも稲妻のように光っている。そればかりか周囲の空間のマギも星の海のように輝き、全て自分の味方になっているかのようだ。

「GYUAAAAA――――！」

超大型グンタイアリが咆哮を上げて、噛みついてくるが、貞花は瞬時に避ける。

ラージ級が振り下ろした腕を貞花はソハヤノツルギで受け止める。だが、攻撃がさっきよりも明らかに弱く感じる。超大型グンタイアリが襲いかかり、貞花は吹き飛ばされるが、不思議なことにダメージは軽く、軽々と地面に着地する。

「これでも喰らえぇー！」

貞花は攻めに出てラージ級を切り裂けば、ラージ級の巨体がいとも簡単に吹き飛んで真っ二つに切り裂かれた。

貞花は全身が炎になったかのような闘志と共に、ギガント級に攻撃を集中する。刀型のＣＨＡＲＭでギガント級の手足と激しく打ち合う。何撃かギガント級の攻撃を喰らうが、全く致命傷には至らなかった。

「なんだかわからないけど、最高の気分だわ」

貞花は地面に着地してから不敵に微笑んだ。

そして、手にした刀の切っ先を敵へと突きつけた。

「さあ、覚悟しなさい！　今度はあたしの番よ！」


二十分後、貞花はまだひとりで戦い続けていた。

グンタイアリのギガント級もヒュージの群れも、ただひとりのリリィを殺すことができず、足止めされて橋を渡ることができなかった。

貞花はあちこち怪我していたものの、闘志もマギも尽きることはなく、ヒュージと戦い続けた。

そして、ようやく遠くから懐かしい声が聞こえてきた。

「貞花ぁー！」

貞花が前を見れば、対岸に懐かしい顔ぶれがビルの上から飛ぶように降りてきた。

第２部隊の仲間たちだ。先陣には木子都々里と長谷部冬佳が必死の表情で駆けてくる。

都々里が橋上でひとり戦う貞花を見て目を見開いた。

「待機はしてないと思ってたけど、まさか本当にひとりでギガントとやり合ってるなんて！」

「……っ！」

冬佳がさらに速度を上げて全力で貞花の元に走り、敵目掛けて何度も砲撃を撃ち込んだ。

第２部隊副隊長の月岡椛《つきおかもみじ》が仲間に呼びかけてくる。

「みなさん！　貞花さんを助けましょう！」

アルテアは「もちろんだ！」とうなずき、ノインヴェルト戦術特殊専用弾をミュルグレスに込める。

「第２部隊！　ノインヴェルト戦術開始！」

アルテアは椛に向かって魔法球《マギスフィア》を放つと、椛は仲間へとパスを回す。第２部隊の仲間たちはパスと敵の掃討をしながら、ギガント級へと突っ込んでいく。

「貞花！　このアルテア助太刀申す！」

アルテアはヒュージの群れを薙ぎ払いながら道を切り開くと、その間に第２部隊のリリィは高速でパスが回っていく。千子《せんご》夕七《ゆうな》と天津《あまつ》麻嶺《まれい》もパス回しをしながら、貞花の姿を見て声を上げる。

「ずっとひとりでギガント級と戦い続けてたの!?」

「でも、たったひとりでどうやって……？」

瀬戸《せと》・ベロニカ・いちかも苦笑して、手島《てじま》恋町《こまち》は険しい顔で言う。

「百合ケ丘のリリィは途方もないいな」

「今は褒めてる場合じゃないでしょ」

天野《あまの》天葉《そらは》も敵陣の中へと突き進んでいった。

「みんな行くよ！」

魔法球のパス回しと同時に、いちかと恋町が連携しながらヒュージの群れも掃討して敵への道をつくる。夕七と麻嶺も砲撃を重ね、天葉も敵を引きつけながら戦う。やがて都々里から冬佳にパスが渡り、そして冬佳はラストパスを「天葉！」と渡そうとしたのだが……。

「くっ……！」

天葉がヒュージからの集中攻撃を受けて魔法球を受け取ることができなかった。そこに貞花が彼女を助けるように砲撃を何度も撃ち込んだ。

そして、手を差し出して、冬佳に呼びかける。

「フィニッシュはあたしに任せて！」

冬佳は一瞬貞花にパスを渡すか迷った表情を見せる。貞花の怪我を案じているのだ。貞花もそれがわかっていたからこそ、力強い笑顔で手を差し出した。

「冬佳のパスで、あたしに決めさせて！」

これを聞いた冬佳はラストパスを貞花へと託す。

「貞花、お願い！」

「任せなさい！」

親友から託された魔法球を受け取ると、貞花はグンタイアリのギガント級へと突っ込む。そして、ギガント級の巨大な顔面まで飛び上がると、魔法球を放った。

「フィニッシュ‼」

魔法球を顔面に撃ち込んだ後、貞花は華麗に着地した。

グンタイアリのギガント級は周囲のヒュージを巻き込んで爆発を起こした。

ギガント級が消滅したのを見て、アルテアが仲間たちに呼びかける。

「残りの敵も一気に片付けるぞ」

第2部隊のリリィがヒュージを討滅していると、

「貞花様ぁー！」

台場方面から央と薺たち御台場女学校のリリィたちもやってきた。そして、第2部隊のいる橋上にやってきて残りの敵の掃討に協力した。

瞬く間に敵は全滅して、のぞみ橋に平穏が戻ってきた。

「はぁ……疲れた……」

ようやく戦いが終わったと知り、貞花はソハヤノツルギを地面に突き刺して跪いた。先ほどまで力があふれていたが、安心した途端に力が抜けて、どっと疲れが出てきた。

「貞花、大丈夫⁉」

冬佳と都々里が貞花の元に駆け寄ってくる。

「すぐに手当てするから、じっとしてて」

「これくらい大丈夫だって。大した怪我じゃないから」

貞花は笑顔で答えるが、冬佳は怪我を見ながら怒鳴った。

「大丈夫じゃないわよ！　どうしてたったひとりで戦ったの⁉　待ってって言ったでしょう！」

「いや、だって……」

貞花はごまかすように冬佳から視線を逸らす。

「第2部隊のみんなはギガント級と戦ってたし、御台場の子たちは避難民を逃がさなくちゃいけないし、ここはもうあたしがひとりで足止めするしかないかなって……」

都々里は呆れながら貞花を肩で支える。

「あいかわらず無茶するんだから。もしものことがあったらどうするつもりだったの？」

「みんなが来るまでなんとかなるかなって……」

都々里は貞花の頬の怪我を指で押す。

「なんとかなるかなじゃないわよ。そういうところ直しなさいって、いつも言ってるでしょ」

「いたたた。怪我してるんだから、もっとやさしくしてよ」

貞花が悲鳴を上げていると、都々里がため息をこぼしてから前を見るようにうながす。

前を見れば、冬佳が声を押し殺して泣いている。

「私がどれだけ心配したか……」

貞花はなんと謝ろうか迷いながら冬佳に歩み寄った。

「あの、冬佳……」

ふいに冬佳に抱き締められた。貞花が思わずはっとしていると、冬佳が声を震わせながら続けた。

「よかった……。貞花が無事で良かった……」

冬佳は声を押し殺して泣いている。こぼれ落ちる涙と震える手がどれだけ心配していたのかを教

えてくれる。

「……お願いだから、もう無茶しないで」

貞花の胸にじんわりとあたたかさが広がる。

こんな暗闇の戦場でも変わらない冬佳のやさしさがただ嬉しい。

冬佳にまた会えただけで生きていてよかったと思えた。

だからこそ、貞花もまた冬佳を力いっぱい抱きしめた。

「……うん。ありがとう、冬佳」

ほんの少しの間、ふたりに安らぎの時が訪れたのだった。

第8話
青海地区死守戦
- EPISODE 8 -

青海の果てにある暁ふ頭では、第1部隊が戦っていた。

暁ふ頭の先には、人工島である海の森公園や中央防波堤がある。このふたつのエリアは暁ふ頭から海底トンネルを通って行くことができる。さらにその先は東京ゲートブリッジによって、巣なしのアルトラがいる若洲公園へと繋がっていた。

海の森公園や中央防波堤は無人であったが、現在このエリアには多数のケイブが確認され、グンタイアリの群ればかりか大型ヒュージも出現し、次々と海底トンネルを通って侵攻してきていた。

この大群を海底トンネルの出口で食い止めていたのが第1部隊であった。

第1部隊の隊長である竹腰《たけごし》千華《ちはな》が仲間たちに呼びかける。

「大型ヒュージから先に片付けて」

第1部隊はＬＧアールヴヘイムの主将である竹腰千華を筆頭に、同レギオンに所属する白井《しらい》夢結《ゆゆ》や谷口《たにぐち》聖《ひじり》たち歴戦のリリィがそろっている。

さらにイルマ四天王の一之宮《いちのみや》日葵《ひまり》と日比野《ひびの》羽来《わく》、ルドビコ女学院でも勇名を馳せる福山《ふくやま》・ジャンヌ・幸恵《さちえ》、その他にも百合ヶ丘でも実力者である曽野《その》真央《まお》と泉《いずみ》牡丹《ぼたん》と毛綱《もづな》乃彩《のあ》、そして御台場女学校の元船田《ふなだ》予備隊である川村《かわむら》楪《ゆずりは》が名を連ねていた。

川村楪がグンタイアリをヨートゥンシュベルトで斬りながら叫ぶ。

「敵が多すぎる！　いくら倒してもきりがないよ」

白井夢結も大剣型ＣＨＡＲＭ『グラム』でミドル級を倒してから言った。

「千華、これじゃらちがあかないわ。討って出るべきよ」

千華もグラムで群れを砲撃しながら、ふたりに答える。

「まだその時ではないわ。今ここを離れたら、青海や台場が危険になる」

巣なしのアルトラがいつ動くかわからない以上、早急に東京ゲートブリッジを通って、敵の本拠地である若洲公園に向かいたいのは千華も同じであった。

第１部隊のリリィの実力をもってすれば、東京ゲートブリッジに向かうことは可能だった。しかし、代わりに敵の大群が一気に青海エリアに流入してしまう。このおびただしい数のヒュージが街に流入すれば、あっという間に敵の波に飲み込まれて市民もリリィも被害が大きくなる。

千華は仲間たちに呼びかける。

「もう少しで市民の避難が完了する時刻よ。そうすれば、一気に若洲公園まで駆けることができる。第５部隊と力を合わせれば、巣なしのアルトラを必ず倒せるわ」

一之宮日葵が心配そうに新木場方面に目を向ける。

「第５部隊のみんなも無事だといいけれど……」

「…………」

千華は胸騒ぎを覚えていた。南ルートでもこれだけのヒュージの数ならば、北ルートも同様の数が発生していてもおかしくない。それを抑えるのは相当至難の業だ。特に第５部隊は巣なしのアルトラに近い位置にいるため、敵の猛攻も凄まじいものになるだろう。

その時、日比野羽来が背後の通りを見て声を上げる。

「誰か来たよ！」

千華が通りを見れば、第４部隊の隊長であるティシア・パウムガルトナーが本間《ほんま》秋日《あけひ》を連れ立って駆けてきた。

「ティシア、何かあったの？」

千華の問いかけに、ティシアは険しい顔で答える。

「第２部隊からの伝令だ。第５部隊が作戦に失敗した。敵勢力は我々の予想以上だ。このまま若洲公園に向かうのは危険とのことだ」

「第５部隊が作戦に失敗!?」

一之宮日葵が砲撃の手を止めて声を上げる。

「煌椋《こむく》や海七《かいな》は無事なの？」

「残念ながら、まだわからない。通信がまだ回復していないために、御台場女学校本部とも連絡が取れていない状況だ」

ティシアの答えを、千華も険しい顔で聞いていた。

やはり悪い予感は的中した。敵勢力は予想を遥かに超えている。実力者ばかりである第５部隊をもってしても、食い止めることができなかった。

「そんな……第５部隊が失敗だなんて……」

福山・ジャンヌ・幸恵は呆然として、第1部隊の仲間にも動揺が広がる。

隊の士気が落ちる前に、千華は冷静な声で伝える。

「落ち着いて。志奈乃《しなの》も第5部隊のリリィもきっと無事のはずよ。志奈乃なら敵をギリギリまで食い止めつつ、仲間を守ることを選ぶはずだわ。野口《のぐち》志奈乃はそういうリリィよ」

第1部隊の仲間たちは複雑な表情を浮かべた。

まだ状況ははっきりしないが、いずれにせよ、第5部隊が撤退したとなれば、事態は急を要する。北ルートからヒュージの群れは一気に人口密集地へと流入しているだろう。第2部隊と第3部隊が迎撃しつつ、市民を避難させているはずだが、それもいつまでも保たない。

ヒュージが光壁まで押し寄せれば、光壁は完全に閉じられ、逃げ場を失った御台場の市民が大勢犠牲になる。さらに光壁も大型ヒュージの群れを抑えきることはできず、東京にヒュージの大群を流入させる。

それは考えうる最悪の未来であった。

リリィとして、人々を守る最後の希望として、それだけは絶対に避けなければいけない。

千華は拳を強く握りしめてから告げた。

「……作戦を変更するわ」

もはやリリィも市民も誰ひとり犠牲を出さないという作戦は不可能となった。ならば、ここからはより現実的な作戦を選択しなければいけない。

誰かを犠牲にしても、東京と御台場を救うための作戦を……。

千華が作戦を告げようとした時、ティシアは首を振った。

「千華。まだ諦めるには早いのではないか」

「……ティシア？」

千華が目を見開くと、ティシアはふっと微笑んだ。

「まだ完全に作戦が失敗したわけではない。第5部隊が撤退しても、まだ第2部隊や第3部隊、そして余の第4部隊がいる。希望はまだある」

「…………」

どうやらティシアは千華の考えを読み取ったようだ。

「でも、第5部隊が作戦に失敗した以上、全ての命を助けることはもう不可能だわ」

「余の采配と仲間を信じよ。甲州の二の舞にはせぬ」

千華ははっとしてティシアの顔を見た。

その言葉は千華にとって大きな意味を持つものであった。

一年前に山梨で『甲州撤退戦』と呼ばれる大規模な戦いが起きた。今の御台場と同じようにヒュージの大群が出現し、戦場が混乱して他に仲間がいるかもわからなかった。

竹腰千華や天野天葉、白井夢結など当時山梨にたまたまいた百合ケ丘女学院中等部のリリィたちは、これに参戦することになった。この時に結成されたのが『ＬＧアールヴヘイム』である。

千華たちは市民を無事に避難させたが、大切な仲間をひとり戦死させ、甲州も陥落させてしまった。それはアールヴヘイム全員の痛みとして刻まれた。

アールヴヘイムだけではない。ティシアもまたメルクリウスのリリィとして甲州撤退戦に参加していた。甲州撤退戦は多くのリリィの心に傷を残した。

今度は違う未来を自分たちの力で切り開けるのだろうか。

千華が胸を押さえると、川村楪が笑顔で答える。

「大丈夫。あたしたちなら、きっとうまくできるさ」

「ええ。みんなで御台場を守り抜きましょう」

福山・ジャンヌ・幸恵も力強く呼びかける。

日比野羽来も朗らかな笑顔で言う。

「羽来も日葵やみんなと一緒ならできると思うな」

「私たちの戦いを見せてやりましょう」

一之宮日葵も自信をもって呼びかける。

「……みんな」

千華は仲間たちを見渡せば、全員が力強くうなずく。

そうだ。今は甲州撤退戦の時とは違う。頼れる仲間が大勢いる。関東で勇名を馳せる彼女たちとならば、甲州で成し遂げられなかったこともできるはずだ。

最後に白井夢結を見れば、彼女はただまっすぐに巣なしのアルトラの方角を見ていた。

「千華、行きましょう」

千華は決意を固めてティシアと仲間たちに告げた。

「わかったわ。作戦はこのまま続行する。北ルートは第5部隊の役目を第2部隊が引き継ぎ、第3部隊と共に若洲公園へと突入して、第2部隊主導で巣なしのアルトラを討滅してもらうわ」

「それしか手がないのはわかるけど、敵は全力で止めにかかってくるわよ」

谷口聖の言葉に、千華は真剣に答えた。

「心配無用よ。敵は私たち第1部隊が引きつける。このまま海の森公園に突入してケイブを討滅すれば、必ず敵の注意は私たちに向く。そうすれば、巣なしのアルトラへの道が開ける」

「つまり、私たちが囮になるってことですね……」

毛綱乃彩が千華の意図を読み取って伝える。

海底トンネルを通って海の森公園エリアに突入すれば、大量のヒュージが待ち受けているだろう。それは第5部隊を撤退させた以上の大群になるはずだ。もし第2部隊が巣なしのアルトラを討滅できなければ、第1部隊も全滅する危険がある。

これは仲間が必ず巣なしのアルトラを討滅するという信頼がなければできない作戦だ。

「苦しい戦いではあるけれど、私たちなら必ずやれるわ」

千華の呼びかけに、川村楪は楽しそうに笑った。

「面白いじゃん。第2部隊に全部任せるよ。椛がいれば、きっとうまくやってくれるさ」

「……私はもとより最期まで戦うつもりよ」

白井夢結もヒュージを斬り捨てながら答えた。

千華が仲間たちに目を向ければ、第1部隊のリリィは全員覚悟をもってうなずく。これを見てから千華はティシアに顔を向けた。

「この作戦には、もうひとつ危険があるわ。私たちが海の森公園に突入すれば、きっとこのトンネルから敵の群れが青海に押し寄せてくる。それを第4部隊には止めてもらうわ」

ティシアはふっと不敵に笑う。

「我が友と共にそなたの信頼に報いよう。そして、今の言葉を第2部隊の元に必ず届けてみせる」

千華は「頼むわ」と答えた後、第1部隊に顔を向けた。

「では、みんな行くわよ！　作戦開始！」

第1部隊のリリィは声を上げて、暁ふ頭の海底トンネルへと突入していった。

そして、東京と御台場の全ての命を懸けた作戦が開始された。

その頃、第4部隊は台場エリアの旧東京テレポート駅付近で戦っていた。

東京テレポート駅は台場の中心にあり、防衛軍の重要拠点となる施設が多数存在していた。駅の背後には旧首都高湾岸線から繋がる海底トンネルへの入口がある。

現在、台場には有明や東雲から来た避難民や避難車両が大量に集まっていた。

第4部隊は光壁の内側に繋がる海底トンネルを守るために青海と台場のヒュージを掃討していたが、青海エリア近海からヒュージの群れが大量発生して押し寄せた。

これに第4部隊と御台場女学校のリリィが迎撃に当たったものの、大型のラージ級も二十体以上も出現していたため、旧東京テレポート駅付近まで後退しなければならなかった。

ティシアから第４部隊の隊長を任せられたリーアリデル・エッシェンバッハが静かながらも、美しくよく通る声で仲間たちに呼びかける。

「聖帝陛下が戻られるまで台場を守り抜くのです」

リーアリデルはティシアの右腕であり、そしてまた彼女が定める聖帝円卓十二王のひとりに選ばれ、『副帝』の地位が与えられていた。誰よりもティシアを敬愛し、主君の信頼に応えるべく、リーアリデルは第４部隊の仲間たちと共に戦っていた。

第４部隊はメルクリウスと百合ケ丘女学院、御台場女学校、アルケミラ女学館、私立ルドビコ女学院、神庭《かんば》女子藝術高校など多彩なガーデンのリリィがそろっていた。

百合ケ丘の山梨《やまなし》日羽梨《ひばり》も砲撃を繰り返しながら言う。

「これ以上先に進ませたら、もう後がないわ」

第４部隊はヒュージの大群をこれ以上進ませまいと奮闘した。背後には海底トンネルの入口があり、もしそこが敵に落とされるようなことがあれば、避難民はもう光壁の内側に逃げることができない。

「きゃあっ！」

突然の悲鳴が聞こえて、全員がそちらを見れば、御台場女学校中等科の岸田《きしだ》英《はなぶさ》が倒れ込んでいた。さらにその先には建物を破壊しながら、全長二十メートルを超える海蛇型のヒュージが姿を現した。

「あれはアビスサーペント!?」

それは『深海の海蛇《アビスサーペント》』の名を与えられたギガント級ヒュージであった。まさしく深海に生息する海蛇のように細長い体をしており、ビルを破壊しながら迫ってくる。

「待ってて！　今、助けます！」

黒木《くろき》・フランシスカ・百合亜《ゆりあ》が岸田英を助ける。

曽我《そが》菘《すずな》と弘瀬《ひろせ》湊《みなと》がふたりを守ろうと砲撃を撃つ。

「ちっ。ラージ級が邪魔だ！」

ラージ級が三体アビスサーペントの前に立ち塞がって侵攻を食い止められない。

「なら、ここも私に任せてもらいますわ」

今川《いまがわ》誉《ほまれ》は前線に出てから一気にラージ級に突撃していく。

「はあああーっ！」

誉はレアスキル『円環の御手《サークリットブレス》』の使い手であるため、アステリオンとシャルルマーニュの二本のＣＨＡＲＭを駆り、ラージ級の急所を次々と突き刺す。全長十メートルほどのラージ級が地響きをたてて倒れ込んだ。

「すごいですわ。もうラージ級討滅二十体目ですわね」

西郷《さいごう》紅《くれな》が褒めると、誉は得意げに鼻を鳴らす。

「ふふん。これくらい私なら当然ですわね」

百合ケ丘の今川誉は特殊な握りの調整による流れるようなＣＨＡＲＭ捌き、斬撃《ブレード》モードと射撃《シューティング》モードを瞬時に切り替えながら戦う独自のスタイルを確立していた。ＣＨＡＲＭの可変も上手く、自己の間合いを正確に把握し、どんな狭い場所でも全力の攻撃を繰り出せた。

後に誉は剣の腕前から『聖学の剣聖』と呼ばれるようになる。

そして、その時、背後から大声が聞こえてきた。

「今の勢いを逃すな！」

第４部隊全員がそちらに顔を向ければ、ティシアと本間秋日が来るところだった。

「陛下！」

リーアリデルが声を上げると、ティシアは微笑んだ。

「皆の者、よく堪えてくれた。リーアリデルもよく余の部隊を守った。褒めてつかわす」

リーアリデルはわずかに微笑んで会釈した。

「私は陛下の臣下ですから」

ティシアはうなずいてから、仲間たちに向き直った。

「千華と話した。今より全部隊で巣なしのアルトラ討滅作戦を行う」

第４部隊と御台場女学校のリリィはどよめいた。

「今から全部隊で巣なしのアルトラの討滅作戦？　そんなことができるのですか？」

弘瀬湊の問いに、ティシアはふっと微笑んだ。

「無論だ。この聖帝に不可能などない。我らが力を合わせれば、必ずどんな大敵も打ち破れよう」

ティシアは自信に満ちあふれた顔で答える。

まさに生まれながら王としての才覚にあふれたものの顔であった。彼女と共に歩めば、どのような敵であっても打ち破ることができる気がした。

「だが、その前に目の前の敵を打ち破り、民を逃がすことが急務だ。皆の力を貸してもらうぞ」

「御心のままに。私は陛下とどこまでも参ります」

リーアリデルが胸に手を置いて頭を下げると、ティシアは満足げに微笑んだ。そして、そのまま山梨日羽梨へと顔を向けた。

「日羽梨。司令塔はそなたに任せる。そなたならば、必ずや敵へと我らを導くことができよう」

日羽梨は最初面食らったが、ティシアの微笑みを見て、すぐさまうなずいた。

「わかった。信頼に応えてみせるわ」

ティシアはクリューサーオールにノインヴェルト戦術の特殊専用弾を込めて叫んだ。

「では、第4部隊！　ノインヴェルト戦術開始！」

この澄んだ声の号令と共に、第4部隊は一気にアビスサーペントの群れへと駆け出した。

「千景《ちかげ》、誉！　今こそそなたらの剣をもって道を開いてくれ！」

ティシアが呼びかけると、アルケミラ女学館の新海《しんかい》千景がレアスキルを解放して、敵の群れへと突っ込んでいった。

「ルナティックトランサー！」

千景の目が狂気の赤に染まっていき、ＣＨＡＲＭを振りかざして群れの中に飛び込み、金色の髪を振り乱しながら敵を薙ぎ払っていく。さらに、今川誉もラージ級の群れに入って、ラージ級を次々に薙ぎ倒していく。

「さあ、最高に暴れさせてもらいますわよ！」

このふたりが敵を引きつけている間に、司令塔を任された山梨日羽梨が仲間たちに指示を飛ばしてフォーメーションを組み立てる。

「菘、湊はパスを連携したら百合亜に渡して。百合亜は英にもパスを回して。敵には英の姿は見えないわ。その間に、秋日と一二三《ひふみ》と桜織《さおり》は砲撃で援護して」

日羽梨の指示により、第4部隊はヒュージが少ない場所にいる味方にパスを出したり、パスを連携させながら敵を惑わせたりと魔法球《マギスフィア》を変幻自在に回す。

「わわっ！　百合亜様、お願いします！」

御台場女学校中等科の岸田英もノインヴェルト戦術に参加した。かなり危なっかしかったが、百合亜が「大丈夫です！」とサポートしたこともあって、なんとか魔法球を回すことに成功した。

その間にも今川誉は次々とラージ級を倒していき、新海千景は同じアルケミラ女学館の小津《おづ》一二三や伊丹《いたみ》桜織と共に道を開いていく。

「道ができましたわよ！」

誉が湊に向かって叫ぶと、湊がアビスサーペントに向けて全力で走って行く。

「湊、お願いします！」

リーアリデルから投げられた魔法球を空中で受け取ってフィニッシュショットを放つ。

「これで終わりです！」

魔法球は見事にアビスサーペントの頭に直撃する。

アビスサーペントの体から光があふれて爆発した。

爆風によって周囲のヒュージも吹き飛ばされる。

「……ふう。なんとか片付きましたわね」

今川誉は最後のラージ級を倒して微笑んだ。彼女は最終的に総数二十三体ものラージ級を倒し、同じく新海千景のまわりにも敵の残骸が大量に転がっていた。

第4部隊のリリィがほっと息を吐いていると、ティシアは屈託のない笑顔で両手を広げた。

「皆、見事な働きであった。そなたらを我が聖帝の騎士として迎えようぞ」

ティシアの冗談とも本気ともわからない物言いに、第4部隊のリリィたちは苦笑していた。

だが、その時、耳の通信機から第1部隊の竹腰千華の声が聞こえてきた。

『こちら第1部隊の竹腰千華。第4部隊、聞こえる？』

これにティシアがすぐさま「千華か？」と答えた。

『どうやら通信障害を起こすヒュージを倒したようね』

「ああ。あとは台場の市民を全員逃がせば作戦完了だ」

ティシアは得意げに答えるが、千華からは切迫した声が聞こえてきた。

『今、グンタイアリのギガント級の群れがそっちに向かったわ。これをあなたたちで倒してほしい』

千華の返事に、ティシアはふうと息を吐いた。

「この聖帝の恐ろしさがまだわからぬ連中のようだな。ならば、その群れ、余が蹴散らしてくれよう」

千華は『頼むわ』と答えて通信機を切った。

ティシアは仲間たちに向き直った。

「聞いてのとおりだ。我らはこれよりグンタイアリを止め、市民の避難を完了させる。紅、菘、湊。そなたらはここに残り、市民の避難を進めてくれ。それから御台場のリリィに第2部隊に伝令をするよう頼んでくれ。残りの者は余と共にグンタイアリの討滅に向かう。よいな？」

ティシアの呼びかけに、第4部隊のリリィはうなずく。

「さあ、ここが正念場だ。必ずや勝利をもたらそうぞ」

ティシアは仲間を連れてギガント級の迎撃に向かった。

御台場女学校中等科の竹久《たけひさ》央《なかば》と河鍋《かわなべ》薺《なずな》のふたりは第2部隊に作戦を伝えるために向かい、台場に残った西郷紅、曽我菘、弘瀬湊の三人は、御台場女学校のリリィと防衛軍と共に市民の避難を進めた。

市民を乗せた車両が防衛軍の誘導の元、列を成して次々に海底トンネルへと入っていく。

台場には有明や東雲エリアの避難民も大勢避難している。すでにレインボーブリッジ側の光壁も封鎖され、豊洲への道もなくなった今、台場から光壁内に入る唯一の方法は、東京港トンネルから大井方面に抜けることであった。

海底トンネルへと向かう大通りを背にして、西郷紅と曽我菘、弘瀬湊、そして御台場女学校のリリィたちはヒュージと戦い続けていた。

弘瀬湊が仲間たちに呼びかける。

「避難車両が全て大井に抜けるまで、ここを絶対に死守するのです！」

この海底トンネルにヒュージを侵入させたら、おそらく大井方面の光壁も封鎖される。そうなれば、もはや民間人が光壁に逃げる道は完全に途絶えてしまう。

曽我菘が海底トンネルに向かう車両の列を見る。

「まだかなり残っているな……」

市民と御台場女学校中等科のリリィを全てトンネルに入れることができれば、防壁によって完全にトンネルを封鎖できる。避難が完了すれば、安心して全部隊が巣なしのアルトラへと突入できる。

一刻も早く避難を完了させたいのだが、有明や東雲の避難車両も受け入れていたためにかなりの数が残っている。さらにはヒュージも押し寄せているために、避難がなかなか進まなかった。

この時、ティシアから通信機の呼びかけがあった。

『湊、聞こえるか。余はグンタイアリのギガント級を迎撃する。取りこぼしたグンタイアリの群れがそちらに向かう。これを迎撃してくれ』

「わかりました。ただちに迎撃します」

そう湊が答えて仲間たちに呼びかける。

「みなさん急いで青海に向かって迎撃しましょう」

だが、その時、防衛軍と連絡をしていた岸田英が声を上げた。

「湊様、大変です！　スモール級の群れが潮風公園沿岸からも、こちらに来ているとのことです！」

「潮風公園からも……!?」

潮風公園は台場エリアの西に位置する海浜公園である。青海とは海底トンネルを挟んで真逆に位置する上に、避難車両が駐車している場所にも近いために、すぐに迎撃しなければいけなかった。

だが、潮風公園に戦力を集中させれば、青海から来るグンタイアリの群れを迎撃できなくなる。

「いったいどうすれば……」

焦る湊を見て、第４部隊の西郷紅が声をかけた。

「仕方ありませんわね。グンタイアリは、この天才美少女リリィにお任せくださいな」

「……紅？　どういうことです？」

湊が怪訝な顔でたずねると、紅はやれやれと首を振って答える。

「察しが悪いですわね。わたくしがグンタイアリの囮になるってことですわ」

湊が「囮!?」と声を上げると、紅は青海方面を見て言う。

「グンタイアリは強化リリィであるわたくしに寄ってくる習性がありますわ。これを利用すれば、市民のみなさんを安全に光壁の内側に届けている間の時間稼ぎができます。わたくしがヒュージどもをぶち殺してる間に、市民のみなさんを安全なところへ案内して差し上げてくださいな」

紅は一年前に船田予備隊としてグンタイアリと戦った時、グンタイアリが自分に襲いかかってきた経験から強化リリィに襲いかかる習性があるのではないかと仮説を立てた。

この習性を利用すれば、グンタイアリの注意を紅に集中させて、その間に潮風公園の敵を対処して、市民を全て海底トンネルへと逃がすことができる。

だが、これに曽我菘が反対をする。

「いくらなんでもそれは無茶だ！」

紅は不敵に笑ってから菘の鼻に指を置く。

「無茶は百も承知。でも、御台場女学校のリリィとして、ここを絶対敵に渡すわけにはいきませんわ」

「ならば、私も一緒に……！」

菘が声を上げるが、紅は首を横に振った。

「これはわたくしの役目ですわ。あなた方は必ず市民のみなさんを無事に全員御台場から脱出させてください。それまでわたくしが敵を足止めしておきます」

「………」

弘瀬湊は迷った表情を見せたが、やがて覚悟を決めた。

「市民のみなさんを全て脱出させたら必ず助けに行きます。それまで足止めをお願いします」

「ふふ。その前に、わたくしが全部倒してみせますわ」

そうそぶいてから、紅は青海へと向かった。

紅がビルの合間を駆け抜けて、一直線に青海埠頭へと向かえば、大通りの果てからグンタイアリの群れが地響きと共に迫ってくるのが見えた。

数十匹を超える群れは、やがて紅を前にして足を止めた。予想どおり紅を狙い定めている。

「さあ、かかってきなさい！　この西郷紅の力を見せて差し上げますわ！」

紅が華麗にヨートゥンシュベルトを構えれば、グンタイアリが数匹奇声を上げながら襲いかかってきた。これを紅はグンタイアリを次々と切り裂いていく。

「はっ！　大したことありませんわね。これならわたくしひとりで十分ですわ！」

紅が余裕の笑みを浮かべながら次の敵を倒そうとした時、ふいに右足に激痛が走った。

「うぐっ……！　いったい何……⁉」

倒したはずのグンタイアリが復活して、鋼のような牙で噛みついていた。

紅がグンタイアリをよく見れば、傷がみるみるうち修復されている。どうやら回復能力である『リジェネレーター』が備わっている変異種のようだ。

その間に、別のグンタイアリが二匹、紅に飛びかかって体のあちこちに噛みついてくる。それを紅はヨートゥンシュベルトで切り裂いて振り払う。

強化リリィである紅の体もリジェネレーターによって傷が癒えていくが、グンタイアリもまた傷が消えていく。どうやらどちらかが力尽きるかまでの消耗戦になりそうだ。

「ふふ。楽しませてくれますわね……」

紅はレアスキル『ルナティックトランサー』を発動させた。

次々にグンタイアリに噛みつかれて、瞬く間に紅の全身が血に染まっていく。だが、体中を傷だらけにしながらも、彼女は高らかに笑って剣を振るった。

「やっぱり最高ですわねぇ！　ＣＨＡＲＭでの斬撃ってやつはぁ‼」


一方、暁ふ頭の海底トンネルの入口では、ティシアたちがヒュージの群れと戦っていた。

すでに大量のヒュージがトンネルから出てきていた。グンタイアリばかりかラージ級やミドル級も出現している。

ティシアたちは大型のヒュージを中心に片付けていたが、群れの背後からグンタイアリのギガント級が姿を現した。

「さっさとギガント級を倒して台場に戻るぞ」

ティシアはノインヴェルト戦術の特殊専用弾をクリューサーオールに装填する。

「ノインヴェルト戦術開始！」

第4部隊のリリィたちは魔法球《マギスフィア》を高速で回していく。第4部隊には様々なガーデン出身のリリィが集まっていたが、ノインヴェルト戦術をするたびに確実にパス回しも息が合ってきた。この激戦の中でリリィたちは確実に成長していることが実感できた。

仲間の成長を見て、ティシアの王としての血が騒いだ。

「リーアリデル、余がフィニッシュショットを撃つ」

ティシアが前に突貫していけば、リーアリデルも息を合わせて「陛下！」と魔法球を投げつける。ティシアは魔法球を受け取ると、大地を踏みしめて、超大型グンタイアリに突きつけた。

「聖帝の神雷を喰らうがいい！」

グンタイアリのギガント級にフィニッシュショットを放つ。魔法球は見事にギガント級の顔面に当たり、周囲のヒュージを巻き込んで爆発した。

ティシアは軽く息を吐いたが、すぐさま新たなヒュージの群れがトンネルから押し寄せてくる。

「まったく。どこまでも余を楽しませてくれる」

ティシアが苦笑した時、耳に助けを求める通信が入った。

『ティシア様！　紅様が……紅様が……！』

「その声は英か⁉　紅がいったいどうした？」

ティシアは台場にいる岸田英の声だと気づいた。

『紅様がおひとりで青海のグンタイアリを引きつけるとおっしゃって……！』

「……」

英の声は泣いているために聞き取りにくかったが、ティシアはすぐに状況を理解した。

西郷紅が市民を逃がす時間を稼ぐため、たったひとりでグンタイアリの群れを引きつけに向かったのだろう。彼女は強化リリィであるために、リジェネレーターによってどんな怪我からも回復する力があるが、それでも決して無敵ではない。

ティシアは英に向かって呼びかける。

「紅とはまだ連絡が取れるか？」

これには英に代わって弘瀬湊が答えた。

『先ほどまで紅の声は聞こえていましたが、通信が途絶えました……』

湊の声は悲痛に満ちていたが、ティシアはまだ希望を捨てていなかった。

「案ずるな。紅ならまだ生きている。必ず余とメルクリウスが救ってみせよう」

「……え？　どうやって？」

本間秋日が問い返すが、ティシアは答えずに通信機を御台場女学校本部へと繋げる。

「御台場本部。最も近い位置にいるメルクリウスの飛空艇に、今から伝える座標に、高出力砲を射程ギリギリから青海南方のヒュージ群目掛けて掃射するよう伝えてくれ」

これを聞いた山梨日羽梨がティシアを止める。

「飛空挺に攻撃させるつもり⁉　そんなことをしたら紅まで巻き添えになるわ」

リーアリデルが表情を変えずに答える。

「メルクリウスの飛空挺は、そんなミスはしません。精密射撃で必ず紅を救います」

ティシアは不敵に微笑み、黒く淀んだ天空を見つめた。

「我らメルクリウスの〝方舟《はこぶね》〟の力を見せてやろう」


数分後、青海の上空に巨大な飛空艇が現れた。

聖メルクリウスインターナショナルスクールが保有する大型ガンシップ『方舟』。その形状は『飛空挺』とも呼ばれるように百合ヶ丘や防衛軍が保有するガンシップとは違い、飛行船や大海を渡る船のようであった。

メルクリウスは飛空挺を全七隻保有しており、メルクリウスのリリィは飛空挺団として出撃する。

飛空挺は関東ばかりか西国や北陸へも遠征が可能なため、救援を求める人々にとっては、まさに〝希望の方舟〟として知られていた。

そして、その一隻である第5飛空艇ラグエルが分厚い雲を割って戦場に姿を現した。

七大天使『ラグエル』の名を与えられた飛空挺の船体には、大砲のような主砲がついていた。ラグエルは主砲の照準を紅がいるだろう青海の南側に定めると発射した。

どんっと天空から稲妻のようなまぶしい光が放たれたかと思うと、青海の大地に着弾した。

凄まじい爆発が起きた。爆発音に続いて爆風も広がる。もうもうと黒煙が立ち上り、周囲が煙のせいで何も見えなくなった。

曽我菘は呆然と爆発を見ていた。

「なんて無茶を……！」

その場にいた全員が立ち尽くす中、真っ先に飛び出したのは弘瀬湊であった。

「紅！」

菘も湊に続いて紅の元へと全力で駆けた。

煙の中を突き進んで爆心地に到着すれば、地面に巨大なくぼみができていた。その周辺にはおびただしい数のグンタイアリの群れが焼け焦げている。

メルクリウスの飛空艇の威力に圧倒されると共に、ますます不安が押し寄せてくる。

紅までこの高出力砲からダメージを受けていないか？　そもそも紅は無事なのか？

やがて煙が晴れていくと、爆心地から少し離れた場所に紅はいた。

「まったく。手荒い救援ですわね……」

大量のグンタイアリの死骸を前に、ヨートゥンシュベルトを杖にしてなんとか立っていた。

「紅！　無事だったんですね⁉」

湊と菘が駆け寄ると同時に、紅は膝から崩れ落ちて地面に倒れ込んだ。

「ちょっと疲れてしまいましたわ……」

湊が紅を助け起こそうとして、その姿を見て愕然とした。グンタイアリと戦い続けた彼女の体があまりにも凄惨だったからだ。グンタイアリに体中を噛みつかれ、腕や足の肉が食い千切られている。左腕にいたっては、今にも千切れ落ちそうになっていた。

菘が紅を抱きかかえて必死に呼びかける。

「紅！　しっかりしろ！　今、救護班を連れてくる！」

紅は大きくため息をこぼして、呆れたように言う。

「耳元でぎゃんぎゃんうるさいですわ……。わたくしが強化リリィだと忘れましたの？　こんな怪我、どうせすぐに……ほら、もうくっついた」

千切れかけた左腕が再生して元どおりになった。

湊は安堵と心配が入り交じった顔で告げた。

「無茶ばかりして……」

菘も大きな息を吐いて、そっと紅を抱き寄せる。

「紅のおかげで市民も中等科のリリィも全員無事避難できた。全て貴女《あなた》のおかげだ。ありがとう」

それを聞いて、紅は嬉しそうに答える。

「それはなによりでしたわ。わたくしも存分に暴れられましたし」

湊は紅の血塗れの手を握りながら言う。

「あなたの武勇は後の世まで語り継がれるでしょう」

「まったく。大げさですわね、ふふふ」

紅は怪我しながらも満足そうに笑った。

これで有明と台場の市民は全て避難が完了した。豊洲の市民も無事に避難できるだろう。あとは巣なしのアルトラを討滅するだけだと思ったその時。

おおおっ、と大気が震えるほどの咆哮が御台場全体に響き渡った。

「この声はまさか……」

湊たちが東京ゲートブリッジ方面へと目を向ければ、若洲公園の稲妻が一層大きくなっていた。そして光の中の巨人から御台場全体に響き渡るほどの咆哮が上がっている。

紅が稲妻を見ながらつぶやいた。

「いよいよ巣なしのアルトラが出てきますわね……」

巣なしのアルトラとリリィとの最後の決戦が始まろうとしていた。

第9話 反撃の狼煙

EPISODE 9

近藤《こんどう》貞花《みさか》たち第2部隊は、のぞみ橋から黒い空を見上げていた。

つい先ほど青海上空に、メルクリウスの飛空挺が出現して主砲を発射した。まさかメルクリウスの飛空挺が登場するとは思わず、第2部隊のリリィは呆然と爆発を見ていた。

第2部隊の隊長であるアルテア・アレッサンドリーニが険しい顔で飛空挺を見つめた。

「あれはメルクリウスの第5飛空挺ラグエルだ。ティシアが呼んだな。あいかわらず無茶をする」

「……あれがメルクリウスの飛空挺の主砲……」

天野《あまの》天葉《そらは》も圧倒されながら、爆発を見つめていた。

貞花もメルクリウスの飛空挺を見たことはあったが、主砲の砲撃を間近で見たのは初めてだった。

飛空挺は主砲を発射すると、再び黒い雲の中へと消えていく。もうもうと立ち上る黒煙を見て、全員呆気にとられるが、すぐさま、おおお、と遠くから獣のような咆哮が聞こえてきた。

巣なしのアルトラが出現した時と同じ、御台場全体に響き渡るほどの咆哮である。

貞花と第2部隊はとっさに若洲公園へと顔を向けた。

「この声って、まさか……!」

大ケイブがある若洲公園の方角に全員が顔を向ければ、稲妻がより一層激しく走り、大ケイブの光から咆哮が上がっている。これは巣なしのアルトラの咆哮に間違いない。

天津《あまつ》麻嶺《まれい》が稲光を睨みながらつぶやく。

「いよいよ巣なしのアルトラのお出ましってわけね」

「ねえ、巣なしが動き出す前に強襲した方がいいんじゃない？」

貞花がまわりに呼びかけるが、木子《きこ》都々里《ととり》が止める。

「待ちなさい。大ケイブのヒュージの数もわからないのに、私たちだけで強襲するのは、あまりにもリスクが高すぎるわ」

「だが、巣なしが本格的に動けば手が付けられなくなる。早くなんとかしなければ……」

瀬戸《せと》・ベロニカ・いちかが呼びかける。

副隊長の月岡《つきおか》椛《もみじ》も仲間たちに提案する。

「まずは他の部隊と連絡を取りましょう。巣なしのアルトラを倒すには他の部隊の協力が必要です」

「そうだな。まずは第3部隊か第4部隊に……」

アルテアが言いかけた時、遠くから声が聞こえてきた。

「貞花様ぁー！　椛様ぁー！」

貞花たちが声の方へと顔を向ければ、台場エリアから御台場女学校中等科の竹久《たけひさ》央《なかば》と河鍋《かわなべ》薺《なずな》が駆けてきた。彼女たちは必死に走りながら、のぞみ橋までやってくると、その場に倒れ込んだ。

貞花は慌ててふたりの元に駆けつけて助け起こした。

「ふたりとも光壁内に避難したんじゃなかったの？」

とっくに光壁の内側へと逃げたと思っていただけに、央と薺がまだ御台場に残っていたとは予想外であった。彼女たちの制服は破けて、体のあちこちを怪我している。

どうやらここまで命懸けで走ってきたようだ。

薺が息を切らせながら、貞花に呼びかける。

「だ、第1部隊からの伝令を持ってきました……」

「……千華《ちはな》からの？」

貞花と第2部隊のリリィたちの顔に緊張が走る。

央が荒い息を吐きながら顔を上げた。

「まずは朗報です。第4部隊の奮闘により、市民のみなさんは全て海底トンネルを通って、光壁の内側へと避難しました」

この朗報を聞いて、貞花の顔が明るくなった。

「よしっ。これで心置きなく巣なしのアルトラと戦えるわ」

「待って。まだ報告の途中よ。話を続けて」

都々里にうながされて、央は話を続ける。

「第1部隊の竹腰《たけごし》千華様からの伝令です。現在、第1部隊は南ルートから海の森公園に突入し、ヒュージの群れを引きつけています。その間に、第2部隊は第3部隊と合流した後、第2部隊主導で巣なしのアルトラを討滅してほしいとのことです」

「……わ、私たちが巣なしのアルトラを討滅⁉」

思いがけない伝令の内容に、千子《せんご》夕七《ゆうな》が声を上げた。

〝巣なしのアルトラの討滅〟という大役を、いきなり与えられて第2部隊のリリィたちは戸惑う。その中で、近藤貞花だけは胸が高鳴るのを感じた。まさしく待ち望んでいた大敵を倒すという花形の役目が舞い込んできたのだ。

貞花は拳を手に叩きつけて微笑んだ。

「ようやくあたしたちの出番ってわけね！」

アルテアが口元に手を当てながら言う。

「第1部隊が海の森公園に突入したのは、自分たちが囮となって敵の主力を引きつけ、北ルートを手薄にし、我々第2部隊と第3部隊が強襲をしやすくするためだろう」

長谷部《はせべ》冬佳《とうか》が心配そうに呼びかけた。

「いくら千華たちでも、いつまでも多勢を相手取ることは難しいわ。早く巣なしのアルトラを討滅しないと第1部隊が危険よ」

御台場を火の海にした敵の主力を抑え続けることは、例え各ガーデンの精鋭をそろえた第1部隊でも難しいだろう。それゆえに、一刻も早く巣なしのアルトラを倒さなければならない。

都々里が冬佳に呼びかける。

「焦ったらダメよ。おそらく次の作戦が最後のチャンスとなる。そのためにも、私たちだけで突入するわけにはいかない。千華の言うとおり、第3部隊と合流しましょう」

「…………」

不安そうな冬佳の肩に、貞花は手を置いた。

「千華たちなら大丈夫。千華も夢結も、みんな踏ん張ってくれる。だから、あたしたちも千華の信頼に応えるためにも、必ず巣なしのアルトラを討滅するわよ」

この呼びかけに、冬佳は「そうね」と小さくうなずく。

貞花は振り返り、薺と央に労いの言葉をかける。

「ふたりともよく伝えてくれたわね。あとはあたしたちに任せて」

伝令を果たしたふたりは、力尽きてまた倒れ込んだ。

その横では、アルテアが椛に呼びかけた。

「では、第3部隊に連絡をして国際展示場で合流しよう」


その頃、第3部隊の隊長である番匠谷《ばんしょうや》依《え》奈《な》は仲間と共に旧豊洲市場を目指していた。

依奈たち第3部隊と第5部隊の混成部隊は、豊洲に残存するヒュージの討滅を終え、取り残された市民がいないか確認した後、他の部隊との合流に向かった。

他の部隊は川端蛍《かわばたほたる》や藤田《ふじた》槿《あさがお》など重力干渉型ギガント級討滅組、そして菱田《ひしだ》治《はる》や横山《よこやま》梓《あずさ》など旧豊洲市場の警護組に分かれていた。そして、先ほど川端蛍から重力干渉型ギガント級の討滅を果たしたとの連絡を受けていた。

依奈たちが晴海大橋付近に向かえば、川端蛍と藤田槿が手を振っていた。

「おーい、依奈ー！」

蛍や槿だけではなく、井草《いぐさ》昴《すばる》たち御台場障壁防衛隊のリリィたちも全員無事のようだ。

依奈たちは蛍の元に到着して声をかける。

「お疲れ様。どうやら全員の無事のようね」

「まあ、蛍ちゃんにかかれば楽勝だよ」

隣から藤田槿が呆れながら突っ込む。

「何言ってるの。さっきまで疲れ切って寝てたくせに」

「あさちゃん、それは言わない約束でしょう？」

蛍と槿がじゃれ合っていると、井草昴が報告した。

「治たちも無事との報告を受けました。ですが、富士見橋が落ちたようです。防衛軍の報告によると、どうやら治が落としたとのことです」

依奈が「治が？」と険しい顔をして問い返すと、槿もまた険しい顔でうなずく。

「旧豊洲市場にいる避難民を守るために落としたみたい。有明にまだ御台場の子や避難民が残ってるのをわかっていながら……」

「……それで、有明はどうなったんだ？」

吉村《よしむら》・Ｔｈｉ《てぃ》・梅《まい》が質問すると、蛍が明るい声で答えた。

「心配ないよ。有明に取り残された人たちはみんな、第2部隊が助けて全員海底トンネルを抜けて御台場を脱出したってさ」

「そう。それはよかった……」

依奈たちはほっと息を吐いたが、槿の表情は変わらなかった。

「でも、きっと治は避難民や仲間を見捨てたって非難される。それをわかっていながら、全部の責任を自分ひとりで背負って橋を落としたんだわ」

「…………」

依奈たちが黙り込んでいると、背後から声がかけられた。

「……それも覚悟の上だよ」

振り返れば、菱田治や横山梓たち豊洲市場警護組の四人も合流した。

「豊洲のヒュージが全て消滅したことが確認されたわ。間もなく光壁が開かれて、豊洲市場の避難が再開される」

依奈は「そう」と言うだけで、それ以上の言葉をかけなかった。治の顔を見れば、富士見橋を落とすのがどれほど辛い決断だったかがわかる。

それが結果として自分の心に深い傷を残すものだとしても……。

だから、依奈は一言だけ治に問いかけた。

「……治。まだ戦える？」

依奈の質問に、治は悲壮な決意で顔を上げた。

「大丈夫。問題ないよ」

「…………」

横山梓が隣から心配そうに治を見ていたが、依奈は治の言葉を信じることにした。巣なしのアルトラを討滅するためには、治の力は必ず必要となる。

「あとは巣なしのアルトラをどうやって倒すかだけど……」

『依奈、聞こえる？　天葉よ』

依奈がつぶやいた時、第2部隊の天野天葉からの通信があった。

「ええ。聞こえるわ。そっちのみんなは大丈夫なの？」

『今のところ全員無事よ。それよりも、千華から巣なしのアルトラ討滅の作戦を預かった。みんなにも話したいから国際展示場にすぐに来て』

巣なしのアルトラ討滅の作戦と聞いて、その場にいた全員が緊張する。

「わかった。すぐに行く」

依奈が通信を切った直後、光壁システムの塔から警報が鳴り響いた。全員がそちらへと顔を向ければ、豊洲を塞いでいた光壁が開かれていく。

「これでなんとか旧豊洲市場の人たちも光壁の中に逃げられるわね」

依奈たちはほっと息を吐いた。

『こちら遠野《とおの》捺輝《なつき》。依奈さん、聞こえますか？』

今度は第5部隊の遠野捺輝から通信があった。彼女は新辰巳橋の死闘によって負傷してしまい、治療を受けるために、御台場女学校に撤退したはずだった。

『ただいまより遠野捺輝、大角《おおすみ》梓氣《あずき》、団塚《だんづか》英里彩《えりさ》、戦列に復帰します』

「……捺輝、もう大丈夫なの？」

依奈が問い返すと、捺輝は真剣な声で答えた。

『仲間が戦ってるのに、休んでるわけにはいきません。梓氣さんも英里彩さんも同じ想いです』

遠野捺輝は普段冷静ではあるものの、こういうところは百合ヶ丘のリリィであった。

「……わかったわ。無理しないで」

『はい。すぐにそちらに向かいます』

依奈が通信機を切ると、梅が嬉しそうに微笑んだ。

「いよいよ最終決戦だな！」

第5部隊の隊長である野口《のぐち》志奈乃《しなの》がつぶやく。

「やっぱり昊苺《こうめ》と靖奈《やすな》は戻ってこられなかったね」

「…………」

そんな志奈乃の肩に、依奈は手を置いた。

「ふたりの分まであたしたちが戦うわよ。必ず巣なしのアルトラを討滅しましょう」

依奈の呼びかけに、志奈乃はうなずいた。


東京国際展示場前の広場では、第2部隊が先に待機していた。

最後の決戦に臨むため、天津麻嶺はアーセナルとして第2部隊全てのＣＨＡＲＭのメンテナンスをした。東京国際展示場の施設内から工具を取り出して損傷を確認する。中でも、天野天葉のグラム・

エクストラと近藤貞花のソハヤノツルギの改修に力を注いでいた。

天葉のグラム・エクストラはのぞみ橋で貞花を救助する時にヒュージの集中攻撃を受けて損傷、貞花のソハヤノツルギもまた、たったひとりでギガント級の群れと戦ったせいで損傷をしていた。

麻嶺は凄まじい手際のよさでグラム・エクストラとソハヤノツルギの修理をした。

「これでひとまず問題ないわ」

グラム・エクストラはアールヴヘイム専用ＣＨＡＲＭであるグラムを改造したものであり、本来なら戦技交流会でデモンストレーションとして使用されるはずであったが、巣なしのアルトラの出現と共に天葉のＣＨＡＲＭとして戦った。

ソハヤノツルギもまた、近藤貞花のために製作されたユニークＣＨＡＲＭである。デュエルが得意な彼女が戦いやすいように設計されている。

どちらのＣＨＡＲＭも柳都女学館の天才アーセナルである天津麻嶺が基礎設計を担当していた。

天葉はグラム・エクストラを受け取って微笑んだ。

「さすが天才アーセナルね。麻嶺がいて助かったわ」

貞花もソハヤノツルギを振って声をかける。

「さっきよりいい感じ。またスペックが上がってるんじゃない？」

「それが私の仕事だからね。ふたりとも大事に使うのよ」

麻嶺はくすりと笑ってから、貞花の顔をのぞき込んだ。

「それにしても、たったひとりでギガント級を二十分も相手にするなんて、貞花って本当に面白いリ

リィね。どうやって戦ったの？」

貞花は「うーん」と腕を組んで考え込んだ。

「どうやったって言われても……あの時は無我夢中だったし。あたしにもよくわからないわ」

「ふふ、あなたってつくづく興味深いリリィね。今度じっくり調べさせてほしいわ」

麻嶺が微笑んでいると、冬佳がふたりの間に割って入ってきた。

「もう。命が助かったからよかったようなものの、二度とあんな危険な真似はしないで」

「だ、大丈夫だって。もう冬佳に黙って無茶はしないから」

貞花がたじろぎながら答えると、「おーい」と遠くから声が聞こえてきた。第2部隊が全員声の方に顔を向ければ、第3部隊と第5部隊のリリィたちが飛びながら集まってきた。

第2部隊の隊長であるアルテア・アレッサンドリーニは副隊長の月岡椛と作戦の打ち合わせをしていたが、彼女と共に集合場所へと向かう。

「みんな集まったな」

第3部隊は依奈たち十人全員が残り、第5部隊は千田《せんだ》昊苺と佐々木《ささき》靖奈を除く八人が残り、そして第2部隊も十人全員無事に残っていた。

総勢二十八人のリリィが再び集合していた。

「これより巣なしのアルトラ討滅作戦を開始する。アルトラ級を確実に討滅するには、多人数による大規模なノインヴェルト戦術をしなければならない。これを達成するためには、私たち第2部隊だけではなく、第3部隊と第5部隊の協力が必要だ」

「あの巣なしのアルトラを討滅するには、少なくとも十八人分相当のマギが必要だわ」

天津麻嶺が伝えると、リリィたちの表情がこわばる。

巣なしのアルトラを討滅するためには、リリィ十八人分相当のマギがフルチャージされた魔法球《マギスフィア》が必要であった。しかし、ノインヴェルト戦術は九人のリリィで生み出した魔法球が一番安定していると伝えられ、それ以上の人数ともなれば、魔法球は強力になる一方で扱いが難しくなる。

まして、十八人分ともなれば、どれほどの難度になるか……。

「………」

千子夕七や芹沢《せりざわ》千香瑠《ちかる》の顔には、ありありと不安が見て取れる。

そんな彼女たちを励ますように貞花は笑顔を広げた。

「大丈夫。あたしたちならできるよ。ここにはアールヴヘイムもメルクリウスもイルマ四天王も船田《ふなだ》予備隊もいるし、みんなで力を合わせれば、絶対に成し遂げられるって」

アルテアも前に出てきて、仲間たちに呼びかける。

「貞花の言うとおりだ。ここまで勝ち抜いてきた私たちならできる。第3部隊と第5部隊にはヒュージの露払いとアルトラ討滅のためのパス回しを担当してもらい、巣無しのアルトラへの止めの一撃を私たち第2部隊が担当させてもらう。よいな?」

番匠谷依奈と野口志奈乃のふたりの隊長は「了解」とうなずく。

月岡椛も真剣な表情で説明をする。

「御台場女学校の解析によれば、巣なしのアルトラは間もなく動き出し、ヒュージの大群の第二波も出現すると予測されています。光壁システムもフルアドミッションモードの使用によって、かなり負担がかかっています。もし今アルトラが光壁まで到着すれば、侵入は防げないでしょう」

この報告を受けて、依奈が前に出てくる。

「でも、巣なしのアルトラのマギは無限じゃない。これまで私たちが戦ってきたヒュージは、巣なしのアルトラや大ケイブからマギの供給受けていた。これを全て討滅したことで、巣なしのアルトラはかなりマギを消耗しているはずよ」

「これもみんなで戦ったおかげだね」

志奈乃も笑顔で答える。

これまで御台場にいた全部隊とリリィがヒュージに立ち向かい、敵を討滅し続けてきた。それによって、巣無しのアルトラと大ケイブが消費したマギも相当な量になっているだろう。

第2部隊の瀬戸・ベロニカ・いちかが仲間たちに言う。

「確かに今、敵の数が明らかに減っているな」

アルテアは深くうなずいてから声を上げた。

「今こそまさに好機。これより一気に巣無しのアルトラのいる大ケイブを叩くぞ」

その場にいた全てのリリィがうなずく。

依奈がアルテアに作戦を提案する。

「あたしたち第3部隊と第5部隊が先行して、敵を引きつけながら若洲橋前のケイブを討滅するわ。あとの問題は第2部隊の進路をどうするかね」

依奈の言葉を、木子都々里が引き継ぐ。

「巣なしのアルトラとの対決まで、私たちはできるかぎり体力とマギを温存しておきたい。でも、おそらくヒュージは巣なしのアルトラを守るために必死に攻撃してくるわ」

巣なしのアルトラからヒュージの大群の第二波が出現すると予測されている。

この攻撃を受け止めて前進するとなれば、体力もマギもかなり削られることになるだろう。巣なしのアルトラに到着したとしても、残った体力とマギだけで討滅できるか……。

これを聞いた貞花は、満面の笑みで呼びかけた。

「なら、ガンシップで大ケイブに強襲を仕掛けよう！」

予想外の提案に、全員が目を丸くした。

「……ガンシップで大ケイブまで行くの？」

冬佳が質問をすると、貞花が答えた。

「そうよ。ガンシップに乗って、ここから若洲まで移動して大ケイブへの強襲を仕掛けるの。メルクリウスの飛空挺なら、あっという間にあたしたちを運べるでしょ？」

貞花が期待に満ちた眼差しでアルテアを見るが、彼女は首を横に振った。

「残念ながら、それは無理だ。飛空挺ラグエルは他地域への救援出撃中に援護射撃をしてくれただけだ。私たちを運ぶことはできない。巣なしのアルトラのせいで、御台場周辺もヒュージが活性化しているため、メルクリウスがその対応に当たっているとのことだ」

「そもそも、大ケイブに近づけば、飛行型ヒュージに襲われて落とされる危険もあるのよ。あまりにも無謀な作戦だわ」

千子夕七にも反対されて、貞花がため息をこぼす。

「そっか。やっぱり無理か……。いい作戦だと思ったんだけどな」

「待って。あたしは貞花の作戦に賛成よ」

思いがけない助け船に、貞花が隣を見れば、天野天葉が立っていた。

「防衛軍のガンシップで、若洲公園の端まで運んでくれるだけでいいの。第1部隊のみんなを救うためにも、巣なしのアルトラを確実に倒すためにも、思い切った作戦の方がいいと思う」

「さすが親友。わかってきたじゃない」

貞花と天葉が笑っていると、都々里もまた手を挙げた。

「私も貞花の作戦に賛成するわ」

「……え？　都々里も賛成なの？」

貞花は目を丸くして都々里の顔を見た。

「貞花、その顔は何？　作戦に賛成してあげてるのに」

「いや、だって、いつもなら無茶よってすぐ反対するのに」

貞花が慌てていると、都々里は軽く息を吐いた。

「確かに無茶ではあるけど、合理的でもあるわ。上手くはまれば、第3部隊と第5部隊の正面突破組とで挟み撃ちにできるもの」

「なるほど。そういうこともできるか」

納得する貞花を見て、都々里は首を振ると、真剣な顔で向き直った。

「貞花。あなたをサングリーズルの隊長にすると誉《ほまれ》や千尋《ちひろ》と決めた時から、私はあなたを支えるって決めたの。だから、あなたが決めた作戦を私が必ず成功させる。サングリーズルのためにもね」

「やっぱり都々里はあたしの幼なじみね」

貞花が都々里に抱きつくと、依奈はため息をこぼした。

「みんな貞花から悪い影響を受けたみたいね」

他の部隊のリリィたちも苦笑する中、アルテアはうなずいた。

「では、決まりだ。第3部隊と第5部隊が敵を引きつけてる間に、我々第2部隊はガンシップで若洲公園に降下する。そして、合流した後に、一気に巣なしのアルトラに強襲をかける」

アルテアの呼びかけに、その場にいた全員がうなずいた。

だが、その時、御台場女学校から緊急通信が入った。

『第2部隊、聞こえるか。御台場の木藤《きふじ》鈴《すず》だ。大変なことが判明した』

「……鈴さん。何が起きたのですか？」

椛が問い返せば、鈴は切迫した声で続けた。

『若洲公園付近の射撃場に、御台場女学校中等科の生徒が取り残されてることがわかった』

「なんですって……!?」

藤田槿が思わず声を上げる。

『防壁の内側に避難していると思われるが、現在の安否は不明だ。もしかしたら、もう……』

鈴の声音は諦めにあふれ、他のリリィの表情も暗かった。

巣なしのアルトラがいる大ケイブに取り残されて、生き残っているはずがない。

もはや誰もが諦めかけた時、貞花は明るく声をかけた。

「みんなまだよ！　まだ諦めるのは早いわ！」

貞花が呼びかけると、他のリリィたちも顔を上げた。

「あたしたちは絶望的な戦いの中で生き延びてきた。ここまで誰も死ななかったのは奇跡だよ。でも、その奇跡は偶然なんかじゃない。あたしたちが力を合わせて勝ち取ったものだ。最後まで誰ひとり死なせない。その子たちもきっと生きてあたしたちを待ってる。だから、必ず助けよう！」

貞花の言葉に、都々里はため息をこぼした。

「本当にどこまでも前向きなんだから」

「その前向きさが今の私たちに必要だわ」

冬佳が目を細めて微笑むと、いちかもうなずいた。

「そうだな。私たちはリリィだ。人々の希望だ。その私たちが諦めるわけにはいかないな」

国際展示場にいた全員のリリィがうなずいた。

「さあ、行こう。巣なしのアルトラを倒すぞ」

アルテアの声に、全員が声を上げた。

貞花もまた若洲公園を覆う大ケイブを睨みつけた。

一方、竹腰千華たち第1部隊は海の森公園で戦い続けていた。

海の森公園と中央防波堤エリアは御台場の海側にある人工島である。通常は海から押し寄せるヒュージを防衛軍の兵器や防壁で押しとどめるエリアであるが、今やそのエリアはおびただしい数のヒュージの大群によって占拠されていた。

「はあああーっ！」

白井《しらい》夢結《ゆゆ》がグラムでミドル級を切り裂く。

第1部隊は海の森公園にとどまり、ヒュージの群れやケイブを次々と討滅していた。ヒュージの大群が東京ゲートブリッジやケイブから絶え間なく出現する。これを次々に討滅して敵の数を減らし続けるが、新たなケイブがまた生まれるために、一向に終わる気配がなかった。

「楪《ゆずりは》、ファンタズム行くよ！」

日比野《ひびの》羽来《わく》がレアスキルを発動させて叫ぶ。

ミドル級が十体口を開いて火球を吐き出そうとする。

日比野羽来のレアスキルは『ファンタズム』。いくつもの未来から最適なものを見つけ出し、周囲にテレパスによって伝えることができる。

「了解！　テスタメント！」

川村《かわむら》楪はレアスキル『テスタメント』を発動させる。テスタメントは広域拡大化スキルとも呼ばれ、他者のレアスキルの有効範囲を押し広げることができた。

第1部隊全員に羽来が見た未来予知が共有され、ミドル級の動きや火球の軌道が全員に見えた。ミドル級の火球が吐き出されるが、すでに動きを知っていた第1部隊のリリィ全員は俊敏に避けると、ミドル級の群れに突っ込んで薙ぎ倒した。

泉《いずみ》牡丹《ぼたん》が笑顔で楪へと声をかける。

「さすがテスタメントね。楪がいてよかったわ」

楪は苦い顔をしながら答える。

「あたしもファンタズムに覚醒したかったのにさ」

川村楪はこの御台場の戦いの中でレアスキル『テスタメント』に覚醒をした。けれども、彼女としては『ファンタズム』の覚醒を望んでいただけに、この結果はショックだった。

谷口聖《たにぐちひじり》が励ますように声をかける。

「テスタメントの力は仲間を守るものよ。誇っていいわ」

第1部隊は各ガーデンの中でも突出した実力者がそろっているが、特に隊長である竹腰千華の指揮の力は大きかった。

「左方向からラージ級二体が来る。幸恵《さちえ》と日葵《ひまり》はこれを叩いて。他のみんなはふたりをサポートして」

福山《ふくやま》・ジャンヌ・幸恵と一之宮《いちのみや》日葵は「了解！」と叫んで、一気に敵陣へと乗り込んでいく。

「日葵さん、一緒に行きましょう！」

「ええ、幸恵。あなたと共闘して、やっと自分の理想の戦いが見えてきたわ！」

竹腰千華はアールヴヘイムの『軍神』として名高く、その采配は『神の如き者』とさえ伝えられる。

第1部隊のリリィの能力を見分け、的確な状況判断によって、敵の猛攻を凌いでいた。

第1部隊は海の森公園と青海を結ぶ海底トンネルを背にして守りを固めながらも、敵の大群が崩れた隙を見逃さず、前へと出てケイブを討滅する。全員が連携をしながら戦い、死線ギリギリで己の能力を限界まで引き出していた。

日葵は『ティルフィングR型』を振るいながら声を上げた。

「これこそ私が求めていた自由で華麗な戦いだわ！」

日葵は興奮しながら戦うが、その時、何かに気づいた曽野真央《そのまお》が声を上げた。

「ふたりとも危ないっ！」

幸恵と日葵が顔を上げれば、巨大な火球が目の前で爆発をした。

「きゃあっ！」

「くううっ！」

ふたりは悲鳴を上げて跳ね飛ばされる。第1部隊のリリィがそちらに顔を向ければ、新たなケイブが生まれて中からラージ級が十体姿を現した。

これを見て、竹腰千華が幸恵たちに声をかける。

「いけないっ！　ふたりとも逃げて！」

だが、ラージ級が倒れている幸恵と日葵に襲いかかった。

誰もが幸恵と日葵がやられると思った刹那、ひとりのリリィが風のように飛び出した。

ずどんっと重い音と共に、ラージ級の巨大な腕をＣＨＡＲＭで受け止める。

「もう誰も殺させない……お姉様のようにはしない……！」

白井夢結であった。彼女はグラムで敵の攻撃からふたりを守った。

「やあああーっ！」

夢結は歯を食いしばりながら、敵の攻撃を弾き返すと、よろめいたラージ級を全力で斬り倒す。振り返って、もう一体ラージ級を斬ろうとしたが、それよりも速くラージ級に殴り飛ばされる。

「がはっ！」

華奢な体が吹き飛ばされて、地面に叩きつけられる。

「夢結っ！」

幸恵が悲鳴を上げたが、夢結はグラムを手に再び立ち上がる。額から血を流しながらも、ラージ級に向かって全力で走り出した。

「……ルナティックトランサー！」

夢結の目が狂気の赤に染まっていき、負のマギが彼女の体からあふれ出す。ルナティックトランサーは体にヒュージにも似た負のマギを宿す危険なレアスキルだ。

だが、夢結の異変はそれだけに終わらない。彼女の黒髪が徐々に白く染まっていく。

これを見た千華は目を見開いて、夢結に向かって叫んだ。

「夢結、やめなさい！　『神宿り』を発動させてはダメ！」

千華の声は夢結の耳には届かなかった。

髪を白く染め上げた夢結は単身ラージ級の群れに突っ込んでいく。

「うわああああーっ！」

夢結は雄叫びを上げながらグラムを振るう。全長五メートル以上のラージ級の巨体を軽々と切り裂き、返す刀で別のラージ級も薙ぎ倒す。二体のラージ級に囲まれて殴り飛ばされても、すぐに立ち上がって敵を倒した。残りのラージ級もまた容赦なく叩き斬っていく。

夢結はもはや後のことなど考えずに全力で戦い続ける。その苛烈な戦いと圧倒的な強さに、第1部隊のリリィはただ見ていることしかできなかった。瞬く間に、周囲の敵を全て薙ぎ倒し、ケイブを消滅させた。

静寂が辺りを支配して、夢結は動きを止めた。

「……お姉様……」

ふいに膝から崩れ落ちて地面に倒れ込んだ。

「夢結っ！」

慌てて幸恵が夢結の元に駆けつけ、体を抱き起こす。

「なんて無茶を……」

『神宿り』は極限まで増幅されたマギエネルギーを自らのＣＨＡＲＭを通じて、体に宿し続けることで、リリィとしての能力を圧倒的に向上させる異能であった。しかし、ルナティックトランサーと同時使用することは体内の負のマギをも増幅と暴走をさせるため、命すら危険に及ぼす禁忌の技であった。

千華がふたりの元に駆けつけて声をかける。

「神宿りを使うなと、あれほど言ったのに……」

谷口聖も近寄ってきて、夢結の怪我の具合を見る。

「夢結はもう二度と仲間を失いたくないのでしょうね」

「………」

白井夢結は甲州撤退戦で、『守護天使《シュッツエンゲル》の誓い』を交わして姉妹となった川添《かわぞえ》美鈴《みすず》を失ってしまった。以来、心を閉ざして、仲間とも深く関わろうとはしなかった。それが大切な誰かを失う悲しみを二度と味わいたくないためだと、千華も聖も百合ヶ丘のリリィなら誰もが知っていた。

幸恵は夢結の目元に浮かぶ涙を拭った。

「それでも仲間を守るために、彼女は命を懸けた。私は白井夢結というリリィを信頼するわ」

「……夢結を少し休ませましょう。代わりは私が埋めるわ」

日葵が決意を固めて伝えると、千華もうなずいて仲間全員に呼びかけた。

「みんな！　第２部隊が巣なしのアルトラを討滅するまで必ず生き残るわよ！」

第１部隊は全員声を上げて、若洲公園へと目を向けた。

第10話　奇跡が残したもの

- EPISODE 10 -

黒い雲が立ちこめる中、東京国際展示場前の広場に、防衛軍のガンシップが一機降り立った。

ガンシップの機体はもはやあちこちが損傷している。全ての機体を市民の避難のために利用し、ヒュージや建物の爆破を避けながら光壁の内側まで送り届けていたために当然であった。

第3部隊と第5部隊の混成部隊は、先行して若洲公園へと向かった。これから第2部隊はガンシップに乗り込み、海上から若洲公園へと目指そうとしていた。

近藤《こんどう》貞花《みさか》たちがガンシップの前に立つと、防衛軍の隊長が声をかけてきた。

「情けないことに、我々は君たちを敵地に送ることしかできないが、どうか無事に帰ってきてほしい」

第2部隊の副隊長である月岡椛《つきおかもみじ》が笑顔で答える。

「いいえ。ご協力感謝いたします。ヒュージとの戦闘はリリィの本分、市民の防衛は防衛軍の本分です。防衛軍のお役目、本当に素晴らしいものでした」

隊長であるアルテア・アレッサンドリーニもまた胸に手を置いて頭を下げる。

「今度は私たちリリィが役目を果たす番です。必ずや巣なしのアルトラを討滅して参りましょう」

第2部隊のリリィたちもまた力強くうなずく。

貞花たち第2部隊が乗り込むと、ガンシップはエンジンを起動させて地面から浮かび上がる。防衛軍の兵士たちは全員敬礼して第2部隊を見送る。

貞花たち第2部隊も全員窓の前に並んで彼らに頭を下げた。

稲光が渦巻く若洲公園へとガンシップは飛び立つ。その先には大ケイブの光が見えると共に、稲光の中に白い巨人の姿が見えた。

貞花が若洲公園の大ケイブを睨みつけていると、そっと手が握られてきた。

隣を見れば、長谷部《はせべ》冬佳《とうか》が真剣な眼差しで見つめてくる。

「貞花。必ずみんなで生きて帰りましょう」

貞花もまた冬佳の手を強く握りしめて微笑んだ。

「あたしに任せれば、みんな大丈夫だよ」

そして、戦乙女《リリィ》たちは最後の戦いへと向かった。

少し前、第3部隊と第5部隊の混成部隊は、新木場駅から若洲橋を目指して走っていた。

第3部隊の隊長である番匠谷《ばんしょうや》依奈《えな》を筆頭に、総勢十八人のリリィが若洲橋のケイブに向かう。彼女たちは若洲橋前のケイブを討滅してから、第2部隊と合流する作戦となっていた。

若洲橋からヒュージの大群が再び津波のように押し寄せてきた。グンタイアリばかりか、ミドル級やラージ級まで道を塞ぐほどの数で押し寄せてくる。

依奈が仲間たちに向かって叫んだ。

「敵はまともに相手しなくていい！　あたしたちの目標は若洲橋のケイブよ！」

御台場の市民や防衛軍の職員は全員退避を完了し、東京もまた光壁システムのフルアドミッションモードによる鉄壁のバリアで守られている。

もはや市民を守る必要がないため、リリィたちは背後を気にせず戦うことができた。

十八人は若洲橋に続く道に突入すると、真正面から敵と戦うことを避けて、海側の新木場緑道公園から若洲橋のケイブを目指した。だが、こちらの道もまた、リリィの気配を感じ取ったグンタイアリの大群が流れ込んできた。

「みんな行くゾ！」

吉村《よしむら》・Ｔｈｉ《てぃ》・梅《まい》が俊足を活かし、先陣を切って走る。

十八人のリリィたちは真正面から敵の大群とぶつかり合った。

川端蛍《かわばたほたる》が千田《せんだ》昊苺《こうめ》から託されたウコンバサラとシャルルマーニュの二本のＣＨＡＲＭを振るう。

「さあ、蛍！　見てなさい！　今度はあたしたちの番よ！」

「こら、蛍！　これ以上無茶するんじゃないわよ！」

藤田《ふじた》槿《あさがお》も蛍と共に戦いながら前へと出て行く。

宮本《みやもと》煌椋《こむく》や中林《なかばやし》海七《かいな》も敵を倒して走り続ける。

「第５部隊の失態は、私たちが取り戻してみせる」

「昊苺や靖奈《やすな》のためにも、アルトラを倒しましょう」

混成部隊はグンタイアリの大群を蹴散らす。ケイブからまたグンタイアリやヒュージの大群が湧き出てくるが、それを十八人のリリィが蹴散らしていく。

やがて前方に若洲橋のケイブが見えてきた。

黒い空間の中からグンタイアリのスモール級が次々に湧き出ている。背後にはケイブを支配するグンタイアリのギガント級が立ちはだかっていた。

番匠谷依奈が仲間たちに叫んだ。

「ノインヴェルト戦術開始！」

依奈のグラムから魔法球《マギスフィア》が発射されて、第３部隊を中心にパスが回されていく。それをグンタイアリが邪魔をしようと突っ込んでくる。

だが、芹沢千香瑠《せりざわちかる》が砲撃で的確に敵を倒していく。

「御台場を甲州のようにはしません！」

千香瑠は確実に御台場迎撃戦の中で成長していった。どこか自信なさげだった彼女も、今は覚悟を決めて仲間のために前に出て砲撃を続けている。

「よくやったわ、千香瑠！」

依奈は千香瑠の成長を見て微笑んだ後、若洲橋を目指して走って行く。

ケイブの前にはグンタイアリのギガント級が待ち構えていた。第５部隊のリリィたちが砲撃しながら前線に出て、ノインヴェルト戦術による魔法球はすでに最後のパスを待つだけとなっていた。

依奈がラストパスを青木夏帆《あおきかほ》に渡そうとした時、大声がかけられた。

「お願い、依奈さん！　フィニッシュは私にやらせて！」

第５部隊の隊長である野口志奈乃《のぐちしなの》が前に出てきた。

志奈乃は第5部隊のせいで失態をしてしまったことをずっと悔やんでいた。自分がしっかりしていれば、敵を抑えることができたのではないかと思い続けた。

その想いが依奈にもわかったからこそ、最後の魔法球を志奈乃に託すことにした。

「志奈乃、頼んだわよ！」

ラストパスの魔法球が志奈乃に渡される。超大型のグンタイアリが炎を吐き出す。炎は志奈乃をかすめるが、それでも彼女は気合いで前に出ると、魔法球ごとリサナウトを叩きつけた。

「やあああーっ！」

魔法球は見事にグンタイアリのギガント級の頭に当たり、周囲のヒュージを巻き込んで爆発した。

ギガント級を討滅したことにより、ケイブもまた溶けるように消滅していく。

志奈乃は力尽きたように、その場に倒れ込んだ。

「志奈乃！」

慌てて依奈が駆けつけて助け起こすと、志奈乃は目に涙を浮かべてつぶやいた。

「……昊苺、靖奈。やったよ」

依奈も他のリリィも志奈乃が無事なことに、ほっと息を吐く。

その時、一機のガンシップが甲高い音を響かせて海上から若洲公園へと飛んできた。

それを見て、依奈は仲間たちに向かって呼びかける。

「まだ終わってないわ！　すぐに第2部隊に合流するわよ！」

十八人のリリィは力強くうなずいた。

第2部隊を乗せたガンシップが海上を飛んでいた。

東京国際展示場から発進して、わずか数十秒で若洲公園へと到着する。ガンシップの後部ハッチが開かれて、いつでも飛び出せるようになっていた。

飛行型ヒュージの大群が若洲公園の大ケイブ上空に渦巻いていたが、ガンシップが近づくのを察して黒い塊となって押し寄せてきた。

隊長としてアルテア・アレッサンドリーニが号令をかける。

「降下開始！」

第2部隊のリリィが次々と降下していく。十人全員が若洲公園の端に降り立つと同時に、ガンシップは若洲公園を通過して上空へと離脱していく。

若洲公園エリアは御台場の最北端の海側に位置するエリアである。旧若洲海浜公園など緑地がほとんどであったが、中には御台場女学校のＣＨＡＲＭ射撃場や工廠科の施設があった。

その旧若洲海浜公園の奥地に、〝巣なしのアルトラ〟はいた。

貞花が地面に着地して前を見れば、白い巨人が眼前にそびえ立っている。

「あれが巣なしのアルトラ……」

すでに大ケイブの光は消えて、白い巨人の姿がはっきりと見える。

全長は百メートルを優に超え、東京ゲートブリッジすらも見下ろせそうであった。ほっそりとした人型ではあるが、肌が白く深海魚のように異形の姿をしている。巨大な両手にはヒレのような膜が張られていた。まさに神話に登場する海の怪物のような姿だ。

貞花も他のリリィも間近で見るアルトラ級の姿に圧倒されたが、すぐさまアルトラの周囲の大地からヒュージの大群が次々と湧き出てきた。グンタイアリのスモール級ばかりか、巨人型のラージ級も何体も出現し、グンタイアリのギガント級もいる。

「まだこれほどの敵がいたなんて……」

月岡椛が圧倒的な敵の数を見て、顔を青ざめさせる。

近藤貞花はソハヤノツルギを構えて大群へと突っ込んだ。

「まとめてかかってらっしゃい！」

第2部隊の十人は巣なしのアルトラがいる若洲公園の奥地に向かって走る。

「このアルテア・アレッサンドリーニが道を斬り開く！」

アルテアは最前線に出ると、ミュルグレスによって巨人型のラージ級を突き刺して吹き飛ばす。細身の体からは信じられないほどに力強い一撃であった。

貞花はアルテアの力を見て声を上げる。

「さすがはメルクリウスの暴君ね！」

『メルクリウスの暴君』と讃えられたアルテアの行く手を阻める者はいない。ミュルグレスはアルテアの激しい突きや動きにアジャストできるように開発されたＣＨＡＲＭである。

西洋剣風の気品あふれる斬撃《ブレード》モードは見る者の心を奪い、アルテアの美しい剣技も相まって、グランギニョル社の最高傑作機と言う者もいた。

手島《てじま》恋町《こまち》もリヒトブリンガーの大剣モードで敵を薙ぎ倒す。

「日葵《ひまり》も羽来《わく》も戦ってる。私もイルマのリリィとして戦うわ！」

恋町はイルマ女子美術高校の中で、イルマ四天王の一角として名高い。彼女の持つリヒトブリンガーもまた盾としても大剣としても使用することができるＣＨＡＲＭであった。

天野《あまの》天葉《そらは》もまたグラム・エクストラで敵を薙ぎ倒す。

「みんなどんどんいくよ！」

グラム・エクストラは天津《あまつ》麻嶺《まれい》の改修によって限界まで力を引き出されていた。敵が襲いかかってきても、オートガードによって敵の攻撃を防ぐバリアが展開される。

第２部隊は若洲公園の奥地に向かうが、地面から次々とヒュージの大群が出現して道を阻む。さらにはグンタイアリのスモール級は、いくら倒してもリジェネレーターによって回復してしまう。

グンタイアリのスモール級に手間取っている間にも、再び別のヒュージの群れが押し寄せてくる。

奥にはグンタイアリのギガント級がまだ一体控えていた。

「このままじゃ前に進めないわ」

千子《せんご》夕七《ゆうな》もまたドラグヴァンディルで敵を倒しながら言った時、

『貞花、ソラ！』

番匠谷依奈たち混成部隊が若洲橋から駆けてきた。

『あたしたちも行くわよ！』

混成部隊の十八人もまた声を上げて、ヒュージの大群へと突っ込んだ。

依奈たちが駆けつけることにより、敵の大群が二手に分散される。

この隙を見逃さず、アルテアは仲間たちに呼びかけた。

「今だ！　ノインヴェルト戦術開始するぞ！」

起点となる依奈がノインヴェルト戦術の特殊専用弾を装填しようとしたその時。

「ＧＹＵＡＡＡＡ――！」

巣なしのアルトラが凄まじい咆哮を上げ、貞花は思わず両手で耳を塞いだ。

咆哮と共に巣なしのアルトラは怒り狂ったように両手を何度も振り回す。両手のヒレからマギの衝撃波が放たれてリリィたちに襲いかかってくる。

アルテアが振り向いて全員に呼びかけた。

「あれは危険だ！　みんな触れるな！」

貞花たちは衝撃波を迎撃しようとＣＨＡＲＭで砲撃した。けれども、巣なしのアルトラから放たれた衝撃波によって砲撃がかき消された。

「ちょっ、なんなのあれは⁉」

「砲撃のマギがかき消された⁉」

千子夕七が声を上げると、天津麻嶺も衝撃波を見て眉をひそめる。

「おそらくあの手にはマイナスのマギを発生させる力があるようね。このまま遠距離からノインヴェルトを仕掛けても、あの手で魔法球の威力を減衰させられる危険があるわ」

もしマイナスのマギによって、ノインヴェルト戦術の魔法球の威力を減衰させられたら、巣なしのアルトラを倒すことができなくなるかもしれない。

「ここまで来て倒せなかったら……！」

冬佳が不安の声を上げるが、貞花が衝撃波を避けながら呼びかけた。

「要はあいつの両手に防がれなければいいんでしょ。だったら、簡単じゃない」

「でも、いったいどうやって……まさか⁉」

天葉も衝撃波を避けながら言うと、貞花は不敵に微笑んだ。

「そのまさかよ。あいつの両手を避けて至近距離から魔法球を叩き込むの。アルトラ級の近くはマギインテンシティも強いし、そこでパス回しをすれば、より強力な魔法球になるわ。魔法球も十八人よりもっと多い人数でやれば、あいつの両手も突破できるかもしれないでしょ？」

「簡単に言うけど、どれだけ難しいかわかって言ってるの⁉」

木子都々里が敵の大群を倒しながら叫ぶ。

『マギインテンシティ』とはマギ強度のことである。アルトラ級やギガント級からあふれたマギが周囲の空間に滞留しているため、大型ヒュージの近くでノインヴェルト戦術のパス回しをすれば、より強力な魔法球を生み出すことができる。

だが、それは敵に近づかなければいけなくなるため、リスクが大幅に上昇する。

今、目の前にはおびただしいほどのヒュージの大群がおり、巣なしのアルトラから衝撃波が雨のように降ってくる。グンタイアリのギガント級もたちはだかっている。この中でノインヴェルト戦術のパス回しをしながら、巣なしのアルトラまで辿り着かなければならない。

　通信機で話を聞いていた依奈が思わず声を上げた。

『ただでさえ大人数でノインヴェルト戦術しなければいけないのに、この敵の大群を突破して巣なしのアルトラに辿り着くなんて、とんでもない難度よ！』

　これにアルテアが敵を切り裂きながら答える。

「我らはいくつもの困難を乗り越えてここまで来た。ならば、最後もどれほど難しい壁だろうと突破して、勝利を勝ち取ってみせよう」

　麻嶺もまた夕七に顔を向けて微笑む。

「夕七のレアスキルはカリスマよ。カリスマは負のマギを浄化させる力がある。夕七の力があれば、きっと魔法球も安定させられるわ。あとは巣なしのアルトラまで辿り着けばいいだけよ」

「ええっ！　私が作戦の要なの⁉」

　思いがけずに大任が振られて、夕七が動揺する。

　夕七の隣からいちかが意地悪く声をかけてきた。

「剛勇とうたわれる柳都のリリィは、そんなものなのか？　この私がちゃんとサポートするから、安心してレアスキルを使ってくれ」

「……ううっ」

　夕七は声を震わせたが、やがて意を決したように叫んだ。

「わかった。柳都の名誉のためにも、みんなのためにも全力を尽くすわ」

通信機から依奈のため息が聞こえてきた。

『いいわ。こうなったらやけよ。貞花の無茶に乗ってあげようじゃない。今ノインヴェルト戦術ができるリリィ全員で魔法球をつくるわよ』

アルテアは「決まりだな」と不敵に微笑んでから、椛の方へと顔を向けた。彼女は全員の話を聞きながらも、不安そうな顔をして戦っている。

「椛。あとは卿に託したい。我らを巣なしに導く戦術を授けてほしい」

「……わ、わたくしが巣なしに辿り着く戦術を？」

アルテアに微笑まれて、椛は驚きの声を上げた。

「月岡椛は船田《ふなだ》予備隊の頃から、一流の戦術家であったと聞いている。この戦いでも的確な指示を出し続けた。卿なら巣なしのアルトラに辿り着ける戦術を導き出せるはずだ」

「ですが、こんな大事な場面で、もし失敗したら……」

椛は自信なさげな表情で迷っていた。

巣なしのアルトラを討滅するには、たった一度のチャンスしかない。しかも、この急ごしらえの部隊で、果たして自分の考える戦術を成し遂げられるか自信がなかったのだ。

椛は船田予備隊で戦術家として名高かったが、船田予備隊が解散して以降は自信を失っていた。もし自分の戦術が失敗したら、ここにいる全員の命が危険になる。

不安と重圧《プレッシャー》で押し潰されそうなのが椛の顔から見て取れた。

そんな椛の元へとアルテアは歩み寄り、真正面から彼女に向き合う。そして、彼女に向かって、自

分の心からの言葉と想いを告げる。

「椛、どうか自信をもってくれ。貴女《あなた》は私が戦場で仲間に求める物を全て完璧な形で有している数少ないリリィだ。どんな戦術だろうと、私が成し遂げてみせる。だから、我らを勝利に導いてくれ」

「……アルテアさん」

この言葉に背中を押され、椛は意を決して真剣な顔で仲間に向き直る。

「では、みなさんに『ゼロトップ戦術』を提案します」

「……ゼロトップ戦術？」

貞花が砲撃しながら問い返すと、椛もまた戦闘に戻ってうなずく。

「このまま巣なしのアルトラへと突っ込んでも、敵の大群にＡＺであるアルテアさんは囲まれるはずです。ですから、アルテアさんには中盤のＴＺ付近まで下りていただき、フィニッシュを決められない時は、相手の隙をついて他の方にパスを回してもらいます」

「つまり、ラストパスでアルテアは、自分でフィニッシュを決めることもパスを出すことも、どちらもできるってわけね」

恋町が砲撃しながら問い返すと、椛は「はい」とうなずいた。

貞花はゼロトップ戦術を理解して、にやりと微笑んだ。

「いざって時は誰でも前に出てフィニッシュするチャンスがあるってわけか」

通常のノインヴェルト戦術のフィニッシュショットは最前線にいるＡＺが決める。けれども、今は敵の大群があまりにも多く、ＡＺが敵に囲まれて巣なしのアルトラまで到達できない危険がある。

それゆえ、ＡＺ中央であるアルテアの位置を中盤まで下げることにより、最後の土壇場でアルテアは自らフィニッシュショットを放つことも、ラストパスを誰かに出すことも、どちらも可能となる。チャンスとあれば、第２部隊の誰かがアルテアに代わってフィニッシュショットを放つのだ。

これを聞いて、天葉と貞花が面白がった。

「面白そうな戦術じゃない。ぜひ試してみたいわ」

「あたしにもフィニッシュのチャンスがあるってことよね」

椛は第２部隊の仲間たちを見つめてから言った。

「この戦術は、わたくしたちのチームワークがなによりも重要になります。巣なしのアルトラへの道をつくるために、全員がひとつとなって戦わなければいけません」

都々里と冬佳もまたうなずいた。

「わかったわ。力を合わせていくわよ」

「仲間を信じて戦えばいいのね」

いちかと恋町も仲間に呼びかける。

「ここまで戦った仲だ。成し遂げられるさ」

「みんなで一緒に御台場を取り戻しましょう」

貞花は仲間たちに微笑んでうなずいてから叫んだ。

「さあ、行こう！　巣なしのアルトラを倒そう！」

この呼び声に応じて、全員のリリィが声を上げる。

そして、アルテアと依奈が同時に声を上げた。

「ノインヴェルト戦術開始‼」


大人数によるノインヴェルト戦術が開始された。

「さあ、行くわよ！」

第3部隊の隊長である番匠谷依奈のグラムから発射された魔法球《マギスフィア》は、第3部隊と第5部隊の間で回していく。これまでの激戦に加え、すでに若洲橋のケイブを討滅するためにノインヴェルト戦術を使用したため、もはや混成部隊はマギも体力も限界に達していた。

だが、巣なしのアルトラを確実に破るためには、より多くのマギが必要となる。それゆえ、第3部隊と第5部隊の混成部隊からノインヴェルト戦術に参加する人数は十三人。その他の五人は敵の大群から魔法球を守るために前線に立った。

三百を超える敵の大群が激しい大波となって襲いかかってくる。

第5部隊の吉村・Ｔｈｉ・梅と団塚英里彩が前線に出て呼びかける。

「梅たちが魔法球を守るゾ！」

「私たちの力で守りましょう」

第3部隊から芹沢千香瑠と多田紫恵楽《ただしえら》が後方から援護射撃を繰り返す。

「ここは絶対に死守してみせます！」

「魔法球は絶対に渡しません！」

西川《にしかわ》御巴留《みはる》もまた敵を足止めしていく。

「私たちの力を見せつけてやるわ！」

魔法球が混成部隊の間で回り、どんどん輝きと大きさを増していく。

誰もがヒュージの大群を突破して巣なしのアルトラの元まで辿り着けるか、心の中で不安に感じていた。それでも、ここまで戦ってきた全てのリリィと人々のために、魔法球を必ず仲間に届けると誰もが強い覚悟を持って挑んでいた。

渡邉《わたなべ》茜《あかね》と横山《よこやま》梓《あずさ》が魔法球を受け渡す。

「みんなが私たちの勝利を信じて待ってるわ」

「だから、私たちは勝たなければいけないの」

巣なしのアルトラが両手を振り乱してマイナスマギによる衝撃波を乱射する。大地に叩きつけられて、地面も建物の外壁もあらゆるものが吹き飛ぶ。それを菱田治は俊敏に避けながら第2部隊の元に来ると、十三人分の魔法球を第2部隊へと投げつけた。

「あとは頼んだわよ、第2部隊！」

治から投げつけられた魔法球が木子都々里に渡る。

「さすがに十三人分のマギは重いわね。冬佳、お願い！」

都々里から魔法球が長谷部冬佳へと渡り、冬佳はマギを込めて「夕七！」と瞬時にパスを出す。

「柳都の名誉のために絶対に繋いでみせる！　カリスマ！」

千子夕七がレアスキル『カリスマ』を発動させる。彼女の体からまばゆい光が広がっていく。花びらが開くように光があふれて、周囲の負のマギを浄化していく。これにはたまらずヒュージは悲鳴を上げて動きが鈍くなる。

夕七は「麻嶺！」と叫んで魔法球を投げつける。

「ふふ、こんな一流のリリィたちと戦えて最高に楽しいわ」

天津麻嶺はドゥリンダナの剣の切っ先で受け止める。

『ドゥリンダナ』は麻嶺が使用するために、デュランダルの変形機構を簡略化したＣＨＡＲＭだ。超高速の変形を可能にした機能によって、射撃《シューティング》モードに可変すると「いちか！」とパスを出す。

瀬戸《せと》・ベロニカ・いちかはグングニルで魔法球を受け取る。

「さすがカリスマだな！　体が軽くなってきた！」

いちかはレアスキル『ヘリオスフィア』を発動させて敵に向かう。『ミスパーフェクト』という異名を持つ彼女は、魔法球でグンタイアリを薙ぎ倒しながら前に進む。

「幸恵《さちえ》や百合亜《ゆりあ》の想いも繋いでみせる！　恋町！」

いちかはパスを回すと、手島恋町もまた魔法球を受け取る。同時に、グンタイアリの攻撃を『闘牛士《マタドール》』の異名のように俊敏な動きで避けながら前に出て行く。

「イルマだけじゃない。ここにはたくさんのリリィがいる。私たちの想いはひとつよ！」

恋町から「貞花！」と魔法球が回される。

貞花は魔法球を受け取ると同時に、

「さあ、あたしの出番が来たよ！」

とありったけのマギを込めて突き進んだ。

この状況でパスをマギ込めしていないのは、アルテア・椛・天葉だけである。あと三回のパスでフィニッシュショットに行くため、魔法球は相当なマギの量になっている。

いよいよ巣なしのアルトラを眼前に捉えたところで、アルテアが全員に叫んだ。

「ゼロトップ戦術開始！」

第2部隊がゼロトップ戦術のフォーメーションを取る。

敵の大群が眼前に迫ってきたところで、貞花は「椛！」とBZの椛へと魔法球を戻した。

最後部の椛が魔法球を受け取ると同時に、アルテア・恋町・貞花のAZの三人が後退して中盤のTZ付近まで下がる。まさにトップがゼロの状態となって、パス回しをしやすい状況をつくる。

それに合わせて全員がポジションを移動し、それに引きずられてグンタイアリのスモール級もそれぞれのリリィへと向かっていく。

巣なしのアルトラも魔法球を打ち消そうと、マイナスの衝撃波を乱舞してくる。これを避けながらも、第2部隊はゼロトップ戦術のフォーメーションで前へ突き進む。

だが、右側正面からグンタイアリのギガント級が邪魔しようと突っ込んできた。

「そいつを止めて。そいつが入ってきたら陣形が潰されるわ」

都々里の言葉を聞いて、貞花がソハヤノツルギを振りかぶって突っ込んでいく。

「あたしに任せて！　あいつならのぞみ橋でもなんとなかった。あたしが抑えてみせる！」

「待って！　またひとりで戦うつもり⁉」

冬佳が制止すれば、貞花が振り返って彼女に手を出す。

「今度は冬佳がいるでしょ。だから、あたしのこと援護してよ」

そんな貞花目掛けて、グンタイアリのギガント級が火球を吐き出した。

「ヘリオスフィア！」

冬佳が貞花のカバーに入って、レアスキル『ヘリオスフィア』を発動させる。ヘリオスフィアによる光の盾が生まれて火球から貞花を守る。

冬佳は両手に持つアスピド・ズメイからビットを発射する。四つのビットはそれぞれ自由に動き回り、グンタイアリのギガント級に砲撃をする。

「いつも貞花は勝手なんだから！　私がどれだけ心配したかわかってるの⁉」

冬佳が前に出てきて、貞花は「冬佳？」と面食らう。

「私はのぞみ橋の時、貞花がいなくなるんじゃないかってずっと怖かったんだから！　弱い私の言葉なんてどうでもいいのかもしれないけど、私はあなたのことが心配なの！」

その切実な言葉を受けて、貞花ははっとする。

冬佳もまた自分を大切に思ってくれていた。自分にとって冬佳が大切なように、彼女もまた自分を大切に思ってくれていた。それがたまらなく嬉しかった。

この時、ようやく貞花は自分の冬佳への想いを気づいた。この想いをどう表現していいかわからなかったけれど、ただ冬佳と一緒に歩みたいという想いは本物だった。

「あたしはさ、冬佳のこと弱いなんて思ってないよ。いつだって頼りにしてる。あたしにできないこと、いつもしてくれてるよ」

貞花はグンタイアリのギガント級の攻撃をかわして砲撃する。

「あたしも冬佳が大切なんだよ。だから、あたしに冬佳を守らせてほしい。冬佳にもあたしの苦手な面を頼らせてほしい。これからもあたしとずっと一緒に戦ってほしい！」

「……貞花……」

貞花の真っ直ぐな想いに、冬佳の目に涙が浮かんだ。

「……うん。ありがとう、貞花」

貞花がグンタイアリのギガント級を引き連れてサイドに移動することで、アルテアや天葉がパス回ししやすいスペースをつくる。その間にも、麻嶺は貞花に寄ることでグンタイアリのスモール級の群れをアルテアの方に行かないように引き離す。

貞花はソハヤノツルギを構えて全身のマギを爆発させた。

「さあ、あたしの全力、お目々ひん剥いてよく見てなさい！」

近藤貞花の全身からのぞみ橋と同じようにまぶしい光が放たれる。彼女から放たれたマギの光は周囲の空間に広がっていき、星の海のようにきらめき始めた。

「この光が貞花の力……？」

麻嶺は貞花から広がるマギの光に目を奪われる。

「……この力はいったい何？　私も力がみなぎってくる。これって夕七と同じカリスマ？　いえ、違う。この力はもっと別の……」

貞花がグンタイアリのギガント級と戦い続ける。ソハヤノツルギの猛烈な一撃を受けてグンタイアリのギガント級が悲鳴を上げる。その間にも周囲からヒュージが押し寄せる。

ヒュージたちが襲いかかるが、冬佳がアスピド・ズメイの砲撃で貞花を守り続けた。

貞花はソハヤノツルギを振るいながらアルテアに叫んだ。

「こっちはあたしたちに任せて！　だから、巣なしはお願い！」

アルテアたちはゼロトップ戦術によるフォーメーションで、巣なしのアルトラへの道を開く。

ＡＺのアルテアは巣無しのアルトラの前にスペースを作るために、敵を引きつけながらＴＺ付近まで下がる。夕七もヒュージの群れを引き連れて、ＢＺの椛からアルテアへのパスコースを開ける。

恋町もまた天葉へのパスコースを開けるために奮闘し、都々里もまた椛に向かうヒュージをアンキレーの防御楯機能によって守りながら引きつけ、椛がパス回しできるように道を開いた。

この土壇場でＢＺの椛とＡＺのアルテアの間にホットラインが開かれた。

都々里がヘリオスフィアで敵を防ぎながら叫んだ。

「椛！　道を開けたわよ！」

椛は覚悟を決めると、布都御魂を振りかぶり、アルテアに向かって全力でパスを出す。

「御台場のリリィとして、この戦いを終わらせます！　アルテアさん！」

フィニッシュショットかと思うほどの速度と勢いで魔法球が投げつけられる。だが、アルテアの手元に入る直前に受けやすい速度に減速する。

『パスアーティスト』の異名を持つ月岡椛の芸術的なパスであった。

「さすがは月岡椛。これほど美しいパスは初めてだ」

アルテアはグンタイアリのスモール級を三匹まとめて斬ってから、魔法球を受け取る。

だが、巨人型のラージ級が壁となって前方を塞いだ。

ラージ級はアルテアを押し潰そうとするが、アルテアはすでにレアスキル『ファンタズム』で敵の動きを読んでいたために身を翻してかわす。

「ふん。その程度で、この暴君を止められるものか」

アルテアは不敵な笑みと共に華麗に反転して振り返ると、緩やかな曲線を描くパスをＡＺの中央、誰もいない巣なしのアルトラの正面上空に出す。

「天葉っ！」

ここに左サイドから猛然とトップスピードで、天野天葉がオーバーラップしてきた。

天葉はＬＧアールヴヘイムの中でも、マギの保有量と体力面では世界トップクラスである。彼女は巣なしのアルトラへの道が開かれると、神速とも呼べる速さで駆けてくる。仲間たちが敵を引きつけていたおかげで、完全に天葉はフリーとなっていた。

夕七のカリスマと貞花の未知の力もあってか、天葉の力は最高潮に達していた。

アルテアと恋町がヒュージを避けて前線に上がり、椛も万が一魔法球が弾かれた時に備える。

「悪いけど、ここで終わりだよ！　巣無しのアルトラ！」

天葉は空中に飛び上がると、グラム・エクストラの切っ先で魔法球を受け取り、一瞬でマギを込める。

グラム・エクストラに二十三人分のマギが集まった魔法球ができあがる。まさしくそれは満月のように青く美しく輝いていた。天葉は二つ名である『蒼き月の御使い』として華麗な姿で向かっていき、フィニッシュショットのモーションに入る。

巣なしのアルトラが天葉を叩き落とそうと両手を振り下ろしてきた。

瞬間、天葉はショットモーションを解除した。ショットフェイントだ。

アルトラの両手の攻撃をすんでのところでかわす。天葉は間を置かずに、隙だらけのアルトラの頭部目掛けて狙いを定める。慌てた巣なしのアルトラが振り下ろした両手から再び衝撃波を繰り出そうとするが、これを貞花がソハヤノツルギから放った砲撃で阻止する。

「ソラ、やっちゃえ！」

天葉は巣なしのアルトラの顔面を捉えると、

「いっけええええー‼」

二十三人分の膨大なマギがチャージされたフィニッシュショットを撃ち込んだ。

凄まじい稲妻のような砲撃に、巣無しのアルトラもひとたまりもなかった。

巣なしのアルトラの全身にひびが入ると、中から大量の光があふれ出す。

そして、まばゆいばかりの光と共に爆発が走った。

竹腰《たけごし》千華《ちはな》と第1部隊のリリィたちは海の森公園から爆発を見ていた。

もはや彼女たちはヒュージの大群に追い詰められ、海底トンネルの側まで追い込まれていた。意識を取り戻した白井夢結《しらいゆゆ》も戦線に復帰して戦い続けたが、マギもＣＨＡＲＭも限界であった。それでも踏ん張り戦い続けた彼女たちは、突然、対岸の若洲公園から爆発が上がるのを見た。

巣なしのアルトラが消え去ると、彼女たちの前のヒュージの大群も次々に光となって消えていく。

千華はようやく戦いが終わったことを知って、大きく息を吐いた。

「みんながやってくれたみたいね」

第１部隊のリリィたちは全員疲れ果てたように、その場に倒れ込んだ。

「勝ったー！　疲れたー！」

川村楪《かわむらゆずりは》が泥だらけの顔で笑いながら、地面に倒れ込んだ。

そんな彼女を見て、他のリリィたちは楽しそうに笑っていた。

ティシア・パウムガルトナーと第４部隊のリリィもまた青海エリアから爆発の光を見ていた。

彼女たちは暁ふ頭の海底トンネル付近で、ヒュージの群れが第１部隊の元に行かないように戦い続けていた。その中で、突然の爆発音に若洲公園を見れば、天まで爆発の光が昇っていた。

「どうやら我らの勝利のようだな」

ようやく戦いが終わったことに、第４部隊のリリィもまた疲れ切ったように倒れた。

ティシアもまた美しい顔も可憐な制服も戦いのせいで、泥だらけとなってしまった。そんな姿でも彼女は仲間たちに振り返り、満面の笑みで両腕を広げた。

「皆の者、大儀であった。さあ、余と共に祝宴を開き、この戦いを叙事詩として語ろうぞ」

終始変わらないティシアを見て、他のリリィたちは苦笑していた。


巣なしのアルトラは跡形もなく爆発の光と共に消えた。

大ケイブから湧き出ていたグンタイアリやヒュージもまた光の粒となって消滅した。グンタイアリのギガント級も巣なしのアルトラの消滅と共に崩れ落ち、光となって消滅していった。

貞花は荒い息を吐きながら、その光景を見ていた。

「……倒した？　本当に倒したの？」

まわりを見れば、他のリリィたちも自分たちの成し遂げた奇跡を信じられずに立っていた。

やがて御台場の空を覆っていた黒い雲が割れていき、徐々に日の光が大地へと降り注いできた。

まぶしい光を見た時、だんだんと実感が湧いてきた。まわりのリリィたちにも笑顔が広がっていく。

貞花が冬佳を見れば、彼女も目元に涙を浮かべてうなずく。

「勝った……！　あたしたち勝ったんだー‼」

貞花が叫びながら冬佳を抱きしめると、まわりのリリィたちもわっと声を上げた。誰もが勝利したことに喜びの声を上げて、抱き合ったり手を叩いたりした。

貞花は嬉しさのあまり冬佳を抱き上げた。

「貞花、やめて！　恥ずかしいって！」

そんなふたりを見て都々里は呆れ、恋町は苦笑していた。麻嶺といちかは力尽きて倒れた夕七を介抱する。梳も疲れ切ったようにその場に座り込み、そんな彼女の肩にアルテアは「お疲れ様」と手を置いた。

貞花が天葉を見れば、天葉は梅や依奈に囲まれていた。

「天葉！」

貞花が駆け寄れば、天葉は笑顔で左手を挙げた。

ぱんっとふたりは高々と鳴り響くハイタッチをした。

だが、すぐに貞花は大事なことに気づいた。

「そうだ！　御台場の子たちは⁉」

御台場女学校中等科の生徒たちが射撃場に取り残されていたはずだ。

その時、遠くから渡邉茜と横山梓が「みんなー！」と声を上げた。

そちらに顔を向ければ、近隣の建物から御台場女学校中等科の鈴木《すずき》因《ちなみ》や尾竹《おたけ》廉《すなお》といった生徒たちが数人連れ出されていた。彼女たちはぼろぼろの姿で倒れ込んだ。

貞花や他のリリィが心配して駆け寄れば、茜が笑顔で告げる。

「全員無事だったわ」

これを聞いて、リリィたちは全員「よかった」と息を吐いた。

他の部隊と通信をしていた遠野《とおの》捺輝《なつき》も呼びかける。

「みなさん！　第１部隊や第４部隊も全員無事とのことです！」

冬佳が隣から貞花に声をかけてくる。

「これで本当に終わったわね」

貞花は「うん」と笑顔でうなずいてから冬佳の手を握る。

「あたしたちみんなで勝ち取った奇跡だよ」

貞花は冬佳と共に振り返って、御台場の空と海を見上げる。

まぶしいほどの光を浴びて空と海は輝いていた。

この日、御台場の空に歓喜の声が響き渡ったという。

巣なしのアルトラの出現によって御台場は壊滅的な被害を受けた。

だが、御台場に集合していた関東の名門ガーデンのリリィたちの活躍により、巣なしのアルトラの討滅を果たしたばかりか、この戦いに参加した全てのリリィと防衛軍の兵士、そして一般市民を含めて戦死者ゼロという結果をも果たした。

これはまさにヒュージ戦史上に残る〝奇跡的な大勝利〟であった。

やがてこの戦いを乗り越えたリリィたちは、それぞれ新たな道を進んでいく。

こうして御台場迎撃戦は伝説として語り継がれるのであった。

エピローグ

— EPILOGUE —

夕焼けが海を橙色に輝かせて、穏やかな風が流れてきている。

「こうして御台場迎撃戦は終わったわけ」

近藤《こんどう》貞花《みさか》が話を終えた頃には、すっかり日は傾いていた。

江川《えがわ》樟美《くすみ》や田中《たなか》壱《いち》、遠藤《えんどう》亜羅椰《あらや》といった一年生たちは海岸のベンチに座り、貞花の話に聞き入っていた。天野《あまの》天葉《そらは》や番匠谷《ばんしょうや》依奈《えな》のふたりは自販機でラムネを購入し、全員に分け与えてからベンチに腰掛けて、のんびりと話を聞いていた。

壱がラムネの瓶を持ったままつぶやく。

「知っているつもりではいましたが、すごい戦いだったんですね……」

「ああ、やっぱり私も参加したかったですわ」

亜羅椰もうっとりした顔で話を聞いていた。

御台場迎撃戦の戦闘データはすでに公開されていたため、どのような戦況であったかは誰でも知ることはできた。しかし、実際の戦場にいた貞花から聞く話には、決してデータからは知ることができないほどの壮絶さがあふれていた。

樟美も天葉に寄り添いながら話を聞いていた。

亜羅椰は興味津々で続きをうながす。

「迎撃戦に参加したリリィは、その後どうなったんですの？」

貞花はラムネを一口飲んでから話を続ける。

「さすがにみんなぼろぼろだったわね。犠牲者が誰ひとり出なかったことは、本当に奇跡だよ。しばらく御台場の病院で治療を受けることになったわ」

「じゃあ、もうみなさんが集まることはなかったんですか？」

樟美が質問すると、貞花と天葉と依奈の三人は顔を見合わせた。

依奈が苦笑しながら質問に答えた。

「迎撃戦の翌日に、御台場女学校の講堂で祝勝パーティーが開かれたわ。そのままお別れするのは寂しかったし、せっかくだからみんなでお祝いしましょう、ということになってね」

御台場迎撃戦の翌日に御台場女学校の講堂を借り、御台場迎撃戦の祝勝パーティーが開かれ、迎撃戦に参加した全てのリリィが参加した。

貞花がパーティーの光景を思い出しながら笑った。

「あの祝勝パーティーは一生忘れられないよ。羽来《わく》は解散したくないって泣きわめいて日葵《ひまり》や乃彩《のあ》がなんとかなだめておさまったし、楪《ゆずりは》はアルテアと椛《もみじ》がいつの間にそんなに仲良くなったんだよ、ってかなり気にしてたしね。みんなすっごく楽しそうだった」

「あはは、あたしもあの時のことは今でもよく覚えてるよ」

天葉も楽しそうに笑い、依奈は当時を思い出してため息をこぼした。

祝勝パーティーでは第1部隊から第5部隊のリリィだけではなく、戦いに参加した全てのリリィたちが再集結した。リリィたちは共に健闘を讃え、無事に生き残ったことを喜び合った。負傷して戦線離脱した千田《せんだ》昊苺《こうめ》や佐々木《ささき》靖奈《やすな》も参加して、貞花とまたいつか一緒に戦おうと握手をかわした。

天葉の隣から樟美が声をかけてきた。

「天葉姉様。本当に楽しかったんですね」

天葉は「うん」とうなずいてから、夕焼けに染まる海を見つめる。

「あの戦いは本当に大変だったけど、すごく楽しかった。あの時のみんなと一緒に戦えたことは、あたしにとってなによりもの誇りだし、大切な思い出だよ」

御台場迎撃戦という苦難を共にしたからこそ結ばれた絆。死線の中で共に支え合った戦友。その輝きはノインヴェルト戦術の戦技交流会を行っただけでは、決して得られなかっただろう。

祝勝パーティーの最後にティシア・パウムガルトナーが竹腰《たけごし》千華《ちはな》とアルテア・アレッサドリーニと共に仲間たちに呼びかけた。

『此度《こたび》の戦、この仲間と〝奇跡〟を勝ち取れたことを余は誇りに思う！　いつかまたこのメンバーで戦おう！』

この言葉をもって御台場迎撃戦の部隊は解散し、迎撃戦に参加したリリィたちは『またどこかでこのメンバーで戦いましょう』と言葉を各々かけあい、そして連絡先を交わして、みな自分のガーデンに戻っていった。たった一日だけれども、かけがえのない時間であった。

貞花や依奈もまた天葉と同じように海を見つめて目を細める。

「今でも御台場迎撃戦を共に戦ったみんなは特別だよ」

「いつかまた、あのみんなで戦いたいわね」

天葉の横から樟美がまぶしそうに見つめて問いかける。

「だから、天葉姉様は夕七様の救援に応じたんですね」

「んー、まあ、それだけじゃないけどね」

天葉が苦笑すると、貞花が立ち上がって腰に手を当てた。

「あたしたちは決して仲間を見捨てない。それがリリィでしょう？」

貞花が夕陽を背にまぶしいほどの笑顔を向けると、樟美たち一年生も真剣な面持ちでうなずいた。

天葉はラムネの残りを一気に飲み干すと、仲間たちに声をかけた。

「さあ、もう日が暮れるし、そろそろ帰ろうか」

全員が立ち上がり、百合ヶ丘女学院への帰路に就く。

壱が歩きながら、天葉たちに声をかける。

「そういえば、御台場迎撃戦の後に幕張奪還戦もあったんですよね。確か御台場迎撃戦からそちらにも参加したリリィがいましたよね」

「そうなのよ。あたしも許可が出たら、そっちにも参加したかったわ」

貞花が羨ましそうに言うと、壱たち一年生は呆気にとられた。

「あれだけ戦ってまだ戦いたかったんですか？」

「だって、志奈乃《しなの》や昊苺たち那賀大串や、イルマの煌椋《こむく》や海七《かいな》も幕張で戦ったのよ。しかも、奪還作戦なんて胸が躍るじゃないの」

御台場迎撃戦の後に千葉を舞台とした『幕張奪還戦』が起きた。

御台場迎撃戦がたった一日だったのに対して、この戦いは入念な計画と準備が進められ、作戦開始から奪還が成功するまでに、かなりの月日がかかった。

この戦いに野口《のぐち》志奈乃や千田昊苺たち那賀大串のリリィたちや、イルマ女子美術高校の宮本《みやもと》煌椋や中林《なかばやし》海七も参戦して勝利の一翼を担った。

「今や野口志奈乃様は、那賀大串の生徒会長のひとりですもんね」

壱がつぶやくと、依奈はうなずいた。

「志奈乃や昊苺は御台場の戦いの責任をずっと感じてたわ。だからこそ、どうしても汚名をそそぐ機会を望んだんでしょうね」

那賀大串の四人のリリィたちは最初に戦線を崩壊させた責任を感じていた。特に最初に敵陣へと飛び込んだ千田昊苺は元々の好戦的な性格も災いして、世間からバッシングを受けた。

御台場迎撃戦で共に戦ったリリィたちは、誰ひとり彼女たちを責めることはなかったが、それでも彼女たちは汚名をそそぐために幕張奪還戦に参戦し、いくつもの戦いで功績を挙げることで、今や四人は那賀大串を代表するリリィとなった。

亜羅椰も笑顔で話を続ける。

「ティシア様もメルクリウスの生徒会長になって、アルテア様も副会長になりましたわよね。リーアリデル様は、今もティシア様を支えていると聞きますわ」

「月岡《つきおか》椛様と川村《かわむら》楪様たちも、今や御台場女学校の生徒会長と副会長で、ヘオロットセインツの隊長と副隊長ですしね。川端蛍《かわばたほたる》様や藤田《ふじた》槿《あさがお》様は、船田《ふなだ》純《きいと》様と初《うい》様の帰還と共にロネスネスを結成しましたし……御台場迎撃戦に参加したリリィたち、本当にすごい方ばかりだったんですね」

壱が思いを馳せながらつぶやくと、貞花は声を押し殺して笑った。

「貞花様、どうしたんですか？」

貞花は笑いを押し殺しながら話を続けた。

「ほら、椛といえば、『暴君の花嫁』という二つ名でも有名だなと思ってね」

これを聞いた一年生たちは「ああー」と納得した顔をした。

御台場迎撃戦の後、メルクリウスに戻ったアルテア・アレッサドリーニは、仲間のひとりからこんな質問をされたらしい。

『卿はミンネの誓いについてどうお考えか？　捧げるとしたらまたは捧げられるとしたら、相手にどのような方を選ばれるのか？』

『ミンネの誓い』とは聖メルクリウスインターナショナルスクールにおいて、特定のリリィふたりの間で結ばれる絆である。貴婦人《アデルハイト》役のリリィに騎士《リッター》役のリリィが「ミンネを捧げる」と誓う形で成立し、騎士が貴婦人に奉仕するという、まさに〝恋人〟のような特別な関係を築くという。

この質問に、アルテアはしばらく考えてから、こう答えた。

『そうだな。もし私がミンネを捧げるのならば学外ではあるが、御台場女学校の月岡椛のようなリリィでないといけないな。彼女は私が戦場でパートナーに求める要素を完璧に備えている』

アルテアにすれば、学外の月岡椛の名を例示したに過ぎなかったが、そこはメルクリウスの中でも絶大な人気がある彼女だけはあり、リリィ界隈は大騒動となった。そこから椛は『暴君の花嫁』という二つ名が本人の知らないところで名付けられてしまった。

「あれは大変な騒動になったわね」

依奈も困った顔で首を振ると、天葉も苦笑しながらフォローを入れる。

「それだけアルテアにとっても、迎撃戦は特別だったんだと思う」

壱が貞花の隣から質問をした。

「貞花様のサングリーズルも御台場迎撃戦の武功が認められて、正式にレギオンとして認められたんでしたよね。みなさんにとって大きな転機になったんですね」

「まあね。あれだけ活躍したんだから、それくらい認めてもらわないとね」

近藤貞花や木子都々里《きこととり》、今川誉《いまがわほまれ》の活躍もあいまって、御台場迎撃戦からしばらくして、貞花を主将としたLGサングリーズルは正式なレギオンとして百合ヶ丘女学院に認可された。

ふと樟美が天葉に向かってつぶやいた。

「でも、アールヴヘイムは解散してしまったんですよね……」

御台場迎撃戦後、当時〝世界最強〟ともうたわれた初代アールヴヘイムは解散し、メンバーは全員バラバラとなった。そのことが原因となり、天葉は一時期戦意を失くして引退も考えたが、今は新たな仲間と共に2代アールヴヘイムとして活躍している。

天葉は樟美の肩に手を置いてから微笑んだ。

「あたしたちは迎撃戦でそれぞれ新しい道を見つけた。解散は寂しかったけれど、今は樟美やみんなと2代アールヴヘイムとして戦えることを誇りに思ってるわ」

「……天葉姉様」

樟美は微笑んで天葉の手を掴み、壱や亜羅椰も嬉しそうに微笑んだ。

「そうだね。ソラはいい仲間を見つけたもんね」

貞花が微笑むと、天葉は「うん」とうなずいて仲間たちを見つめた。

やがて六人の前に百合ヶ丘女学院の正門が見えてきた。

「おーい、貞花様ぁー！」

正門まで向かえば、そこには何人もの生徒たちが待っていた。

壱が彼女たちの姿を見て思わずつぶやいた。

「あれって、サングリーズル……」

近藤貞花のレギオンであるＬＧサングリーズルのメンバーが貞花を待っていた。木子都々里や今川誉や長谷部《はせべ》冬佳《とうか》ばかりか、他にも何人ものリリィがいた。

「そうだ！　みんなとお茶の約束をしてたんだ。じゃあ、あたしは先に行くね！」

貞花は先に仲間たちの元へと駆け出した。

だが、ふと足を止めてから振り返り、笑顔で拳を突き出した。

「ソラ。あたしたち同盟レギオンなんだからさ、今度は共闘外征しようよ！」

「そうね。新潟の時はかなわなかったけど、今度は一緒に暴れましょう！」

天葉も笑顔で貞花に拳を突き出した。

御台場迎撃戦で戦った全員は再会を誓ったものの、それ以来、彼女たちが再び集結することはなかった。これからも再び全員が共に戦う機会はないかもしれない。それでも、今もあの戦いの絆は強くあり、だからこそ仲間が救援を求めればこれに駆けつけ、新潟奪還を成し遂げることができたのだ。

「じゃあ、みんなまたね！」

貞花は手を振りながら仲間たちの元へと帰って行った。

その背を見送ってから、天葉は両腕で横にいる仲間たちを抱きしめた。

「さあ、あたしたちもみんなのところに帰ろう」

こうして御台場迎撃戦で戦ったリリィたちは、それぞれ新たな道と仲間を得て、新しい未来へと歩き出していったのだった。

この一年前、御台場迎撃戦からしばらくしたある日。

百合ヶ丘女学院の生徒会室に近藤貞花は呼ばれた。

「近藤貞花さん。百合ヶ丘女学院より、本日をもってあなたを隊長としたＬＧサングリーズルが新たなレギオンとして、正式に認可されたことを通達いたします」

生徒会三役のひとりであるブリュンヒルデの山崎《やまざき》明伽《めいか》から書類が差し出される。

『ブリュンヒルデ』とは百合ヶ丘女学院にいる三人の生徒会長のひとりであり、百合ヶ丘の全リリィを束ねる総司令官でもあった。その隣には彼女を支える出江《いずえ》史房《しのぶ》も立っている。

明伽は書類を差し出してから朗らかな笑顔になった。

「あの貞花ちゃんがついに隊長かぁ。これから頑張ってね！　応援してるよ！」

彼女の隣の史房も微笑んで励ましの言葉をかける。

「あなたの迎撃戦での武勲は特筆すべきものでした。やっとスタートラインに立てましたね、貞花。ご武運を」

ふたりに貞花も力強い笑顔で答える。

「はい！　ありがとうございます！」

両手で書類を受け取ると、貞花は深々と一礼してから生徒会室から出た。

外に出れば、サングリーズルの仲間たちが出迎えてくれた。

御台場迎撃戦を貞花と共に戦った都々里や誉だけではなく、貞花の守護天使《シュッツエンゲル》でもある二年生の村上《むらかみ》常磐《ときわ》もいる。さらには、中等部三年生の黒川《くろかわ》・ナディ・絆奈《はんな》、清家《せいけ》知世《ともよ》、今井《いまい》星蘭《せいら》も駆けつけていた。

彼女たちは全員サングリーズルのメンバーであった。

「貞花様ぁー！」

黒川・ナディ・絆奈が貞花に近づいてくる。

黒髪の美しい容姿に反して、まだまだ子どもっぽい笑顔の少女であった。後に彼女は貞花と『守護天使《シュッツエンゲル》の誓い』を結んで姉妹となった。

「貞花様、どうでした？」

貞花は手にした書類を全員の前で掲げた。

「ジャーン！　許可をもらえたわ！」

全員が書類を見て「おおー！」と声を上げる。

絆奈が嬉しそうに貞花に飛びついた。

「これで絆奈たちも正式に百合ヶ丘のレギオンですね！」

今川誉が誇らしげに腰に手を当てて、ふんと鼻を鳴らす。

「御台場の危機を救ったのですから当然ですわ」

木子都々里も、ふうと安堵の息を吐いて微笑んだ。

「それだけじゃないわ。常磐様が尽力してくれたおかげよ」

全員が常磐を見れば、彼女は美しく大人びた表情で微笑んだ。

「それはもちろん可愛い妹《シルト》のためですもの。あれだけの大きな武功を上げたのなら、それに見合うだけの恩賞も得られなくては不公平でしょう？」

サングリーズルが百合ヶ丘女学院から正式なレギオンとして認められたのは、貞花や都々里たち御台場迎撃戦メンバーの活躍だけではなく、常磐の力も大きかった。

村上常磐は百合ヶ丘女学院でも高い知性と戦場での功績、そして人柄も相まって人望も厚かった。

彼女はシルトの貞花の才能とその人柄を愛し、将来必ずや百合ヶ丘を背負うリリィとなると信じて見守り続けてきた。

常磐から学院や生徒会へ働きかけがなければ、御台場迎撃戦の功績があっても、正式なレギオンとして認められることはなかったかもしれない。

貞花は常磐に抱きついた。

「常磐姉様、ほんっとうにありがとうございます！」

絆奈が「常盤様、ずるーい！」とふたりに抱きつく。

仲間たちは苦笑していたが、貞花は彼女たちに振り返った。

「みんな！　やっと隊も認められたし、百合ヶ丘最強のレギオンを目指して頑張るわよ！」

貞花が声を上げれば、中等部の子たちも「おおー！」と拳を突き上げる。

血気盛んな親友を見て、都々里がたしなめるように言う。

「冬佳にもちゃんと報告しなさいよ。きっと報告を待ってるはずだわ」

冬佳が待っている方角を見つめて貞花は微笑んだ。

「そうね！　そうする！」

貞花が返事した時、突然、百合ヶ丘女学院全体に、鐘の音が鳴り響く。ヒュージの出現を知らせる鐘の音に、貞花とサングリーズルのメンバーの顔に緊張が走る。

『江ノ島海岸にヒュージの群れが上陸。サングリーズルはただちに迎撃に向かってください』

この放送を聞き、貞花は満面の笑みを広げて仲間に呼びかける。

「さあ、いよいよサングリーズルの初出撃よ！」

貞花も仲間たちも正式にレギオンとしての初出撃に目を輝かせていた。

そして、主将である貞花は全員に向けて初めての号令をかけた。

「みんな行くよ！　サングリーズル出撃！」

近藤貞花と共にＬＧサングリーズルは勢いよく駆け出していった。

一年後、『ＬＧサングリーズル』は長谷部冬佳や山梨《やまなし》日羽梨《ひばり》、ルイセ・インゲルス、鉄川《てつかわ》兎愛《とあ》といった新しいメンバーを迎え、百合ヶ丘女学院のレギオンとして全国各地で戦果を上げていく。

そして、近藤貞花を主将としたＬＧサングリーズルは『制御不能のレギオン』として、百合ヶ丘女学院に新たな伝説を刻むことになるのだった。

Assault Lily Wunder

TROOP and CHARACTER PROFILE

「アサルトリリィ ヴンダー
部隊＆キャラクタープロフィール」

1ST UNIT

第1部隊

もっとも多くのギガント級ヒュージを討滅した部隊

百合ヶ丘女学院の竹腰千華を隊長として作戦全体を統括した第1部隊は華麗で自由な戦いでもっとも多くのギガント級ヒュージを討滅しました。福山・ジャンヌ・幸恵、川村楪、谷口聖、日比野羽来の4名はTZカルテットと評され、白井夢結をワントップにして自由自在に戦いました。ダブルファンタズムシステムも実戦で機能させ、奇跡的な勝利に貢献しました。あまりに高度な集団連携が可能だったことから「解散するには惜しい」と評価されています。後に一之宮日葵が「自由で華麗な戦い」というのはこの時の経験のことを言っています。

第1部隊ヘッドライナー	
竹腰千華 **隊長**	百合ヶ丘女学院
曽野真央	百合ヶ丘女学院
白井夢結	百合ヶ丘女学院
泉牡丹	百合ヶ丘女学院
谷口聖	百合ヶ丘女学院
川村楪	御台場女学校
福山・ジャンヌ・幸恵	私立ルドビコ女学院
一之宮日葵	イルマ女子美術高校
日比野羽来	イルマ女子美術高校

サブメンバー	
毛綱乃彩	百合ヶ丘女学院

第1部隊

フォーメーション

AZ

白井夢結

AZ

NO IMAGE

曽野真央

AZ/TZ

NO IMAGE

泉牡丹

TZ

谷口聖

TZ

福山・ジャンヌ・幸恵

TZ

日比野羽来

TZ

川村楪

BZ

一之宮日葵

BZ

竹腰千華

サブメンバー

毛綱乃彩

2ND UNIT

第2部隊

戦端戦術の考案と全隊随一のまとまり、勝利の鍵を握った部隊

百合ヶ丘女学院で、後の2代アールヴヘイム主将・天野天葉やサングリーズル主将・近藤貞花、御台場女学校のトップレギオンヘオロットセインツ隊長の月岡椛、聖メルクリウスインターナショナルスクール第1飛空艇団ミカエル団長のアルテア・アレッサンドリーニ、新潟の星・千子夕七などのタレントを揃え、迎撃戦中重要な戦いを勝ち抜いたのが第2部隊です。メンバー間の仲が非常によく、解散後も定期的に集まったりしています。「のぞみ橋の死闘」（近藤貞花）や「アルトラ級討滅」（最終バトル）でのゼロトップ戦術考案（月岡椛）など最大の戦功を上げた隊です。

第2部隊ヘッドライナー		
アルテア・アレッサンドリーニ	隊長	聖メルクリウスインターナショナルスクール
近藤貞花		百合ヶ丘女学院
長谷部冬佳		百合ヶ丘女学院
木子都々里		百合ヶ丘女学院
天野天葉		百合ヶ丘女学院
月岡椛	副隊長	御台場女学校
手島恋町		イルマ女子美術高校
千子夕七		柳都女学館
天津麻嶺		柳都女学館

サブメンバー	
瀬戸・ベロニカ・いちか	私立ルドビコ女学院

第2部隊　フォーメーション

AZ

手島恋町

AZ

アルテア・アレッサンドリーニ

AZ

近藤貞花

TZ

千子夕七

TZ

木子都々里

TZ

天津麻嶺

BZ

天野天葉

BZ

月岡椛

BZ

長谷部冬佳

サブメンバー

瀬戸・ベロニカ・いちか

3RD UNIT

第3部隊

最激戦地区を担当した猛者たち

初代、2代アールヴヘイムの司令塔でもある番匠谷依奈が率いて激戦に次ぐ激戦、最前線で遊撃任務を戦ったのが第3部隊です。常に不利な戦況の中、一番負荷のかかる戦いを勝ち抜き、称賛を浴びました。西川御巴留、芹沢千香留、菱田治など当時はそこまで有名ではなかったリリィたちが覚醒しています。「富士見橋破壊」（菱田治）なども遂行し、最も苦しい決断を迫られたこの部隊ですが、仲間内の評価は最高のものとなりました。なお「富士見橋破壊」は、御台場女学校内では批判的ですが、対外的には評価の高い作戦でした。

第3部隊ヘッドライナー	
番匠谷依奈 **隊長**	百合ヶ丘女学院
青木夏帆	百合ヶ丘女学院
明石愛華	百合ヶ丘女学院
渡邉茜	百合ヶ丘女学院
菱田治	御台場女学校
藤田槿	御台場女学校
横山梓	御台場女学校
西川御巴留	イルマ女子美術高校
芹沢千香瑠	エレンスゲ女学園

サブメンバー	
多田紫恵楽	百合ヶ丘女学院

第3部隊　フォーメーション

AZ

NO IMAGE

青木夏帆

TZ/BZ

横山梓

AZ/TZ

番匠谷依奈

AZ/TZ

NO IMAGE

明石愛華

TZ

渡邉茜

TZ

西川御巴留

TZ/BZ

藤田槿

BZ

芹沢千香瑠

TZ/BZ

菱田治

サブメンバー

多田紫恵楽

4TH UNIT

第4部隊

後詰めとして作戦の軌道修正を行った迎撃戦後半の主役

メルクリウス百年に一度の天才といわれたティシア・パウムガルトナーが率いた第4部隊です。本来は後詰として第1部隊の後方に配置されていましたが、第5部隊の失態をカバーするために柔軟に行動し、市民の避難ルートの確保に重点を置きつつ最終防衛線を維持して作戦を修正しました。戦死者ゼロで終えた最大の功労隊と言えるでしょう。市民を守るため、また仲間たちがアルトラ級との戦いを有利に進められるように活躍したため「栄光の第4部隊」と称えられました。なお、ティシアは新海千景、黒木・フランシスカ・百合亜の才能を引き出し開花させています。

第4部隊ヘッドライナー	
ティシア・パウムガルトナー 隊長	聖メルクリウスインターナショナルスクール
リーアリデル・エッシェンバッハ 副隊長	聖メルクリウスインターナショナルスクール
山梨日羽梨	百合ヶ丘女学院
今川誉	百合ヶ丘女学院
曽我菘	御台場女学校
西郷紅	御台場女学校
弘瀬湊	御台場女学校
黒木・フランシスカ・百合亜	私立ルドビコ女学院
新海千景	アルケミラ女学館

サブメンバー	
本間秋日	神庭女子藝術高校
伊丹桜織	アルケミラ女学館
小津一二三	アルケミラ女学館

第4部隊　フォーメーション

AZ

新海千景

AZ/TZ

曽我菘

AZ/TZ

西郷紅

AZ/TZ

今川誉

TZ/BZ

弘瀬湊

TZ

山梨日羽梨

TZ

黒木・フランシスカ・百合亜

BZ

NO IMAGE

リーアリデル・エッシェンバッハ

BZ

ティシア・パウムガルトナー

サブメンバー

本間秋日
伊丹桜織
小津一二三

5TH UNIT

第5部隊

最大のミスを犯しつつも、挽回に奔走した満身創痍の隊

那賀大串女学園の主力を集中させて「巣無しのアルトラを討つ決定機」をものにするための主力になるはずだった部隊です。竹腰千華は隊長の野口志奈乃を買っていて、全幅の信頼をおいていました。しかし、エース千田昊苺の暴走でギガント級の伏兵に遇い、作戦時間までの拠点の死守に失敗し、避難民の経路が確保できなくなってしまいました。千田昊苺は大怪我をしながらも伏兵のグレーターラージ級を討滅、その後は川端蛍と佐々木靖奈の剛勇をベースに失地回復のために死線をかいくぐりました。新辰巳橋の上に陣取り、無数のヒュージの群れを刈り取った戦いは今も語り草となっています。

第5部隊ヘッドライナー	
野口志奈乃 隊長	那賀大串女学園
千田昊苺	那賀大串女学園
佐々木靖奈	那賀大串女学園
団塚英里彩	那賀大串女学園
吉村・Thi・梅	百合ヶ丘女学院
遠野捺輝	百合ヶ丘女学院
大角梓氣	百合ヶ丘女学院
川端蛍	御台場女学校
宮本煌椋	イルマ女子美術高校

サブメンバー	
中林海七	イルマ女子美術高校

第5部隊　　フォーメーション

AZ/TZ

吉村・Thi・梅

AZ

千田昊苺

AZ/TZ

川端蛍

AZ/TZ

遠野捺輝

TZ

NO IMAGE

大角梓氣

TZ

佐々木靖奈

TZ/BZ

宮本煌椋

TZ

野口志奈乃

BZ

団塚英里彩

サブメンバー

中林海七

Assault Lily Wunder CHARACTER PROFILE

アサルトリリィ ヴンダー キャラクタープロフィール

「アサルトリリィヴンダー 激闘!御台場迎撃戦」に登場したリリィ他を
ガーデン別・五十音順で紹介しています。
なお、所属レギオンや年齢などは現在の情報のものです。

私立百合ヶ丘女学院

鎌倉府(旧神奈川県)の大正年間に設立されたお嬢様学校を母体にしたリリィ教育の世界的な名門ガーデン。各国が優秀なリリィの育成と、市民の防衛に躍起になる中、CHARMを用いた対ヒュージ戦闘を基本に、軍事的な教育と訓練を非常にハイレベルな形で施し、目覚ましい成果を挙げています。世界中から多くの精鋭リリィが集まるほか、優秀なリリィの引き抜きにもとても積極的なガーデンです。「ノインヴェルト戦術」の基礎理論のほとんどを編み出したことでも知られ、ゆえにその教育においても有数の名門校であり、世界中から注目されています。

青木夏帆《あおき かほ》 Aoki Kaho

現在の所属レギオン	ローエングリン		
御台場迎撃戦時	第3部隊所属	学年	2年生

年齢	16歳	誕生日	不明	星座	不明
血液型	不明	身長	不明	ポジション	AZ
レアスキル	フェイズトランセンデンス	サブスキル	不明		
使用CHARM	グラム				
特技/趣味	不明				
好きなもの	不明	苦手なもの	不明		
交友関係	妹島広夢、竹腰千華				
MEMO	フェイズトランセンデンスS級保持者、強化リリィ				

NO IMAGE

明石愛華《あかし まなか》 Akashi Manaka

現在の所属レギオン	不明		
御台場迎撃戦時	第3部隊所属	学年	2年生

年齢	16歳	誕生日	不明	星座	不明
血液型	不明	身長	不明	ポジション	AZ
レアスキル	カリスマ	サブスキル	不明		
使用CHARM	グラム				
特技/趣味	不明				
好きなもの	不明	苦手なもの	不明		
交友関係	谷口聖、坂樺埜				
MEMO	元初代アールヴヘイムの3トップの一角				

NO IMAGE

天野天葉《あまの そらは》 Amano Soraha

現在の所属レギオン	2代アールヴヘイム主将		
御台場迎撃戦時	第2部隊所属	学年	2年生

年齢	16歳	誕生日	10月27日	星座	蠍座
血液型	O型	身長	158cm	ポジション	BZ
レアスキル	ヘリオスフィア	サブスキル	不明		
使用CHARM	フラガラッハ、グラム・エクストラ、グラム、アステリオン				
特技/趣味	お花の育成、運動				
好きなもの	好き嫌いの無い大食家	苦手なもの	蜂		
交友関係	槇若菜、江川樟美、番匠谷依奈、竹腰千華、近藤貞花				
MEMO	初代アールヴヘイム副将、2代アールヴヘイム主将、二つ名「蒼き月の御使い」				

出江史房《いずえ しのぶ》 Izue Shinobu

現在の所属レギオン	ブリュンヒルデライン隊長		
御台場迎撃戦時	不明	学年	3年生

年齢	17歳	誕生日	3月9日	星座	魚座
血液型	O型	身長	164㎝	ポジション	不明
レアスキル	この世の理	サブスキル	不明		
使用CHARM	アステリオン				
特技/趣味	カリグラフィー				
好きなもの	野球	苦手なもの	不明		
交友関係	山崎明伽、光井晃、宮崎火刈、ティシア・バウムガルトナー、槇若菜、岸本・マリア・未来、円山周				
MEMO	生徒会三役「ブリュンヒルデ」、二つ名「白い悪魔」				

泉牡丹《いずみ ぼたん》 Izumi Botan

現在の所属レギオン	レギンレイヴ		
御台場迎撃戦時	第1部隊所属	学年	2年生

年齢	16歳	誕生日	4月2日	星座	牡羊座
血液型	A型	身長	155㎝	ポジション	AZ / TZ
レアスキル	レジスタ	サブスキル	虹の奇跡		
使用CHARM	不明				
特技/趣味	不明				
好きなもの	不明	苦手なもの	不明		
交友関係	田村那岐、工藤朔愛				
MEMO	自称谷口聖のライバル、百合ヶ丘アイドルリリィの1人、リンカー持ち				

NO IMAGE

今井星蘭《いまい せいら》 Imai Seira

現在の所属レギオン	サングリーズル		
御台場迎撃戦時	中等部	学年	1年生

年齢	15歳	誕生日	不明	星座	不明
血液型	不明	身長	157㎝	ポジション	AZ / TZ
レアスキル	カリスマ	サブスキル	不明		
使用CHARM	アチャルバルス				
特技/趣味	不明				
好きなもの	不明	苦手なもの	不明		
交友関係	清家知世、牛田琶月、山口千尋(故人)				
MEMO	工廠科1年、図書委員、両親はCHARM開発者、サングリーズルのサブメンバー				

今川誉《いまがわ ほまれ》 Imagawa Homare

現在の所属レギオン	サングリーズル		
御台場迎撃戦時	第4部隊所属	学年	2年生

年齢	16歳	誕生日	11月19日	星座	蠍座
血液型	不明	身長	154㎝	ポジション	AZ / TZ
レアスキル	円環の御手	サブスキル	不明		
使用CHARM	ブロンラヴィン、ゲル・ナ・グコラン、アステリオン、シャルルマーニュ				
特技/趣味	不明				
好きなもの	鯖料理	苦手なもの	不明		
交友関係	清家知世、木子都々里、長谷部冬佳				
MEMO	LGサングリーズル結成発起人の3人のうちの1人、二つ名「聖学の剣聖」				

江川樟美《えがわ くすみ》 Egawa Kusumi

現在の所属レギオン	2代アールヴヘイム		
御台場迎撃戦時	中等部	学年	1年生

年齢	15歳	誕生日	3月27日	星座	牡羊座
血液型	AB型	身長	154㎝	ポジション	TZ
レアスキル	ファンタズム	サブスキル	不明		
使用CHARM	レーヴァテイン、イペタム、ブリューナク、グングニル				
特技/趣味	家事・料理(プロ級の腕前)、お風呂・温泉				
好きなもの	お米、猫、馬、日常系の漫画	苦手なもの	大きな音、コミュニケーション、寒さ、暑さ		
交友関係	天野天葉、田中壱、高須賀月詩、金箱弥宙、渡邉茜、六角汐里、石川葵、黒川・ナディ・絆華、北河原伊紀				
MEMO	ファンタズムS級保持者、二つ名「神の子」				

遠藤亜羅椰《えんどう あらや》 Endo Araya

現在の所属レギオン	2代アールヴヘイム		
御台場迎撃戦時	中等部	学年	1年生

年齢	15歳	誕生日	4月25日	星座	牡牛座
血液型	AB型	身長	165㎝	ポジション	AZ
レアスキル	フェイズトランセンデンス	サブスキル	不明		
使用CHARM	マルミアドワーズ、アステリオン				
特技/趣味	油彩画(母の影響)				
好きなもの	ザクロ	苦手なもの	退屈なこと、単純作業		
交友関係	田中壱、江川樟美、森辰姫、二川二水				
MEMO	フェイズトランセンデンスS級保持者、デュエル復古主義、二つ名「フェノメノ」				

大角梓氣《おおすみ あずき》 Osumi Azuki

現在の所属レギオン	シグルドリーヴァ副隊長		
御台場迎撃戦時	第5部隊所属	学年	2年生

年齢	16歳	誕生日	不明	星座	不明
血液型	不明	身長	不明	ポジション	不明
レアスキル	不明	サブスキル	不明		
使用CHARM	不明				
特技/趣味	不明				
好きなもの	不明	苦手なもの	不明		
交友関係	遠野捺輝				
MEMO	二つ名「シグルドリーヴァの黒龍」				

NO IMAGE

岡田綺更《おかだ きさら》 Okada Kisara

現在の所属レギオン	2代アールヴヘイム		
御台場迎撃戦時	不明	学年	3年生

年齢	17歳	誕生日	不明	星座	不明
血液型	不明	身長	164㎝	ポジション	不明
レアスキル	ゼノンパラドキサ	サブスキル	不明		
使用CHARM	ホヴズ、グラム、クルッジ、リサナウト				
特技/趣味	不明				
好きなもの	不明	苦手なもの	不明		
交友関係	槇若菜、番匠谷依奈				
MEMO	風紀委員長、強化リリィ、二つ名「吸血姫」				

NO IMAGE

金箱弥宙《かなばこ みそら》 Kanabako Misora

現在の所属レギオン	2代アールヴヘイム		
御台場迎撃戦時	中等部	学年	1年生

年齢	15歳	誕生日	10月2日	星座	天秤座
血液型	A型	身長	153㎝	ポジション	BZ
レアスキル	レジスタ	サブスキル	不明		
使用CHARM	コルブランド、アステリオン、マルテ、ダインスレイフ				
特技/趣味	CHARM開発				
好きなもの	カップ麺	苦手なもの	蛇のようなもの、爬虫類全般		
交友関係	高須賀月詩、江川樟美、田中壱、渡邉茜、速水桂				
MEMO	1年杉組学級委員長、リリィオタク、二つ名「リトル・アークメイジ」				

川添美鈴《かわぞえ みすず》 Kawazoe Misuzu

現在の所属レギオン	なし		
御台場迎撃戦時	不明・故人	学年	1年生

年齢	15歳	誕生日	7月3日	星座	蟹座
血液型	AB型	身長	不明	ポジション	不明
レアスキル	ユーバーザイン	サブスキル	カリスマ / ブーステッドスキル:エンハンスメント		
使用CHARM	ダインスレイフ、ブリューナク				
特技/趣味	不明				
好きなもの	不明	苦手なもの	不明		
交友関係	白井夢結、林薫				
MEMO	白井夢結のシュッツエンゲル、甲州撤退戦時に戦死(※学年と年齢は死亡時のもの)				

NO IMAGE

木子都々里《きこ ととり》 Kiko Totori

現在の所属レギオン	サングリーズル副隊長		
御台場迎撃戦時	第2部隊所属	学年	2年生

年齢	16歳	誕生日	不明	星座	不明
血液型	不明	身長	162㎝	ポジション	AZ / TZ
レアスキル	ヘリオスフィア	サブスキル	不明		
使用CHARM	アンキレー				
特技/趣味	不明				
好きなもの	不明	苦手なもの	不明		
交友関係	近藤貞花、今川誉				
MEMO	LGサングリーズル結成発起人の1人。「鬼軍曹」として下級生から怖がられている				

黒川・ナディ・絆奈《くろかわ なでぃ はんな》 Kurokawa Nady Hanna

現在の所属レギオン	サングリーズル		
御台場迎撃戦時	中等部	学年	1年生

年齢	15歳	誕生日	不明	星座	不明
血液型	不明	身長	154㎝	ポジション	AZ / TZ
レアスキル	ファンタズム	サブスキル	リジェネレーター		
使用CHARM	獅子王				
特技/趣味	不明				
好きなもの	不明	苦手なもの	不明		
交友関係	近藤貞花、江川樟美、ルイセ・インゲルス				
MEMO	強化リリィ、日本人とアメリカ人のハーフ、ボストン（アメリカ合衆国）出身				

近藤貞花《こんどう みさか》 Kondo Misaka

現在の所属レギオン	サングリーズル隊長		
御台場迎撃戦時	第2部隊所属	学年	2年生

年齢	16歳	誕生日	6月22日	星座	蟹座
血液型	O型	身長	164㎝	ポジション	AZ
レアスキル	不明	サブスキル	Awakening、whole order、聖域転換、狂乱の閾、インビジブルワン		
使用CHARM	ソハヤノツルギ				
特技/趣味	運動全般、格闘技、キャンプ				
好きなもの	ステーキ	苦手なもの	勉強		
交友関係	山口千尋（故人）、今川誉、木子都々里、村上常盤、黒川・ナディ・絆奈、長谷部冬佳、天野天葉、菱田治				
MEMO	下級生人気はNo.1のリリィ、二つ名「制御不能のリリィ」				

白井夢結《しらい ゆゆ》 Shirai Yuyu

現在の所属レギオン	ラーズグリーズ副隊長		
御台場迎撃戦時	第1部隊所属	学年	2年生

年齢	16歳	誕生日	4月12日	星座	牡羊座
血液型	A型	身長	163㎝	ポジション	AZ
レアスキル	ルナティックトランサー	サブスキル	不明		
使用CHARM	ダインスレイフ、グラム、ブリューナク				
特技/趣味	読書、観劇、音楽鑑賞（クラシック音楽）				
好きなもの	紅茶、サンドウィッチ、辛いもの	苦手なもの	下品、低俗なもの		
交友関係	一柳梨璃、川添美鈴（故人）、秦祀、谷口聖				
MEMO	ルナティックトランサーS級保持者、二つ名「狂乱の天使」				

清家知世《せいけ ともよ》 Seike Tomoyo

現在の所属レギオン	サングリーズル		
御台場迎撃戦時	中等部	学年	1年生

年齢	15歳	誕生日	1月24日	星座	水瓶座
血液型	不明	身長	157㎝	ポジション	TZ
レアスキル	テスタメント	サブスキル	不明		
使用CHARM	クルージーン				
特技/趣味	ファッション関係など、お洒落に敏感				
好きなもの	食べ物は和食派でお肉派	苦手なもの	不明		
交友関係	今川誉、立原紗癒、海田槍、今井星蘭				
MEMO	中等部から百合ヶ丘に編入、二つ名「Mad dog」				

曽野真央《その まお》 Sono Mao

現在の所属レギオン	ギンヌンガガプ隊長		
御台場迎撃戦時	第1部隊所属	学年	2年生

年齢	16歳	誕生日	不明	星座	不明
血液型	不明	身長	不明	ポジション	AZ
レアスキル	ゼノンパラドキサ	サブスキル	ステルス		
使用CHARM	不明				
特技/趣味	不明				
好きなもの	不明	苦手なもの	不明		
交友関係	乾柊子				
MEMO	「ラビュエント」と呼ばれる百合ヶ丘のソロリティの領袖				

NO IMAGE

高須賀月詩《たかすが つくし》 Takasuga Tsukushi

現在の所属レギオン	2代アールヴヘイム		
御台場迎撃戦時	中等部	学年	1年生

年齢	15歳	誕生日	6月21日	星座	双子座
血液型	O型	身長	157㎝	ポジション	AZ
レアスキル	円環の御手	サブスキル	不明		
使用CHARM	プレシューズ、シャルルマーニュSP、グングニル、クリューサーオール、グングニル・カービン、ティルフィング				
特技/趣味	怪談奇談				
好きなもの	ラッシー、格闘ゲーム	苦手なもの	勉強、掃除		
交友関係	渡邉茜、江川樟美、田中壱、金箱弥宙、森辰姫				
MEMO	二つ名「ヴィルトシュバイン」				

竹腰千華《たけごし ちはな》 Takegoshi Chihana

現在の所属レギオン	ローエングリン司令塔		
御台場迎撃戦時	第1部隊隊長	学年	2年生

年齢	16歳	誕生日	11月25日	星座	蠍座
血液型	不明	身長	153㎝	ポジション	BZ
レアスキル	レジスタ	サブスキル	不明		
使用CHARM	ティルフィングT型、ロンゴミニアド				
特技/趣味	将棋				
好きなもの	小雨、古生物・架空生物	苦手なもの	不明		
交友関係	林薫、立原紗癒、伊東閑、青木夏帆、長谷部冬佳、境沢奈留、多田紫恵楽、番匠谷依奈、森下雅枇、後藤嵯紅羅				
MEMO	初代アールヴヘイム主将、元ジーグルーネ、二つ名「軍神」、「神の如き者」				

多田紫恵楽《ただ しえら》 Tada Shiera

現在の所属レギオン	シュヴェルトライテ副隊長		
御台場迎撃戦時	第3部隊所属	学年	2年生

年齢	16歳	誕生日	3月24日	星座	牡羊座
血液型	不明	身長	154㎝	ポジション	AZ / TZ
レアスキル	円環の御手	サブスキル	不明		
使用CHARM	アステリオン、第1世代CHARM				
特技/趣味	書道				
好きなもの	カルピス	苦手なもの	不明		
交友関係	番匠谷依奈、竹腰千華、森辰姫、隈綾音				
MEMO	強化リリィ、二つ名「リリウムの白天使」				

田中壱《たなか いち》 Tanaka Ichi

現在の所属レギオン	2代アールヴヘイム		
御台場迎撃戦時	中等部	学年	1年生

年齢	15歳	誕生日	11月3日	星座	蠍座
血液型	B型	身長	161cm	ポジション	AZ
レアスキル	この世の理	サブスキル	軍神の加護、狂乱の閾		
使用CHARM	アロンダイト、ブリューナク				
特技/趣味	ピアノ、歌唱（歌がうまい）				
好きなもの	紅茶、ビーフシチュー、味のり	苦手なもの	蛇		
交友関係	江川樟美、高須賀月詩、金箱弥宙、渡邉茜、高畑聖咲				
MEMO	1年椿組学級委員長、デュエル復古主義、この世の理S級保持者、二つ名「天狼」				

谷口聖《たにぐち ひじり》 Taniguchi Hijiri

現在の所属レギオン	レギンレイヴ		
御台場迎撃戦時	第1部隊所属	学年	2年生

年齢	16歳	誕生日	3月21日	星座	牡羊座
血液型	O型	身長	162cm	ポジション	TZ
レアスキル	ファンタズム	サブスキル	不明		
使用CHARM	バルムンク、グングニル				
特技/趣味	裁縫				
好きなもの	麺類、棒付き飴（チャッパチュップス）	苦手なもの	歯医者		
交友関係	六角汐里、白井夢結、新家和香、石上碧乙				
MEMO	ファンタズムS級保持者、二つ名「百合ヶ丘の恋人」				

鉄川兎愛《てつかわ とあ》 Tetsukawa Toa

現在の所属レギオン	サングリーズル		
御台場迎撃戦時	中等部	学年	1年生

年齢	15歳	誕生日	不明	星座	不明
血液型	不明	身長	不明	ポジション	AZ / TZ
レアスキル	フェイズトランセンデンス	サブスキル	不明		
使用CHARM	不明				
特技/趣味	不明				
好きなもの	不明	苦手なもの	不明		
交友関係	不明				
MEMO	サングリーズルのサブメンバー				

NO IMAGE

遠野捺輝《とおの なつき》 Tono Natsuki

現在の所属レギオン	シグルドリーヴァ主将		
御台場迎撃戦時	第5部隊所属	学年	2年生

年齢	16歳	誕生日	不明	星座	不明
血液型	不明	身長	不明	ポジション	AZ / TZ
レアスキル	円環の御手	サブスキル	不明		
使用CHARM	ティルフィングR型、シャルルマーニュ				
特技/趣味	不明				
好きなもの	紅茶	苦手なもの	不明		
交友関係	天野天葉、大角梓氣				
MEMO	英国生まれの帰国子女、二つ名「シグルドリーヴァの白龍」				

長谷部冬佳《はせべ とうか》 Hasebe Touka

現在の所属レギオン	サングリーズル		
御台場迎撃戦時	第2部隊所属	学年	2年生

年齢	16歳	誕生日	10月28日	星座	蠍座
血液型	A型	身長	160㎝	ポジション	BZ
レアスキル	ヘリオスフィア		サブスキル	7種	
使用CHARM	アスピド・ズメイ、エインヘリャル、ヴァンピール				
特技/趣味	料理、占い				
好きなもの	鯖の塩焼き		苦手なもの	不明	
交友関係	真島百由、近藤貞花、竹腰千華、ルイセ・インゲルス、今川誉、後藤嵯紅羅				
MEMO	戦闘系サブスキル7つすべてを覚醒した唯一の存在。二つ名「世界最高のバランサー」				

番匠谷依奈《ばんしょうや えな》 Banshoya Ena

現在の所属レギオン	2代アールヴヘイム司令塔		
御台場迎撃戦時	第3部隊隊長	学年	2年生

年齢	16歳	誕生日	1月11日	星座	山羊座
血液型	A型	身長	158㎝	ポジション	AZ / TZ
レアスキル	円環の御手		サブスキル	軍神の加護	
使用CHARM	ミミング、グンフィエズル、グラム、アステリオン、エインヘリャル、グングニル・カービン、第1世代御蓋				
特技/趣味	アクアリウム、テラリウム(天葉の影響)、コスプレ				
好きなもの	マンゴー		苦手なもの	不潔なもの、犬(恐怖症)	
交友関係	天野天葉、岡田綺更、元アールヴヘイムメンバー、二川二水				
MEMO	初代アールヴヘイム、第2代アールヴヘイムで司令塔。二つ名「プランセス」				

槇若菜《まき わかな》 Maki Wakana

現在の所属レギオン	2代アールヴヘイム		
御台場迎撃戦時	不明	学年	3年生

年齢	17歳	誕生日	1月2日	星座	山羊座
血液型	不明	身長	162㎝	ポジション	AZ / TZ / BZ
レアスキル	レジスタ		サブスキル	不明	
使用CHARM	メギンギョルズ、グラム、グングニルSP、アステリオン				
特技/趣味	書道、漢字や古文の学習				
好きなもの	和菓子全般		苦手なもの	散らかった部屋、不潔な物	
交友関係	天野天葉、江川樟美、宮入風舞姫、岡田稀更				
MEMO	前風紀委員長、規律審院特別顧問、ガーデン予備校「私塾闘星塾」単科塾生				

村上常盤《むらかみ ときわ》 Murakami Tokiwa

現在の所属レギオン	サングリーズル		
御台場迎撃戦時	不明	学年	3年生

年齢	17歳	誕生日	不明	星座	不明
血液型	不明	身長	163㎝	ポジション	BZ
レアスキル	天の秤目		サブスキル	不明	
使用CHARM	マルテ、グシスナウタル				
特技/趣味	美術館巡り、芸術鑑賞				
好きなもの	不明		苦手なもの	不明	
交友関係	近藤貞花、槇若菜				
MEMO	「狙撃手」といえば百合ヶ丘内では必ず名前が挙がるリリィ				

毛綱乃彩《もづな のあ》 Mozuna Noa

現在の所属レギオン	2代アールヴヘイム		
御台場迎撃戦時	第1部隊所属	学年	2年生

年齢	16歳	誕生日	不明	星座	不明
血液型	不明	身長	不明	ポジション	不明
レアスキル	カリスマ	サブスキル	狂乱の閾		
使用CHARM	ガンバンテイン、アステリオン、トリグラフ、クリューサーオール				
特技/趣味	不明				
好きなもの	不明	苦手なもの	不明		
交友関係	江川樟美				
MEMO	2代アールヴヘイムのジョーカー				

NO IMAGE

森辰姫《もり たつき》 Mori Tatsuki

現在の所属レギオン	2代アールヴヘイム		
御台場迎撃戦時	中等部	学年	1年生

年齢	15歳	誕生日	7月22日	星座	蟹座
血液型	B型	身長	163㎝	ポジション	BZ
レアスキル	ルナティックトランサー	ブーステッドスキル	リジェネレーターなど		
使用CHARM	キャリバーン、ティルフィング、グラム、マルテ、アステリオン				
特技/趣味	CHARMいじり、釣り、折り紙				
好きなもの	お刺身、寿司	苦手なもの	ナメクジ		
交友関係	遠藤亜羅椰、金箱弥宙、多田紫恵楽、多田紫恵楽、北河原伊紀、真島百由				
MEMO	強化リリィ、二つ名「聞こえし者」				

山口千尋《やまぐち ちひろ》 Yamaguchi Chihiro

現在の所属レギオン	なし		
御台場迎撃戦時	不明	学年	不明

年齢	不明	誕生日	不明	星座	不明
血液型	不明	身長	不明	ポジション	不明
レアスキル	不明	サブスキル	不明		
使用CHARM	不明				
特技/趣味	不明				
好きなもの	不明	苦手なもの	不明		
交友関係	近藤貞花、塚本碧流（故人）				
MEMO	初等部でのスモール級ヒュージとの戦いで死亡したとされている				

NO IMAGE

山崎明伽《やまざき めいか》 Yamazaki Meika

現在の所属レギオン	ヴィーンゴールヴ隊長		
御台場迎撃戦時	不明	学年	3年生

年齢	18歳	誕生日	6月26日	星座	蟹座
血液型	不明	身長	160㎝	ポジション	不明
レアスキル	フェイズトランセンデンス	サブスキル	不明		
使用CHARM	不明				
特技/趣味	不明				
好きなもの	不明	苦手なもの	不明		
交友関係	出江史房、車谷佳寧				
MEMO	百合ヶ丘女学院三役「オルトリンデ」、元「ブリュンヒルデ」				

山梨日羽梨《やまなし ひばり》 Yamanashi Hibari

現在の所属レギオン	サングリーズル		
御台場迎撃戦時	第4部隊所属	学年	2年生

年齢	16歳	誕生日	7月7日	星座	蟹座
血液型	不明	身長	158㎝	ポジション	TZ
レアスキル	レジスタ		サブスキル	虹の軌跡、Zの下位	
使用CHARM	ティルフィング、アスカロン				
特技/趣味	戦譜分析、戦術理解、ビーズ細工、アクセサリー作り				
好きなもの	チンチラ、冷やし中華、ナッツ類		苦手なもの	熱いもの	
交友関係	渡邉茜、二川二水、内田眞悠理				
MEMO	二つ名「サングリーズルの魔術師」				

吉村・Thi・梅《よしむら・てぃ・まい》 Yoshimura Thi Mai

現在の所属レギオン	ラーズグリーズ		
御台場迎撃戦時	第5部隊所属	学年	2年生

年齢	16歳	誕生日	7月21日	星座	蟹座
血液型	O型	身長	156㎝	ポジション	AZ / TZ
レアスキル	縮地		サブスキル	不明	
使用CHARM	タンキエム、ブリューナク				
特技/趣味	亀のマスコット集め、お絵描き				
好きなもの	ベトナム料理(ブンチャー)		苦手なもの	トレーニング	
交友関係	白井夢結、天野天葉、秦祀、安藤鶴紗、二川二水				
MEMO	ベトナム出身、父は日本のCHARM開発メーカー月読技研のベトナム支社長				

ルイセ・インゲルス《るいせ・いんげるす》 Luise Ingels

現在の所属レギオン	サングリーズル		
御台場迎撃戦時	中等部	学年	1年生

年齢	15歳	誕生日	不明	星座	不明
血液型	不明	身長	165㎝	ポジション	BZ
レアスキル	レジスタ	サブスキル	虹の軌跡/ブーステッドスキル:マギリフレクター、エンハンスメント		
使用CHARM	ヤールングレイプル試作機、ポリュデウケス				
特技/趣味	不明				
好きなもの	不明		苦手なもの	不明	
交友関係	長谷部冬佳、愛永・ウツソン、速水桂、黒川・ナディ・絆奈				
MEMO	強化リリィ、二つ名「金狼」、デンマーク・コペンハーゲン出身				

渡邉茜《わたなべ あかね》 Watanabe Akane

現在の所属レギオン	2代アールヴヘイム副将		
御台場迎撃戦時	第3部隊所属	学年	2年生

年齢	16歳	誕生日	8月11日	星座	獅子座
血液型	O型	身長	163㎝	ポジション	TZ
レアスキル	テスタメント		サブスキル	軍神の加護	
使用CHARM	タスラム、グラム、ブルンツヴィーク、アステリオン				
特技/趣味	楽器演奏(フルート)				
好きなもの	ヨーグルト		苦手なもの	怪談奇談	
交友関係	高須賀月詩、江川樟美、田中壱、金箱弥宙、山梨日羽梨				
MEMO	初代アールヴヘイム、2代アールヴヘイムのTZの底を担当。二つ名「コンダクター」				

御台場女学校

東京地区御台場に校舎を構える東京御三家の一角で、北欧神話と近い「ベオウルフ」の世界観を特色としている。強い肉体を誇ったベオウルフに由来した西洋剣術や格闘術などを必修とし、幼稚舎からの一貫教育を通して心身ともにスパルタの教育を行っています。「剣」へのこだわりが強く、「ヨートゥンシュベルト」と呼ばれる第1世代CHARMを入学時に全生徒が1振りずつ仕立ててもらい、常に携行しています。戦闘時は敵をヨートゥンシュベルトで弱らせたところで、CHARMに移し戦うという基本戦術をとっています。

井草昴《いぐさ すばる》 Igusa Subaru

現在の所属レギオン	ロネスネス		
御台場迎撃戦時	御台場障壁防衛隊所属	学年	2年生

年齢	16歳	誕生日	11月14日	星座	蠍座
血液型	不明	身長	不明	ポジション	AZ / TZ
レアスキル	レジスタ	サブスキル	不明		
使用CHARM	ヒルドル、ヨートゥンシュベルト				
特技/趣味	トレーニング、ノインヴェルト戦術の勉強、運動全般				
好きなもの	焼肉	苦手なもの	食べ物は特になし		
交友関係	藤田槿、船田初、船田純、川端蛍、速水桂、今村紫、弘瀬湊、曽我菘				
MEMO	LGロネスネス司令塔、二つ名「岬の将軍」				

今村咲魅《いまむら さくみ》 Imamura Sakumi

現在の所属レギオン	なし		
御台場迎撃戦時	故人	学年	不明

年齢	16歳	誕生日	4月23日	星座	牡牛座
血液型	不明	身長	不明	ポジション	AZ
レアスキル	未覚醒	サブスキル	不明		
使用CHARM	グラム				
特技/趣味	不明				
好きなもの	不明	苦手なもの	不明		
交友関係	菱田治、横山梓、川村楪				
MEMO	「輝ける者たち」の一人、中等科1年で死亡、今村紫は妹、二つ名「夭折の天才リリィ」				

上村蕨《うえむら わらび》 Uemura Warabi

現在の所属レギオン	ヘオロットセインツ		
御台場迎撃戦時	中等科	学年	1年生

年齢	15歳	誕生日	不明	星座	不明
血液型	不明	身長	不明	ポジション	不明
レアスキル	不明	サブスキル	不明		
使用CHARM	ヨートゥンシュベルト				
特技/趣味	不明				
好きなもの	不明	苦手なもの	不明		
交友関係	不明				
MEMO	幕張科技女子の中等部から転入した準アーセナルでCHARM整備担当				

NO IMAGE

尾竹廉
おたけ すなお
Otake Sunao

現在の所属レギオン	ヘオロットセインツ		
御台場迎撃戦時	中等科	学年	1年生

年齢	15歳	誕生日	8月30日	星座	乙女座
血液型	不明	身長	151㎝	ポジション	TZ / BZ
レアスキル	ブレイブ	サブスキル	軍神の加護、インビジブルワン、Awakening、聖域転換、ステルス、whole order		
使用CHARM	トリグラフ、ヨートゥンシュベルト				
特技/趣味	ファッション、戦術論、ガーデン制服の研究				
好きなもの	蕎麦	苦手なもの	納豆		
交友関係	鈴木因、月岡椛、速水桂、天野天葉				
MEMO	リリィオタクにしてアイドルリリィ。二つ名「コンツェルトマイステリン」				

河鍋薺
かわなべ なずな
Kawanabe Nazuna

現在の所属レギオン	ヘオロットセインツ		
御台場迎撃戦時	中等科	学年	1年生

年齢	15歳	誕生日	11月23日	星座	射手座
血液型	A型	身長	152㎝	ポジション	AZ
レアスキル	ファンタズム	サブスキル	インビジブルワン		
使用CHARM	ブリューナク、ヨートゥンシュベルト				
特技/趣味	走ること、茶器収集				
好きなもの	ハーブティー、兎(特にロップイヤー)、カエル	苦手なもの	コーヒー、心霊ものなどの怖い話		
交友関係	今村紫、梢・ウェスト、司馬燈、竹久央、菱田治				
MEMO	御台場女学校で最初のファンタズム覚醒者。二つ名「小さな魔術師」、「スピードスター」				

川端蛍
かわばた ほたる
Kawabata Hotaru

現在の所属レギオン	ロネスネス		
御台場迎撃戦時	第5部隊所属	学年	2年生

年齢	16歳	誕生日	12月2日	星座	射手座
血液型	不明	身長	不明	ポジション	AZ / TZ
レアスキル	円環の御手	サブスキル	不明		
使用CHARM	ベアグノズサクス、シャルルマーニュ、ティルフィングT型、ヨートゥンシュベルト				
特技/趣味	花を育てること、生け花、押し花				
好きなもの	寿司	苦手なもの	足の多い虫、ゴーヤ(苦いもの)		
交友関係	船田初、船田純、井草昴				
MEMO	御台場迎撃戦で円環の御手を覚醒させた。二つ名「岬の聖花」				

川村楪
かわむら ゆずりは
Kawamura Yuzuriha

現在の所属レギオン	ヘオロットセインツ副隊長		
御台場迎撃戦時	第1部隊所属	学年	2年生

年齢	16歳	誕生日	6月19日	星座	双子座
血液型	A型	身長	156㎝	ポジション	TZ
レアスキル	テスタメント	サブスキル	虹の軌跡、whole order、Awakening、インビジブルワン		
使用CHARM	フロッティ、ダインスレイフ・カービン、グングニル、ヨートゥンシュベルト				
特技/趣味	音楽鑑賞、ヘッドホン集め				
好きなもの	ハンバーガー	苦手なもの	魚全般(さしみは食べるが煮魚・焼き魚が苦手)		
交友関係	月岡椛、菱田治、横山梓、河鍋薺、今村咲魅、福山・ジャンヌ・幸恵、吉村・Thi・梅				
MEMO	御台場女学校生徒会副会長、リンカー持ち、二つ名「セインツの宝石」				

岸田英《きしだ はなぶさ》 Kishida Hanabusa

現在の所属レギオン	コーストガード		
御台場迎撃戦時	中等科	学年	1年生

年齢	15歳	誕生日	2月15日	星座	魚座
血液型	不明	身長	不明	ポジション	AZ / TZ
レアスキル	ファンタズム	サブスキル	不明		
使用CHARM	リサナウト先行試作機、ヨートゥンシュベルト				
特技/趣味	ゲーム、家庭菜園				
好きなもの	貝類、野菜	苦手なもの	肉料理		
交友関係	河鍋薺、岸田英、梢・ウェスト、船田純				
MEMO	二つ名「煌壁の狂剣」				

木藤鈴《きふじ すず》 Kifuji Suzu

現在の所属レギオン	なし		
御台場迎撃戦時	光壁システム管理棟の管理	学年	2年生

年齢	16歳	誕生日	不明	星座	不明
血液型	不明	身長	不明	ポジション	不明
レアスキル	天の秤目	サブスキル	不明		
使用CHARM	ヨートゥンシュベルト				
特技/趣味	不明				
好きなもの	不明	苦手なもの	不明		
交友関係	福嶋律				
MEMO	現在自主結成レギオンの成立を目指している				

西郷紅《さいごう くれな》 Saigo Kurena

現在の所属レギオン	ヘオロットセインツ		
御台場迎撃戦時	第4部隊所属	学年	2年生

年齢	16歳	誕生日	7月2日	星座	蟹座
血液型	不明	身長	不明	ポジション	AZ / TZ
レアスキル	ルナティックトランサー	ブーステッドスキル	リジェネレーター		
使用CHARM	ウルフバート、ヨートゥンシュベルト				
特技/趣味	ピアノ				
好きなもの	辛い物(特にラーメンを好む)	苦手なもの	針、料理		
交友関係	曽我菘				
MEMO	強化リリィ、二つ名「台場の劔鬼」				

司馬燈《しば ともしび》 Shiba Tomoshibi

現在の所属レギオン	ロネスネス	学年	1年生
御台場迎撃戦時	鞍馬山環境女子高等学校G.E.H.E.N.A.研究所		

年齢	15歳	誕生日	8月30日	星座	乙女座
血液型	不明	身長	不明	ポジション	AZ / TZ
レアスキル	カリスマ	サブスキル	Awakening、リジェネレーター、エンハンスメント		
使用CHARM	ヴィンセツ・リーリエ、ヨートゥンシュベルト				
特技/趣味	押し花、サウナ、ハーブティ				
好きなもの	山菜、ジビエ料理(特に熊肉)	苦手なもの	G.E.H.E.N.A.(嫌いなものに近い)		
交友関係	船田純、長沢雪、河鍋薺、梢・ウェスト				
MEMO	鞍馬山女子のG.E.H.E.N.A.研究所出身、強化リリィ、二つ名「鞍馬の女天狗」				

鈴木因《すずき ちなみ》 Suzuki Chinami

現在の所属レギオン	ヘオロットセインツ		
御台場迎撃戦時	中等科	学年	1年生

年齢	15歳	誕生日	9月23日	星座	天秤座
血液型	不明	身長	158㎝	ポジション	AZ / TZ
レアスキル	カリスマ	サブスキル	不明		
使用CHARM	クルッジ、ヨートゥンシュベルト				
特技/趣味	キャンプ、運動全般				
好きなもの	肉料理(特に鶏肉)、犬、猫、オポッサム	苦手なもの	高い所		
交友関係	河鍋薺、菱田治、尾竹廉				
MEMO	二つ名「コル・タウリ」				

曽我菘《そが すずな》 Soga Suzuna

現在の所属レギオン	コーストガード副隊長		
御台場迎撃戦時	第4部隊所属	学年	2年生

年齢	16歳	誕生日	不明	星座	不明
血液型	不明	身長	不明	ポジション	AZ / TZ
レアスキル	フェイズトランセンデンス	サブスキル	不明		
使用CHARM	ヨートゥンシュベルト				
特技/趣味	不明				
好きなもの	不明	苦手なもの	不明		
交友関係	西郷紅、船田純、弘瀬湊、井草昴				
MEMO	二つ名「武神」				

竹久央《たけひさ なかば》 Takehisa Nakaba

現在の所属レギオン	ヘオロットセインツ		
御台場迎撃戦時	中等科	学年	1年生

年齢	15歳	誕生日	5月6日	星座	牡牛座
血液型	A型	身長	162㎝	ポジション	AZ
レアスキル	円環の御手	サブスキル	不明		
使用CHARM	布都御魂、スコフニュング、カルンウェナン、ヨートゥンシュベルト				
特技/趣味	食器集め				
好きなもの	肉料理、チョコレート	苦手なもの	生のトマト、ハト		
交友関係	河鍋薺、川村楪				
MEMO	「輝ける者たち」の一人、二つ名「屠竜戦姫」、「ロイヤルエレガンス」				

月岡椛《つきおか もみじ》 Tsukioka Momiji

現在の所属レギオン	ヘオロットセインツ隊長		
御台場迎撃戦時	第2部隊所属	学年	2年生

年齢	16歳	誕生日	6月25日	星座	蟹座
血液型	O型	身長	158㎝	ポジション	BZ
レアスキル	レジスタ	サブスキル	不明		
使用CHARM	布都御魂、天羽々斬、グングニル・カービン、デュランダル、ヨートゥンシュベルト				
特技/趣味	茶道、和歌、華道、書道				
好きなもの	果物全般、お笑い	苦手なもの	納豆、タコ、イカ		
交友関係	川村楪、速水桂、菱田治、横山梓、アルテア・アレッサンドリーニ、小栗氷高				
MEMO	御台場女学校生徒会会長、二つ名「暴君の花嫁」				

菱田治《ひしだ はる》
Hishida Haru

現在の所属レギオン	ヘオロットセインツ		
御台場迎撃戦時	第3部隊所属	学年	2年生

年齢	16歳	誕生日	9月6日	星座	乙女座
血液型	不明	身長	159.3㎝	ポジション	AZ / TZ / BZ
レアスキル	ゼノンパラドキサ	サブスキル	不明		
使用CHARM	カラドボルグ、ガラテイア、ヨートゥンシュベルト				
特技/趣味	鉱石集め、スチームパンク				
好きなもの	あんこう鍋、フクロウ	苦手なもの	寒さ		
交友関係	河鍋薺、鈴木因、横山梓、今村咲魅、今村紫、月岡椛、川村楪、近藤貞花				
MEMO	二つ名「怪異斬り(フリークスレイヤー)」				

弘瀬湊《ひろせ みなと》
Hirose Minato

現在の所属レギオン	コーストガード隊長		
御台場迎撃戦時	第4部隊所属	学年	2年生

年齢	16歳	誕生日	不明	星座	不明
血液型	不明	身長	不明	ポジション	TZ / BZ
レアスキル	円環の御手	サブスキル	軍神の加護		
使用CHARM	ティルフィングR型、グングニル・カービン、ヨートゥンシュベルト				
特技/趣味	乗馬、アーチェリー				
好きなもの	紅茶、洋菓子	苦手なもの	きのこ		
交友関係	船田初、船田純、曽我菘、井草昴				
MEMO	二つ名「煌壁(こうへき)の聖騎士」				

藤田槿《ふじた あさがお》
Fujita Asagao

現在の所属レギオン	ロネスネス司令塔		
御台場迎撃戦時	第3部隊所属	学年	2年生

年齢	16歳	誕生日	8月22日	星座	獅子座
血液型	A型	身長	153㎝	ポジション	TZ / BZ
レアスキル	レジスタ	サブスキル	不明		
使用CHARM	グラーシーザ、クリューサーオール、ヨートゥンシュベルト				
特技/趣味	ミニチュアの収集、模型製作、ドールハウス、切り絵				
好きなもの	甘いもの、カレー(甘口)	苦手なもの	苦いもの全般(背伸びしてブラックコーヒーを飲んでる)、ピーマン、人参		
交友関係	船田初、番匠谷依奈、井草昴、梢・ウェスト、川端蛍				
MEMO	風紀委員長、ガーデン予備校「私塾闘星塾」単科塾生、二つ名「劒の妖精」				

船田初《ふなだ うい》
Funada Ui

現在の所属レギオン	ロネスネス副隊長		
御台場迎撃戦時	西国遊学中	学年	2年生

年齢	16歳	誕生日	12月25日	星座	山羊座
血液型	O型	身長	163㎝	ポジション	AZ
レアスキル	ルナティックトランサー	サブスキル	軍神の加護、虹の軌跡、聖域転換、Awakening		
使用CHARM	ネイリング、グングニル・カービン、ヨートゥンシュベルト				
特技/趣味	算盤、飴細工、ガラス細工、将棋、読書(兵法書)				
好きなもの	和菓子、うどん(特にカレーうどん)、豆腐	苦手なもの	辛いもの(妹には秘密にしている)		
交友関係	双子の妹:船田純、長沢雪				
MEMO	ルナティックトランサーS級保持者、二つ名「台場の白き魔女」				

船田純《ふなだ きいと》 Funada Kiito

現在の所属レギオン	ロネスネス隊長		
御台場迎撃戦時	西国遊学中	学年	2年生

年齢	16歳	誕生日	12月25日	星座	山羊座
血液型	O型	身長	163㎝	ポジション	AZ
レアスキル	ルナティックトランサー	サブスキル	虹の軌跡、Awakening、whole order、インビジブルワン		
使用CHARM	フルンティング、ダインスレイフ、ダインスレイフマークスマン先行量産型、ヨートゥンシュベルト				
特技/趣味	万華鏡作り、御朱印集め、温泉めぐり、水墨画				
好きなもの	カレー、辛いもの、和菓子	苦手なもの	海		
交友関係	長沢雪、司馬燈、川端蛍				
MEMO	ルナティックトランサーS級保持者、二つ名「狂乱の姫巫女」				

横山梓《よこやま あずさ》 Yokoyama Azusa

現在の所属レギオン	ヘオロットセインツ		
御台場迎撃戦時	第3部隊所属	学年	2年生

年齢	16歳	誕生日	5月26日	星座	双子座
血液型	不明	身長	不明	ポジション	TZ / BZ
レアスキル	ヘリオスフィア	サブスキル	不明		
使用CHARM	マルテ、ティルフィング先行量産機R型、ヨートゥンシュベルト				
特技/趣味	水泳、ダンス、石鹸づくり				
好きなもの	犬	苦手なもの	不明		
交友関係	菱田治、今村咲魅、今村紫、月岡椛、川村楪				
MEMO	二つ名「ファントム」				

速水桂《はやみ かつら》 Hayami Katsura

現在の所属レギオン	ヘオロットセインツ		
御台場迎撃戦時	一般校の中学3年生	学年	1年生

年齢	15歳	誕生日	1月23日	星座	水瓶座
血液型	不明	身長	161㎝	ポジション	AZ / TZ
レアスキル	この世の理	サブスキル	不明		
使用CHARM	クラウ・ソラス、ヨートゥンシュベルト				
特技/趣味	料理、CHARMの手入れ				
好きなもの	犬、酒盗	苦手なもの	過美な物や行い		
交友関係	井草昴、河鍋薺、金箱弥宙、ルイセ・インゲルス、朝永苺、山下絢子				
MEMO	初等部時代に百合ヶ丘女学院に在籍。二つ名「古武士（ふるつわもの）」				

岩井絵末《いわい えみ》 Iwai Emi

現在の所属レギオン	なし		
御台場迎撃戦時	一般校の中学3年生	学年	1年生

年齢	15歳	誕生日	不明	星座	不明
血液型	不明	身長	不明	ポジション	不明
レアスキル	不明	サブスキル	不明		
使用CHARM	不明				
特技/趣味	不明				
好きなもの	不明	苦手なもの	不明		
交友関係	速水桂				
MEMO	御台場の一般校生徒で速水桂の親友				

NO IMAGE

聖メルクリウスインターナショナルスクール

横須賀にある鎌倉府5大ガーデンの一角で、百合ヶ丘女学院と並び世界的名門と評されるガーデンで海外出身者が多く在籍します。制服の色から「黒の百合ケ丘、白のメルクリウス」と言われ、「王と貴族の学院」とも呼ばれています。ノインヴェルト戦術を採用し、「方舟」という超大型ガンシップを持ち、困難な場所にも遠征が可能なため、関東近郊の人々にとっては最後の希望となっています。同校には特定のリリィ二人の間で結ばれる「ミンネの誓い」という制度があります。なお、御台場女学校と姉妹校提携をしており、反G.E.H.E.N.A.主義のガーデンでもあります。

アルテア・アレッサンドリーニ

あるてあ あれっさんどりーに

Altea Alessandrini

現在の所属レギオン	第1飛空艇団ミカエル団長		
御台場迎撃戦時	第2部隊隊長	学年	2年生

年齢	16歳	誕生日	8月31日	星座	乙女座
血液型	A型	身長	165cm	ポジション	AZ
レアスキル	ファンタズム	サブスキル	不明		
使用CHARM	ミュルグレス				
特技/趣味	サッカー、チェス、音楽鑑賞(クラシック)				
好きなもの	パスタ(特にアラビアータ)	苦手なもの	甘すぎるお菓子		
交友関係	レミエ・アレッサンドリーニ、月岡椛、天野天葉、白井夢結、石川葵、ルルディス・ブロムシュテット、ティシア・パウムガルトナー				
MEMO	現生徒会副会長、イタリア出身、二つ名「メルクリウスの暴君」				

ティシア・パウムガルトナー

てぃしあ ぱうむがるとなー

Tithia Paumgartner

現在の所属レギオン	第5飛空艇団ラグエル団長		
御台場迎撃戦時	第4部隊隊長	学年	2年生

年齢	16歳	誕生日	不明	星座	不明
血液型	不明	身長	不明	ポジション	BZ
レアスキル	円環の御手	サブスキル	不明		
使用CHARM	クリューサーオール、ケーリュケイオン				
特技/趣味	不明				
好きなもの	不明	苦手なもの	不明		
交友関係	アルテア・アレッサンドリーニ、出江史房、蓬莱玉、リーアリデル・エッシェンバッハ				
MEMO	現生徒会長、強化リリィ、オーストリア出身、二つ名「メルクリウスの聖帝」				

リーアリデル・エッシェンバッハ

りーありでる えっしぇんばっは

Rieglider Eschenbach

現在の所属レギオン	第5飛空艇団ラグエル		
御台場迎撃戦時	第4部隊副隊長	学年	2年生

年齢	16歳	誕生日	不明	星座	不明
血液型	不明	身長	不明	ポジション	BZ
レアスキル	ファンタズム	サブスキル	不明		
使用CHARM	不明				
特技/趣味	不明				
好きなもの	不明	苦手なもの	不明		
交友関係	ティシア・パウムガルトナー				
MEMO	強化リリィ、「副帝」(ティシア・パウムガルトナーが与えた称号)				

NO IMAGE

那賀大串女学園

茨城県水戸市大串町にあるガーデンです。大串の「デイダラボッチ伝承」との親和性から巨人を中心とした独自の学内世界観を構築、北欧神話でも巨人族を奉ずるという全国的に見てもかなり異端のガーデンです。北欧神話系の世界観を有するガーデンで百合ヶ丘同様に『ノインヴェルト戦術』を用いますが、「力の信奉者」とも評される彼女たちは一撃の攻撃力に富むCHARMを好み、ノインヴェルト戦術でも一撃でヒュージを消し去るような強い魔法球を育て撃ちぬくことを重視しています。派手な戦闘スタイルのスターリリィが多く、メディア受けの良い子が多いのも特徴です。

佐々木靖奈《ささき やすな》 Sasaki Yasuna

現在の所属レギオン	スリュムヘイム		
御台場迎撃戦時	第5部隊所属	学年	2年生

年齢	16歳	誕生日	不明	星座	不明
血液型	不明	身長	不明	ポジション	TZ
レアスキル	ルナティックトランサー	サブスキル	軍神の加護		
使用CHARM	不明				
特技/趣味	不明				
好きなもの	不明	苦手なもの	不明		
交友関係	千田昊苺				
MEMO	ルナティックトランサーと軍神の加護を持ち「狂気の司令塔」をこなす				

千田昊苺《せんだ こうめ》 Senda Koume

現在の所属レギオン	スリュムヘイム		
御台場迎撃戦時	第5部隊所属	学年	2年生

年齢	16歳	誕生日	不明	星座	不明
血液型	不明	身長	不明	ポジション	AZ
レアスキル	円環の御手	サブスキル	不明		
使用CHARM	エッケザックス先行量産型、ウコンバサラSP、シャルルマーニュ				
特技/趣味	不明				
好きなもの	不明	苦手なもの	不明		
交友関係	団塚英里彩、佐々木靖奈				
MEMO	二つ名「重戦車(チャリオット)」				

団塚英里彩《だんづか えりさ》 Danzuka Erisa

現在の所属レギオン	スリュムヘイム		
御台場迎撃戦時	第5部隊所属	学年	2年生

年齢	16歳	誕生日	不明	星座	不明
血液型	不明	身長	不明	ポジション	BZ
レアスキル	ヘリオスフィア	サブスキル	不明		
使用CHARM	不明				
特技/趣味	不明				
好きなもの	不明	苦手なもの	不明		
交友関係	千田昊苺				
MEMO	非常に優秀なBZで戦術眼にも優れる				

野口志奈乃 のぐち しなの Noguchi Shinano

現在の所属レギオン	スリュムヘイム隊長				
御台場迎撃戦時	第5部隊隊長	学年	2年生		
年齢	16歳	誕生日	不明	星座	不明
血液型	不明	身長	不明	ポジション	TZ
レアスキル	レジスタ	サブスキル	不明		
使用CHARM	リサナウト				
特技/趣味	不明				
好きなもの	不明	苦手なもの	不明		
交友関係	吉村・Thi・梅				
MEMO	生徒会長の一人				

イルマ女子美術高校

イルマ女子美術高校は、私立ルドビコ女学院、御台場女学校と並び東京御三家の一角を担うガーデンです。校舎は東京清澄白河に構え、東京地区の北部から東部にかけてを守っています。世界樹イルミンスールを崇める独特の校風で、「大樹の園」という異名を持ちます。校章もイルミンスールを象ったものになっています。ノインヴェルト戦術を基本戦術に採用していますが、元々は美術、芸術教育の個性を大切にする観点からヒュージとの1対1の戦い(デュエル)を重視した教育方針で知られています。それゆえに個人戦闘力に長けたリリィが多く、その面でも一目置かれる存在です。私立ルドビコ女学院とは良きライバル関係にあります。

一之宮日葵 いちのみや ひまり Ichinomiya Himari

現在の所属レギオン	テンプルレギオン隊長(私立ルドビコ女学院)				
御台場迎撃戦時	第1部隊所属	学年	2年生		
年齢	16歳	誕生日	9月29日	星座	天秤座
血液型	A型	身長	158㎝	ポジション	BZ
レアスキル	レジスタ	サブスキル	虹の奇跡		
使用CHARM	マカブイン、ダインスレイフ・カービン、ティルフィングR型				
特技/趣味	絵画				
好きなもの	和食、いちご、博物館、美術館	苦手なもの	辛いもの、妥協		
交友関係	福山・ジャンヌ・幸恵、鳴海・クララ・優子、西川御巴留、手島恋町、日比野羽来、神郡鞠萠、諸井佐保				
MEMO	元「イルマ四天王」、リンカー持ち				

手島恋町 てじま こまち Tejima Komachi

現在の所属レギオン	イルミンシャイネス				
御台場迎撃戦時	第2部隊所属	学年	2年生		
年齢	16歳	誕生日	4月24日	星座	牡牛座
血液型	不明	身長	160㎝	ポジション	AZ
レアスキル	ゼノンパラドキサ	サブスキル	不明		
使用CHARM	リヒトブリンガー				
特技/趣味	読書、ギター、掃除				
好きなもの	不明	苦手なもの	不明		
交友関係	天野天葉、一之宮・ミカエラ・日葵、西川御巴留、日比野羽来				
MEMO	元「イルマ四天王」、二つ名「闘牛士(マタドール)」				

中林海七《なかばやし かいな》 Nkabayashi Kaina

現在の所属レギオン	イルミンシャイネス				
御台場迎撃戦時	第5部隊所属	学年	2年生		
年齢	16歳	誕生日	7月1日	星座	蟹座
血液型	不明	身長	162㎝	ポジション	TZ
レアスキル	円環の御手	サブスキル	不明		
使用CHARM	ヒャズニンガヴィーグ、シャルルマーニュ				
特技/趣味	建築、バイオリン				
好きなもの	不明	苦手なもの	不明		
交友関係	宮本煌椋、三条涼香(故人)				
MEMO	生徒会副会長、二つ名「鉄人」				

西川御巴留《にしかわ みはる》 Nishikawa Miharu

現在の所属レギオン	イルミンシャイネス隊長・司令塔				
御台場迎撃戦時	第3部隊所属	学年	2年生		
年齢	16歳	誕生日	5月19日	星座	牡牛座
血液型	不明	身長	163㎝	ポジション	TZ
レアスキル	レジスタ	サブスキル	不明		
使用CHARM	ミセリコルデ				
特技/趣味	トレーニング、陶芸、ピアノ、指揮者				
好きなもの	不明	苦手なもの	不明		
交友関係	一之宮・ミカエラ・日葵、手島恋町、日比野羽来、番匠谷依奈、比田井美夜受				
MEMO	元「イルマ四天王」、二つ名「闘将」				

日比野羽来《ひびの わく》 Hibino Waku

現在の所属レギオン	イルミンシャイネス				
御台場迎撃戦時	第1部隊所属	学年	2年生		
年齢	16歳	誕生日	9月22日	星座	乙女座
血液型	不明	身長	154㎝	ポジション	TZ
レアスキル	ファンタズム	サブスキル	不明		
使用CHARM	エクステルンシュタイネ				
特技/趣味	楽しいこと、絵画				
好きなもの	ドーナツ	苦手なもの	片付け		
交友関係	一之宮・ミカエラ・日葵、手島恋町、西川御巴留、日下部蓮月、梢・ウェスト				
MEMO	元「イルマ四天王」、二つ名「大樹の至宝」				

宮本煌椋《みやもと こむく》 Miyamoto Komuku

現在の所属レギオン	イルミンシャイネス				
御台場迎撃戦時	第5部隊所属	学年	2年生		
年齢	16歳	誕生日	8月3日	星座	獅子座
血液型	不明	身長	不明	ポジション	TZ
レアスキル	レジスタ	サブスキル	不明		
使用CHARM	カネスベナチシ				
特技/趣味	戦術を考える事(マニア級)、料理(プロ級)、チェロ				
好きなもの	不明	苦手なもの	不明		
交友関係	中林海七、三条涼香(故人)				
MEMO	戦術マニアで「宮本塾」と呼ばれる反省会を開く。二つ名「七つの肺を持つリリィ」				

私立ルドビコ女学院

東京地区新宿御苑にキャンパスを構える古豪のミッション系のガーデンで東京御三家の一角です。主な担当地域は下北沢など東京西部。「テンプルレギオン」と呼ばれる学校選抜の最強レギオンを擁します。また、「シュベスター制度」という特定の上級生が下級生を導く疑似姉妹契約制度があります。これは百合ヶ丘女学院の「シュッツエンゲル制度」と似ています。現在の3年生世代までは東京最強を誇っていて、特にヒュージとの1対1の戦い「デュエル」を得意にし、激しい戦いに身を投じるリリィが多いガーデンです。

黒木・フランシスカ・百合亜《くろき・ふらんしすか・ゆりあ》 Kuroki Francisca Yuria

現在の所属レギオン	アイアンサイド		
御台場迎撃戦時	第4部隊所属	学年	2年生

年齢	16歳	誕生日	3月9日	星座	魚座
血液型	B型	身長	157㎝	ポジション	TZ
レアスキル	テスタメント	サブスキル	whole order／ブーステッドスキル:リジェネレーター		
使用CHARM	エゼルリング、ダインスレイフ・カービン				
特技/趣味	ピアノ、お菓子作り、バレエ				
好きなもの	パール小物、アフタヌーンティ、マカロン	苦手なもの	嫉妬、冗談、野蛮なもの、豚足		
交友関係	岸本・マリア・未来、天宮・ソフィア・聖恋				
MEMO	強化リリィ				

瀬戸・ベロニカ・いちか《せと・べろにか・いちか》 Seto Veronica Ichika

現在の所属レギオン	アイアンサイド		
御台場迎撃戦時	第2部隊所属	学年	2年生

年齢	16歳	誕生日	2月4日	星座	水瓶座
血液型	O型	身長	159㎝	ポジション	BZ
レアスキル	ヘリオスフィア	サブスキル	軍神の加護		
使用CHARM	グングニル				
特技/趣味	ダーツ、ビリヤード				
好きなもの	チョコレート、コーヒー	苦手なもの	ブロッコリー		
交友関係	福山・ジャンヌ・幸恵、立花・テレジア・渚、野坂・ジャクリーヌ・風音、佐伯・ジュリア・花蓮、天津麻嶺				
MEMO	元テンプルレギオン副隊長。二つ名「ミスパーフェクト」				

福山・ジャンヌ・幸恵《ふくやま・じゃんぬ・さちえ》 Fukuyama Jeanne Sachie

現在の所属レギオン	アイアンサイド隊長		
御台場迎撃戦時	第1部隊所属	学年	2年生

年齢	16歳	誕生日	4月22日	星座	牡牛座
血液型	O型	身長	163㎝	ポジション	AZ / TZ
レアスキル	円環の御手	サブスキル	虹の軌跡、軍神の加護		
使用CHARM	フィエルボワ、シャルルマーニュ、ダインスレイフ・カービン				
特技/趣味	音楽鑑賞				
好きなもの	ミュージカル、カラオケ、クレープ	苦手なもの	裁縫、細かい作業、イカスミパスタ		
交友関係	岸本・マリア・未来、岸本・ルチア・来夢、立花・テレジア・渚、天宮・ソフィア・聖恋、川村楪、白井夢結				
MEMO	二つ名「ラ・ピュセル」				

アルケミラ女学館

アルケミラ女学館は、湯河原にある鎌倉府の古豪のガーデンです。初等部から一貫教育で、テクニック重視の独特なカリキュラムを行っています。アルケミラのリリィは「巫女」と呼ばれます。北欧神話の世界観を持つガーデンで、擬似姉妹契約制度「ヴォルヴァの血盟」があります。かつては5大ガーデンの一角を担っていましたが、駿府(静岡)方面の戦いで現3年生世代のリリィのほとんどを失い没落しました。没落前は桜ノ杜女子高等学校と親交があり、また百合ヶ丘女学院とも交流がありました。現在はガーデンの復興と駿府方面の解放を目標にしています。

伊丹桜織《いたみ さおり》 Itami Saori

現在の所属レギオン	不明		
御台場迎撃戦時	第4部隊所属	学年	2年生

年齢	16歳	誕生日	不明	星座	不明
血液型	不明	身長	不明	ポジション	不明
レアスキル	不明	サブスキル	不明		
使用CHARM	不明				
特技/趣味	不明				
好きなもの	不明	苦手なもの	不明		
交友関係	新海千景、小津一二三				
MEMO	新海千景を小津一二三と共に支え、御台場迎撃戦にも参加した				

NO IMAGE

小津一二三《おづ ひふみ》 Ozu Hihumi

現在の所属レギオン	不明		
御台場迎撃戦時	第4部隊所属	学年	2年生

年齢	16歳	誕生日	不明	星座	不明
血液型	不明	身長	不明	ポジション	不明
レアスキル	不明	サブスキル	不明		
使用CHARM	不明				
特技/趣味	不明				
好きなもの	不明	苦手なもの	不明		
交友関係	新海千景、伊丹桜織				
MEMO	新海千景を伊丹桜織と共に支え、御台場迎撃戦にも参加した				

NO IMAGE

新海千景《しんかい ちかげ》 Shinkai Chikage

現在の所属レギオン	不明		
御台場迎撃戦時	第4部隊所属	学年	2年生

年齢	16歳	誕生日	不明	星座	不明
血液型	不明	身長	不明	ポジション	AZ
レアスキル	ルナティックトランサー	サブスキル	不明		
使用CHARM	不明				
特技/趣味	不明				
好きなもの	不明	苦手なもの	不明		
交友関係	小津一二三、伊丹桜織、那須穂乃香				
MEMO	二つ名「アルケミラ最後の希望」				

柳都女学館

柳都女学館は新潟のガーデンで、広大な新潟全域を1校で守っています。格付SSのLGブローズグハッダを中心に8つの分担レギオンと1つの遊撃レギオンで、担当地域を決めて分校に駐屯する形で戦っています。超反G.E.H.E.N.A.主義の立場を取っていて、御台場女学校と校風が似てるといわれ、レアスキル持ちであっても極端な武勇が求められます。擬似姉妹制度「グリンカムビの誓い（金鶏冠の誓い）」が存在します。誓いを交わして姉妹となったリリィは互いに作ったメダルを交換して身に着けています。

天津麻嶺《あまつ まれい》 Amatsu Marei

現在の所属レギオン	ヒミングレーヴァ・アーセナル		
御台場迎撃戦時	第2部隊所属	学年	2年生

年齢	16歳	誕生日	1月2日	星座	山羊座
血液型	不明	身長	160cm	ポジション	TZ / BZ
レアスキル	Z	サブスキル	軍神の加護、虹の軌跡、狂乱の閾		
使用CHARM	ドゥリンダナ、ギャラルホルン、零式甲型器、ダインスレイフ・カービン				
特技/趣味	CHARM製作、機械工作、DIY、建築				
好きなもの	フルーツ全般、ミントスティック	苦手なもの	酸っぱい食べ物		
交友関係	真島百由、千子夕七				
MEMO	天津重工総帥の令嬢、二つ名「さすらいのアーセナル」、「CHARMマスター」				

千子夕七《せんご ゆうな》 Sengo Yuuna

現在の所属レギオン	ヒミングレーヴァ隊長		
御台場迎撃戦時	第2部隊所属	学年	2年生

年齢	16歳	誕生日	9月6日	星座	乙女座
血液型	不明	身長	157cm	ポジション	TZ
レアスキル	カリスマ	サブスキル	不明		
使用CHARM	ドラグヴァンデル				
特技/趣味	篠笛（横笛）				
好きなもの	お餅（きなこ餅）	苦手なもの	キノコ類、パクチー		
交友関係	天野天葉、天津麻嶺				
MEMO	柳都生徒会長を何人も輩出した千子家の出。二つ名「柳都の宝石」				

エレンスゲ女学園

東京地区六本木に校舎を構える新興ガーデンです。新進気鋭のCHARM開発メーカー「アウニャメンディシステマス社」を経営母体に持ちます。関東を代表する親G.E.H.E.N.A.主義のガーデンとしても有名です。同校では、適性や身体能力よりも「ヒュージ打倒の意志の強さ」を重視し、スキラー数値が低い者でも入学でき、その後のトレーニングや強化でリリィになれるという異色のガーデンでもあります。また、出撃を重視しており、他ガーデンの管轄地域に「外征宣言なし」で出撃も行います。この行為によりガーデンの品格を疑われることもあります。校風等がよく似ている相模女子高等学館と提携を結んでいます。

芹沢千香瑠《せりざわ ちかる》 Serizawa Chikaru

現在の所属レギオン	ヘルヴォル		
御台場迎撃戦時	第3部隊所属	学年	2年生

年齢	16歳	誕生日	10月2日	星座	天秤座
血液型	AB型	身長	164㎝	ポジション	BZ
レアスキル	ヘリオスフィア	サブスキル	不明		
使用CHARM	ゲイボルグ				
特技/趣味	料理、水泳、家事全般				
好きなもの	犬、雪、ダンゴムシ、とろとろ卵のオムライス、マンゴー	苦手なもの	汚れたもの		
交友関係	吉村・Thi・梅				
MEMO	強化リリィ、デュエル系BZとして高いレベルの評価を得ている				

神庭女子藝術高校

東京地区荻窪に校舎を構えます。リリィの自主性を重んじ、ヒュージ討滅活動も最低限しか強制しないという理念を持つガーデンです。「出撃選択制」を採用しており、リリィは参加する戦場を自ら選択することができるため、独自の考えを持ちながら戦いに望む者が多く集まり、戦場に赴く際にはかなりの覚悟で参戦することから、その働きは高く評価されることが多い。また、リリィの選定眼は有名で、特にトップレギオングラン・エプレへの指名をもって、他のガーデンから移ってきた不調のリリィを再生させる手腕で名高く、戦力、人柄、連携など的確な評価で知られています。

本間秋日《ほんま あけひ》 Homma Akehi

現在の所属レギオン	グラン・エプレ		
御台場迎撃戦時	第4部隊所属	学年	2年生

年齢	16歳	誕生日	2月25日	星座	魚座
血液型	O型	身長	不明	ポジション	BZ
レアスキル	ヘリオスフィア	サブスキル	軍神の加護		
使用CHARM	ゲイボルグ				
特技/趣味	DIY				
好きなもの	美術館巡り、フクロモモンガ	苦手なもの	不潔なもの（掃除好き）		
交友関係	塩崎鈴夢、横田悠夏、飯島恋花				
MEMO	強化リリィ、生徒会長・風紀委員長、生徒会防衛隊隊長・司令塔、マディック出身				

アサルトリリィヴンダー

激闘！御台場迎撃戦

2023年11月10日　初版発行

原作
尾花沢軒栄／acus

小説
秋月大河

カバーイラスト
ほたる

挿絵
ブリたろ

企画制作
アゾンインターナショナル／acus

企画プロデュース・ディレクション・編集
佐藤忠博／株式会社はるばる

デザイン・DTP
株式会社ビィピィ

企画・編集
株式会社はるばる

発行者
福本皇祐

発行所
株式会社新紀元社
〒101-0054 東京都千代田区神田錦町1-7 錦町一丁目ビル2F
TEL 03-3219-0921　FAX 03-3219-0922
http://www.shinkigensha.co.jp/
郵便振替 00110-4-27618

印刷・製本
中央精版印刷株式会社

ISBN978-4-7753-2115-7